CHÃO VERMELHO

CHÃO VERMELHO

Eunice Martins

Copyright © 2024 Eunice Martins
Chão vermelho © Editora Reformatório

Editor
Marcelo Nocelli

Revisão
Marcelo Nocelli
Natália Souza

Capa
Pedro Sampaio

Design e editoração eletrônica
Negrito Produção Editorial

Dados Internacionais de Catalogação na Publicação (CIP)
Bibliotecária Juliana Farias Motta (CRB 7/5880)

Martins, Eunice
　　Chão vermelho / Eunice Martins. – São Paulo: Reformatório, 2024.
　　288 p.: 14 x 21 cm

　　ISBN 978-85-66887-90-7

　　1. Romance brasileiro. I. Título.

M386c   CDD B869.3

Índices para catálogo sistemático:
1. Romance brasileiro

Todos os direitos desta edição reservados à:

Editora Reformatório
www.reformatorio.com.br

Mato Grosso encerra em sua própria terra sonhos guaranis
Por campos e serras a história enterra uma só raiz
Que aflora nas emoções e o tempo faz cicatriz
Em mil canções lembrando o que não se diz
Mato Grosso espera, esquecer quisera o som dos fuzis
Se não fosse a guerra, quem sabe hoje era um outro país
Amante das tradições de que me fiz aprendiz
Por mil paixões podendo morrer feliz

Parte da canção *Sonhos Guaranis* de autoria de
Almir Sater e Paulo Jorge Simões Correa Filho.

Em memória de Vicentina e Arthur Martins

Sumário

Um pergaminho no Itatim 9

ANOS DE 1870
CAPÍTULO 1. Um casamento em Cuiabá, província de
Mato Grosso 17
CAPÍTULO 2. A herança de Pedro Garcia 25
CAPÍTULO 3. A demarcação da fronteira 36
CAPÍTULO 4. Passeios em Petrópolis e na capital
da Corte 51
CAPÍTULO 5. A caminho de Concepción 64

ANOS DE 1880
CAPÍTULO 6. Um encontro em Buenos Aires 77
CAPÍTULO 7. Costurando as lendas 88
CAPÍTULO 8. A reunião 101
CAPÍTULO 9. Festa dos Murtinho 113
CAPÍTULO 10. Vidas apartadas 126
CAPÍTULO 11. Um mapa é trazido a Cuiabá 141
CAPÍTULO 12. Proclamação da República 155

ANOS DE 1890

CAPÍTULO 13. Uma morte em Cuiabá 169
CAPÍTULO 14. Estado Livre do Mato Grosso ou
  República Transatlântica 177
CAPÍTULO 15. O contra-ataque.................... 196
CAPÍTULO 16. Milícias patrióticas 208
CAPÍTULO 17. O ataque 221
CAPÍTULO 18. No Paraguai....................... 234
CAPÍTULO 19. Encantos e encontros............... 250
CAPÍTULO 20. Entre Rios........................ 266

Nota histórica................................. 279
Agradecimentos 282
Personalidades reais mencionadas................. 283

Um pergaminho no Itatim

As badaladas nervosas do sino do rosário punham em polvorosa a vila missioneira. O pátio interno foi se enchendo de gente, desde a porta da igreja até o setor das habitações. Crianças curiosas se penduravam na grande cruz e na estátua de *San Ignacio*. Do alto da torre, dois jesuítas, dois *arawak* – caciques civis – e o *karaí* – líder religioso nativo – reproduziam aos aldeados as providências para o enfrentamento dos invasores e as coordenadas da rota de fuga, caso precisassem. Era iminente um novo ataque da *bandeira de preação* e eles sabiam que os *homens maus* chegariam armados de arcabuzes. Mesmo cientes da própria desvantagem, decidiam enfrentar o ataque, lutar o quanto pudessem para deter os intrusos. Munidos de facões e machados, propunham armar barricadas, produzir mais flechas e envenenar as pontas das lanças.

Os missioneiros sabiam que enquanto uma parte dos invasores estivesse ocupada na captura de homens e mulheres sadios – peças boas para o mercado de escravos do outro lado da linha de Tordesilhas – outros cuidariam do saque e da destruição da vila. Tinha sido assim com as treze missões do *Guayrá* e com missões vizinhas, ali mesmo no *Itatín*. Então um padre e um cacique se isolaram em tarefa secreta: a proteção das riquezas de *San Ignacio de Caaguaçu*.

Mesmo deduzido o quinto da Coroa espanhola, os jesuítas tinham acumulado uma fortuna – transformada em ouro e diamantes – reservada para tempos difíceis ou para reformas da igreja ou da escola. Se deixassem as riquezas à vista, os salteadores paulistas haveriam de se assenhorar de tudo. Daí a pressa e a discrição na sacristia, longe do burburinho.

– Podemos enviar aos cuidados do Bispo em Assunção... – Sugeriu o cacique.

– Não me parece boa ideia. – O padre consternou-se com a ingenuidade do chefe indígena.

– Então, o que vamos fazer com tudo isso? – Insistia aflito o guerreiro nativo.

– Talvez seja prudente enterrar esse tesouro. – Respondeu o padre, sem muita certeza.

Depois de sopesarem as possibilidades, decidiram reunir as provisões da missão em barricas novas e reforçadas. Esconderiam os tonéis muito abaixo do solo e, por garantia, o cartógrafo de Assunção – de passagem pelo Itatim – desenharia um mapa com a localização exata da fortuna protegida, que enviariam ao Pe. Manuel Berthod, do Colégio de Assunção.

De repente o Administrador–geral irrompeu aflito na sacristia:

– Eu me lembrei de algo mais precioso que o ouro!

– De que se trata, senhor?

– Se morrermos todos, ninguém saberá manejar o plantio! – Referia-se ao segredo do cultivo da erveira.

A Companhia de Jesus tinha conseguido exclusividade na exportação de erva-mate, produto precioso entre os espanhóis, desde o extremo sul da América até os confins do Vice-Reino do Peru. Era a principal e mais lucrativa atividade econômica das missões jesuíticas, que garantia a pujança das grandes cidades coloniais espanholas. Na região do Itatim, *San Ignacio de Caaguaçu* também era centro de produção, explorando as vastas extensões dos ervais nativos ao norte do rio Apa, na serra de *Mbaracayú*. Para assegurar a renovação dos ervais nativos, os jesuítas tinham estudado o ciclo vital da planta, compreendido seu sistema vegetativo e criado o método de germinação das sementes e o manejo da plantação. Daí a aflição do administrador da Missão.

– Escreva um roteiro, padre. Desde a forma de germinar as sementes até a escolha certa do terreno para a plantação. – A ordem foi bem incisiva.

– Sim, sim... Não podemos perder nosso método!

– Escondam embaixo do ouro. – Ordenou ainda o administrador, antes de sair apressado.

Nas horas que se seguiram, o cacique tratou de preparar as barricas, enquanto o padre se ocupou de registrar o roteiro completo da domesticação da erveira. Não foi tarefa fácil. Teve de rascunhar e corrigir muitas vezes até que ficasse clara e detalhada a instrução, que anotou num pergaminho que trouxera da Espanha.

Quando o cacique já estava prestes a lacrar os tonéis com a espessa camada de cera de abelhas, o padre ainda conferia em voz alta a escritura do maior dos segredos dos missioneiros espanhóis na América do Sul:

BREVE HOJA DE RUTA PARA LA GERMINACIÓN Y MANEJO DE SEMILLAS DE CAÁ.

Parte 1. Germinación

Entre enero y marzo cosechar semillas de árboles maduros de más de cuatro años.

Triturar mediante la persistente compresión de mazoz hasta lograr una mezcla de cortezas y pulpas.

En un recipiente grande y agujereado en el fondo, a la manera de un tamiz, alternar capas delgadas de tierra con arena y capas de semillas, hasta donde alcance.

Enterrar el recipiente en una sombra frondosa, dejando al descubierto solo el borde superior.

Regar frecuentemente con agua caliente, independientemente del suministro de aguas de lluvia. Entre 18 meses y 24 meses del calendario gregoriano, comprobar si las cubiertas duras de las semillas ya se han ablandado.

Parte 2. Plantación

El terreno debe ser de tierra colorada húmeda y debe encontrarse a 500 m de altitud, en áreas de transición entre bosques ombrófilos mixtos y ombrófilos densos...

A última revisão do texto foi interrompida pelo cacique, apurado em finalizar a tarefa.

— Deixamos todos os barris juntos, padre?

— Não estou certo disso. O que preferis?

— Melhor que deixemos juntos... e podemos inserir o documento em qualquer deles.

O jesuíta entendeu que já não havia tempo para terminar aquela última conferência do texto, mas estava certo de ter escrito toda a receita do cultivo de ervais. Enrolou e embalou cuidadosamente o pergaminho, que foi acomodado em hermética urna de madeira, depois camuflada sob o ouro e as pedras preciosas num dos tonéis. Que alívio! Deu tempo para esconder tudo.

Quando Raposo Tavares e seu bando cercaram o Itatim, o tesouro estava bem protegido, muito abaixo da inflorescência arroxeada de pequenas moitas de capim barba-de-bode. Na superfície a luta foi sangrenta. Apesar da defensiva heroica, Raposo Tavares flagrou-se vencedor. Muitos padres e guerreiros nativos foram trucidados e dezenas de índios capturados. Foi o fim da última das *Misiones de Itatín*.

Era o ano de 1648.

ANOS DE 1870

CAPÍTULO I

Um casamento em Cuiabá, província de Mato Grosso

— Fala baixo! — Repreendeu Dionísia.
— Esse noivo não passa de um palerma, um pródigo, como o pai. Bem, tu sempre soubeste o que eu penso do teu marido, então nada de bom posso esperar do filho dele. — A mãe da noiva insistia em destilar maledicências, mesmo ali, pouco antes da cerimônia.
— Tua opinião não importa, nem a mim, nem a ninguém. Argônio é um bom rapaz, há de ser bom marido... e não digo isso por ser meu enteado! E fala baixo! — Retrucou Dionísia, em cochicho.
— Bom marido?! Um reles funcionário, que não tem onde cair morto! Eu não me conformo que Belinha tenha posto a correr outros moços... tão bons! — Risoleta continuava a praguejar.
— Bons para ti, não para ela! Melhor que pares de agourar o casamento de tua filha. — Respondeu Dionísia, saindo da sacristia em direção a seu lugar, frente ao púlpito.
Vestindo um costume azul-marinho sobre o colete e camisa branca de colarinho alto, Argônio José de Sá Ferreira estava de pé, junto ao altar, esperando a noiva. Incomodado

com os acordes bruscos de um aerofone de teclas e com a profusão de cheiros de flores e de incenso, era visível que não se sentia à vontade.

Passava pouco das dez da manhã do sábado iluminado e quente, quando a noiva e o coronel Caldas entraram pela porta da catedral. Isabel Garcia usava um vestido de renda branca, encomendado da capital da Corte. Os cabelos trançados, presos no alto da cabeça, se juntavam sob um laço de cetim branco, do qual pendia o véu derramado sobre os ombros. Belinha estava linda, mas ao vê-la vestida assim, Argônio se sentiu estranho. Ele teve vontade de fugir dali, mas lhe faltou coragem. Com roupas de festa, medalhas, colos e casacas engalanados, os convidados não podiam ser desapontados. Diante dos olhos dos parentes e de cidadãos ilustres da província, só lhe cabia manter-se atento às falas e aos movimentos, para saber como se portar.

Quando a noiva se aproximou, ele lhe estendeu o braço e esboçou um sorriso.

Há tempos o rapaz recebera um ultimato do pai para que escolhesse uma rica e boa moça para se casar e, obediente, ele tinha passado meses espreitando discretamente as jovens solteiras de Cuiabá. Não tinha do que reclamar: dotado de boa estampa, com ombros largos e fartos cabelos escuros, ele sempre captava das moças olhares encantados, embora furtivos. O problema é que nenhuma delas lhe inspirava entusiasmo suficiente ao compromisso de casamento. Talvez o próprio casamento não lhe causasse entusiasmo e ele chegasse a desejar o sossego do celibato.

Membro de uma família pioneira da antiga capitania de Mato Grosso, Argônio tinha boa posição na administração da província, o que fazia dele um bom partido. *Qual pai não terá gosto de entregar a filha em casamento a um jovem funcionário provincial?* Dionísia repetia a pergunta retórica para entusiasmar o enteado.

Ele ouvia calado, sem saber se aquilo era bom. Com 19 anos de idade, ele ainda não descobrira o que lhe convinha e isso era seu tormento. Com a morte da mãe, ainda pequeno Argônio fora encerrado no internato e, sem chance de aprender o manejo da vida, ele se acostumara a seguir os desígnios do pai.

– Quando terminares o secundário no Seminário Episcopal irás estudar Engenharia e Ciências Militares, na Escola Politécnica, lá na capital da Corte. Mas será preciso passar na prova de admissão. Então trata de estudar muito! – Determinara Gaspar.

A mil e setecentas léguas de distância, requerendo viagem de um mês no navio a contornar três países e parte do litoral do Império, a capital da Corte ficava em outro mundo, na visão do menino. Ele sentia medo de ir para aquele lugar, mas quando chegou a hora, o pai nem o embarcou num navio. Argônio partiu ao Rio de Janeiro em lombo de burro numa viagem de três meses, que acabou recompensada com o sucesso no exame de admissão.

O problema foi seu desajuste à Politécnica. Em menos de dois anos abandonou os estudos. Acabrunhado, voltou a Cuiabá, para desgosto de Gaspar.

– Em vez de um engenheiro, só consegui um filho apequenado, resignado à própria indolência. – Desabafara à Dionísia.

— Não é preguiça, senhor meu marido. Pobre do Argônio! O que ele *havéra* de fazer se descobriu que não quer ser engenheiro?

— *Ah! Uuum,* Dionísia! Tu vives acoitando as fraquezas do Argônio. É por isso que ele se afrouxa!

Dionísia seguia defendendo o enteado, a quem considerava filho. Tempos depois, ela tivera a ideia:

— Ao invés de criticar o menino, tu devias falar com o Presidente, conseguir um posto para ele na administração da província.

— Um emprego público! Para fazer o qu*ê*? Nem escolher uma boa moça ele sabe!

Foi nessa época que se acirrou a insistência pela busca de noiva. Dionísia chegou a mencionar o nome de Isabel Garcia, lembrando que sua sobrinha herdara vasto patrimônio, pronto a virar fortuna com administração eficaz. Gaspar concordara com a sugestão da esposa, embora receoso de que Belinha tivesse herdado também a soberba do pai falecido, o rico fazendeiro Pedro Garcia e isso não lhe agradava. Não bastava que fosse bem de vida, a esposa de seu único filho precisava ser mulher dócil, cordata e boa mãe.

Foi num almoço na casa do coronel José Antônio Murtinho, que Argônio vira Isabel pela primeira vez, recém-chegada de Sant'Anna de Paranayba. Acompanhando os padrinhos, Belinha encantou os presentes com sua beleza e jeito bem-educado. Argônio notou a formosura da moça, de pele morena clara e cabelos castanhos, mas continuava hesitante, mesmo depois de visitá-la na casa do coronel Caldas.

Enquanto se mantinha indeciso, a pressão familiar aumentava. Argônio temia que a *mãe* Dionísia corresse a combinar o noivado com os padrinhos da moça e, antes que ele se desse conta, a situação podia sair de controle. Saiu. Dionísia orquestrou as tratativas de casamento na conciliação dos interesses de ambas as partes. De um lado, o enlace havia de aplacar a ira de sua irmã Risoleta Garcia, por resgatar respeitabilidade à irreverente Belinha. De outro, o casamento seria a provisão perfeita de patrimônio ao enteado Argônio, que corria risco de se acomodar numa comissão pública.

Aos dois nubentes o noivado também pareceu solução cômoda. Mesmo sem entusiasmo, Argônio aceitou o conveniente enriquecimento pela comunhão dos bens, e ainda se viu liberto da insistência do pai em vê-lo casado com uma moça bem-nascida. Para Belinha, já que se casar era inevitável, então que fosse com um homem cordato, como Argônio. Ao certificar-se de que o rapaz não havia de interferir em suas leituras e interesses pessoais, ela acatou com docilidade o enlace.

Agora estavam ali, diante do altar, declarados marido e mulher. Sob chuva de arroz, os recém-casados saíram da igreja e seguiram na carroça enfeitada até o palacete dos padrinhos da noiva, onde se postaram à entrada do pátio externo. Ao chegarem à festa, os convidados cumprimentavam o casal e se acomodavam à sombra do caramanchão, onde se alinhavam otomanas, poltronas e mesas longas com bancadas estofadas nas laterais.

Estava tudo muito arrumado, mas não para Risoleta Garcia. Com postura austera, que ainda guardava traços da moça bonita que tinha sido um dia, a mãe da noiva escrutinava o ambiente com olhos enciumados e punha defeito em tudo. Tampouco via alguém que conhecesse. Fora nascida e sempre vivera em Sant'Anna de Paranayba e, além do circuito familiar de Dionísia e do casal de compadres, não tinha conversa com ninguém mais de Cuiabá, onde não se sentia bem. Ela não se sentia bem em qualquer lugar em que não pudesse distribuir ordens e fazer tudo funcionar a seu modo.

No casamento de Belinha nada funcionava a seu modo. Para começar, não aprovava o noivo. Teria preferido um rapaz do interior, que pudesse ajudar nas lidas do campo, assumir a administração da fazenda. Bem que tentou, mas a filha espantou, um a um, os noivos que ela lhe arranjara. Já faziam mau juízo da guria em Paranayba e, quando Dionísia alinhavou o noivado com Argônio, ela acabara por concordar, como solução última para o caso perdido da filha. As contrariedades não acabavam nisso.

— Belinha é nossa afiliada, mora conosco. Natural que se case em Cuiabá. — Dissera Angelita Caldas.

— Mas ela nasceu e cresceu em Paranayba! — Insistia Risoleta, preferindo uma cerimônia simples na capela da fazenda, seguida de uma mesa de doces para a pouca gente local.

— Se vivo fosse, o compadre Pedro ia oferecer uma grande festa, convidar muita gente, quiçá da capital da Corte! E quem ia se abalar até Paranayba? Eu vos peço, comadre, que nos permita fazer uma festa à altura da memória de Pedro Garcia! — Dissera Jeronimo Caldas.

Os argumentos dos compadres terminaram por convencer Risoleta e graças a tal desatino ela se via naquele ambiente cheio de estranhos, de risos calculados e vozes macias como as dos farsantes.

Apesar da contrariedade da mãe da noiva, a festa seguiu elegante e alegre. Após o almoço, os convidados não se limitaram à permanência no pátio festivo. Às senhoras foram franqueados os espelhos do primeiro andar para o retoque dos penteados e até os homens se sentiram autorizados a usar as dependências do interior da casa.

Quando o Presidente da província e outras autoridades já tinham ido embora e o pátio estava ralo de gente, o anfitrião Jeronimo Augusto Caldas se pôs em conversa com Gaspar de Sá Ferreira num canto da sala grande. O pai do noivo dispendera meses explorando o sul da província, escolhendo uma área de terras devolutas para se assenhorar, mas – admitia Gaspar – a empreitada para ocupar e vigiar a posse exigia investimento e ele duvidava que isso valesse a pena.

– A hora é agora, Gaspar! Os mineiros estão se espraiando pela região e logo logo as melhores terras hão de estar ocupadas. – Advertiu Jeronimo Caldas.

– Eu sei, mas ia carecer de umas quatro ou cinco famílias de colonos para ocupar a área, construir ranchos, arrebanhar marruás...

– É, isso é! Sem falar na resistência dos índios, que tem muito por lá. – Continuou Jeronimo.

– Pois esses eu nem creio que dessem trabalho. São ingênuos demais. Se ganharem machados, facões, foices... até tecidos, fazem amizade fácil. Eu estive numa aldeia guarani–kaiowá lá nas margens do rio dos Dourados e, aliás, ouvi uma conversa extraordinária que, se não fosse lenda, havia de ser intrigante.

– A fábula do umbigo do mundo ser no Paraguai? – Adiantou-se Jeronimo, gracejando.

– Essa eu também ouvi! Mas o que me intrigou mesmo foi a história do tesouro enterrado na Serra de Maracaju.

— Tesouro enterrado?! – Jeronimo perguntou, surpreso.

— Pelo que escutei, o caso vem sendo reproduzido de boca em boca desde os aldeados numa antiga missão jesuítica. Dizem que antes de um ataque dos bandeirantes, os padres enterraram muito ouro e diamantes.

— Não é de duvidar. A Companhia de Jesus enriqueceu exportando a erva-mate nativa daquela região.

— Os padres enriqueceram, é?

— Se não! Por séculos a erva-mate foi o esteio econômico da Companhia de Jesus... inclusive na Europa.

Pela vontade de Gaspar a prosa teria continuado, mas já não dava tempo, nem era hora. Apoiando a mão direita no ombro de Gaspar, Jeronimo o conduziu ao topo da escada que os levaria ao térreo.

— Vamos descer ao pátio, Gaspar, precisamos nos despedir dos últimos convidados.

CAPÍTULO 2

A herança de Pedro Garcia

O novo casal vivia bem em Cuiabá com os vencimentos de Argônio, embora o conforto na bela vila com jardins dependesse dos ganhos da parte que lhes cabia nas rendas de Paranayba. Belinha já podia ver a situação em perspectiva, conseguia entender que não havia como prescindir da fazenda e que chegaria a hora de renderem Risoleta na administração de tudo.

– Eu não tenho desgosto pela vida rural. Meu tormento é a convivência com mamãe. – Ela confessara ao marido.

Argônio a compreendia. Era como se mãe e filha fossem adversárias. De seu lado, Risoleta tinha certeza de que, com a mania de dar estudo à filha, o falecido Pedro Garcia fomentara o espírito estouvado de Belinha. Ele mandara vir preceptores das províncias de São Paulo e Pernambuco que não se limitassem à educação utilitária. Ele queria que a filha tivesse contato com a cultura clássica e desenvolvesse iniciativas e ideias próprias. Assim Belina aprendera a investigar a motivação das coisas e a observar tudo, para desgosto de Risoleta.

Dói não poder ter mais filhos e ainda esse desgosto: minha única filha havia de ser recatada e virtuosa, mas com tanta leitura e essas ideias do estrangeiro, tu estás formando uma regateira, ela dizia a Pedro. *Por que desaprovas que Belinha escolha o que queira ser? Se no futuro ela preferir encaixar a própria vida na forma estreita de um casamento, ela que o faça!*

A mulher não alcançava o significado daquilo, que lhe parecia bestagem, desatino daquele marido manso demais que seu pai lhe tinha arranjado. Ela tampouco sabia que a postura liberal do marido fora forjada no Recife, de onde ele fugira em razão de um amor proibido.

Pedro Garcia tinha visto a moça graciosa acompanhada do pai, no *Restaurant Français*, no Cais da Lingueta. Depois descobrira um jeito de admirá-la de longe, nas saídas das missas na Igreja Matriz. A certa distância, ele não disfarçava o enlevo que lhe entorpecia ao ver a figura iluminada da jovem, emergindo do interior sombrio da catedral, em direção à luz escaldante da ensolarada Recife. A espreita furtiva fora seu deleite por alguns meses, até o pai perceber as bochechas vermelhas da filha e conseguir detectar, no fervor dos finais das missas, o olhar em chamas daquele mancebo desconhecido.

A partir de então, o poderoso coronel da Guarda Nacional, homem influente na província de Pernambuco, passara a investigar a vida do estudante de Direito. Descobriu que o jovem Pedro Garcia era bem-nascido, com boa posição econômica, filho de proprietário de canaviais e engenhos em Igarassu. Talvez até pudesse ser bom partido, mas a família tinha uma mácula imperdoável. Investigações da época, nunca concluídas, tinham apontado o avô de Pedro Garcia como patrocinador da Revolta Praieira, o movimento liberal do tempo da Regência. Tal mancha familiar era inaceitável ao coronel do Recife, fascinado pela ordem estabelecida e defensor fervoroso da monarquia. Uma série de ataques tinham sido lançados contra Pedro Garcia, até que o pai deste, visando lhe preservar a vida, obrigou-o a abandonar os estudos e se alongar em algum canto onde não pudesse ser alcançado pelo desafeto.

Assim Pedro fora parar em Sant'Anna de Paranayba, local de passagem entre as províncias de São Paulo, Minas Gerais, Goiás e Mato Grosso. O conhecido local de parada de viajantes já dera origem à povoação fixa, de gente atraída pela chance de posse sobre quinhões de terras públicas, chamadas *devolutas*. A vila fora pioneira na expansão pastoril dos *campos da vacaria,* assim chamadas as terras ao sul de Mato Grosso nas quais, com a destruição das antigas reduções jesuíticas espanholas, tinham proliferado os rebanhos bovinos largados à própria sorte.

Em Paranayba, Pedro Garcia teve casamento arranjado com a linda Risoleta, de família originária das Minas Gerais, que não se importava com o arroubo liberal do passado dos Garcia de Pernambuco. Ele então se estabeleceu com fazenda de gado, às margens do rio Quitéria, mas guardava lembranças da efervescência da vida urbana que conhecera ao frequentar os primeiros anos da Faculdade de Direito. Ele tinha conhecido doutrinas filosóficas importadas da Europa e se impressionado com a liberdade conferida às mulheres. No Recife ele chegara a ver moças de camadas sociais medianas andando por ruas e praças, sem a presença do pai, marido ou irmão, situação impensável em Igarassu e, menos ainda, em Paranayba. Senhoritas de boas famílias tinham aderido à luta abolicionista ou à republicana, publicando ideias libertárias em periódicos – é certo que, no mais das vezes, escudadas por pseudônimos – ou que capitaneavam associações filantrópicas para ajudar na proteção de escravizados fugidos.

Ele assistira a tudo aquilo no Recife e, de horizonte expandido, não podia negar instrução à sua única filha, mesmo contrariando Risoleta. A esposa era adepta dos padrões locais, que limitavam o papel da mulher ao modelo doméstico, à função de cuidar da casa e da família.

– Precisas te casar. Estou tratando disso! – Risoleta dissera à filha de 14 anos, quando esta chegara do internato.

É que depois das primeiras lições na fazenda, Belinha fora matriculada em colégio voltado à educação de moças nobres na capital da Corte. Além de gramática – de português, francês, latim e grego – desenho e música, o colégio deu a Belinha acesso ao estudo de geografia, história, filosofia, aritmética, botânica e zoologia. Mas Pedro Garcia morreu na guerra com o Paraguai e, tão logo pode, Risoleta arrancou a filha do internato no Rio de Janeiro e a prendeu à vida na fazenda.

– Para que estudar, se nunca vais precisar dessas bobagens? Uma esposa segue o que o marido disser! – Tentara ensinar à filha.

– Vossas ações contradizem vossas palavras, senhora minha mãe! Vós assumistes os encargos de papai na fazenda e afirmais que mulher nada precisa saber!

– Eu só assumi a lida para não perder tudo. Tu vais te casar, sim! Teu marido há de te pôr freios.

– Ainda não sei como, mas nunca hei de aceitar vossa imposição. Se eu resolver me casar, eu mesma escolherei o meu marido.

— Isso é o que vamos ver!

Belinha resistira por mais de ano. O primeiro pretendente fora um bom homem, recém enviuvado, cujos parentes trataram o noivado. Belinha arranjou um jeito peculiar para se livrar dele. Na hora de conhecer o rapaz, ela apareceu na sala vestida de homem. Desconcertado, ele não demorou a pedir licença e se despedir desenxabido, para nunca mais voltar. Belinha foi submetida a uma primeira rodada de castigos. A mãe mandou *limpar* a casa de todos os livros e trancafiou a filha no quarto. Proibida de ler, só podia falar com Benedita Camargo ou Dita, a mucama que virou companheira permanente da donzela rebelde. Foi nessa época que Dita aprendeu a ler, escrever e, estimulada por Belinha, pegou gosto pela leitura. Condenadas, cada uma a seu próprio martírio, as duas moças se tornaram amigas e confidentes. Juntas elas achavam motivo até para rir, como quando lembravam da cara assustada do pretendente viúvo ou da fúria da Sinhá Risoleta.

Depois de muita estratégia, Risoleta conseguiu outro pretendente. Desta vez um rapaz de São Vicente. Tão logo o paulista chegou à fazenda, a menina foi liberada do cárcere e ele se encantou. Achou-a bonita, com suas pernas longas e ancas largas e foi fisgado pela vontade de subjugar aquela ousadia através da conquista, ver transformada a altivez da moça em admiração por ele. O paulista também tinha boa estampa e chegou com pompas e circunstâncias, crente de que seus atributos de herdeiro bem-apessoado eram tudo o que uma moça podia desejar. Belinha tratou de situar o rapaz. Em vez de risinhos encabulados e muxoxos de encantamento, ela não conseguiu esconder que a extraordinária autoestima dele nela não fazia eco.

Mesmo sem querer, Belinha acabou mostrando que sabia de temas dos quais o rapaz nunca tinha ouvido. Durante uma cavalgada, um par de aves pôs-se a correr no campo aberto e o pretendente cometeu o engano, que pode ter sido decisivo ao desenlace do malfadado noivado.
— Creio que assustamos as emas... — Ele disse.
— Perdão... essas são seriemas.
— Mas são muito parecidas com emas! São da mesma família!
— Desculpa, mas não são! A ema é bem maior, pertence à ordem dos *Gruiformes* e é parente distante dos galináceos. A seriema é da família *Cariamidae*, tem aquele tufo de pena por topete.
— Pelo que se vê, são boas corredoras!
— Sim, correm até 50 km numa hora e voam pequenas distâncias! E têm um canto muito bonito.

Embora ela não tivesse sido descortês, nem mostrado descaso pelas habilidades do rapaz na administração de fazendas, ele entendeu que não suportaria uma noiva versada em tantas prosas pelas quais ele não tinha interesse. Mesmo encantado com a beleza de Isabel, sentiu-se miúdo perto da moça de muita leitura. Até o vocabulário dela o constrangia. Achou mais seguro procurar uma esposa menos instruída e mais recatada. Voltou desiludido a São Vicente.

Livre de mais uma investida casamenteira, Belinha se viu submetida a nova rodada de reprimendas.
— É o segundo noivo que espantas! Estás malfalada! Vou te entregar aos cuidados das Irmãs Carmelitas, lá da Vila de Sant'Ana de Mogi Mirim.

Risoleta esperou contrariedade explícita da filha, mas Belinha nada respondeu.

– Tua madrinha quer que passes um tempo em Cuiabá. – Tentou Risoleta, de outra vez.

Belinha raciocinou rápido. Há muito ansiava que a mãe tivesse a ideia de despachá-la à casa da madrinha, mas se demonstrasse a preferência, a mãe faria o contrário. Fingiu desagrado.

– Imploro que não... sabeis que detesto Cuiabá! Prefiro ir ao Convento!

– Melhor que vás a Cuiabá! – Risoleta nem disfarçava seu prazer ao descobrir mais um jeito de castigar a filha.

– Mas então, pelo menos permitais que eu vá viver com a tia Dionísia.

– Na casa daquele meu cunhado esbanjador? Nunca! A ele não quero dever favores!

– Mas mamãe, eu... – Belinha tentou argumentar mais alguma coisa que pudesse confirmar sua preferência fingida, mas Risoleta nem quis mais ouvir.

– Angelita tem expedientes para te pôr freios.

O ardil de Belinha deu certo. Satisfeita por contrariar todas as preferências da filha, Risoleta despachou-a aos cuidados dos padrinhos Angelita e Jerônimo Caldas, em Cuiabá.

Em menos de um ano, Belinha estava casada com Argônio José de Sá Ferreira. E mesmo sem o entusiasmo da paixão, o jovem casal vivia em harmonia. Eram úteis um ao outro e isso bastava a Argônio, não sendo menor o conformismo de Belinha. Ela lera sobre os primórdios do casamento, desde as sociedades tribais anglo-saxãs, que o conceberam como aliança de poder familiar ou como prático arranjo para relações diplomáticas. Desde sua origem – Belinha sabia – no casamento não havia espaço para paixão. Ela também não se impressionava com a noção de união ungida nos céus, como pregava a Igreja Católica ao se apropriar da acepção do matrimônio. Tampouco se iludia com as ideias brotadas do Romantismo que se esforçavam para vincular o casamento ao amor. Para ela, casamento era, mesmo, um acordo pelo qual os contratantes deviam se acudir mutuamente. Argônio lhe acudia e isso parecia suficiente. Obcecada por pensar, ler e falar sobre seus interesses, a liberdade que Argônio lhe conferia era mais importante do que qualquer fantasia romântica. Em troca, ela resistia às intransigências de Risoleta e apoiava as decisões do marido. Sem vocação para fazendeiro, Argônio não cogitava gerir os negócios familiares, preferindo manter-se como auxiliar de Secretaria na administração da província, onde ele gostava de estar.

– Nesta se...semana temos muitos requerimentos, senhor. – Dissera, ao se sentar à frente do chefe de gabinete, segurando um maço de processos.

– Quá! Que pilha! O que trazes aí, Argônio?

– Te...temos mais reclamações pela falta de juízes, temos p...pleitos para re...eformar cadeias de Corumbá, Diamantino e Poconé. Ah! da Chapada, Rosário e Santo Antônio te... temos pedidos de ajuda para a construção de i...igrejas... – Ia anunciando Argônio. – E tem este pe...pedido de fazendeiro que exige lei proibindo abertura de caminhos pe...pela fazenda dele, mas é competência da Assembleia...

– Vou verificar. Aliás, deixa aí. Vou despachar agora com o Presidente. Fizestes uma lista de tudo?

Sim, Argônio já tinha feito, e antes de sair da sala, deixou a lista sobre o monte de processos.

Há tempos Argônio tinha aceitado o emprego que o pai lhe arranjara. No início era encargo enfadonho, uma verdadeira chateza. Mas fora aprendendo a apreciar a função, desenvolvendo gosto por conhecer os problemas e pleitos dos provincianos. Ele ouvia a todos com real interesse, anotando uma súmula de cada pedido, fazendo a triagem e os encaminhamentos. Gostava de analisar e classificar os assuntos de atribuição da chefia, até rascunhava os despachos do Presidente, como lhe ordenara o oficial de gabinete. Aquelas tarefas obrigavam Argônio a exercitar seu poder de escolha e sua capacidade de decidir. Ele começava a gostar disso.

Com seus afazeres mastigados por Argônio, o oficial de gabinete entrou todo pomposo na sala do chefe e encontrou o Presidente exausto, de cotovelos apoiados na escrivaninha de carvalho com apliques de filetes dourados.

– Ah! Lá vêm mais problemas! A que horas chega o meu amigo... o coronel Caldas?

– Ele vem logo mais, Presidente. Só tem um caso aqui requerendo pronto encaminhamento, se me permitis. É a demanda de isenção de impostos sobre a venda de gado.

– Mais essa!!

– Sim, invocam prejuízo pelo *mal das cadeiras* que acomete o gado em Miranda e...

O oficial foi interrompido pela entrada do visitante esperado. *Com licença, continuamos depois, senhor.* Disse antes de deixar a sala com os documentos nas mãos.

Ciente do conhecimento do amigo Jeronimo Augusto Caldas sobre as questões provinciais, o Presidente queria obter dados que lhe ajudassem na administração que acabara de assumir interinamente. Depois das amenidades de praxe, passaram aos assuntos que motivaram o encontro.

– As verbas imperiais à nossa província estão ficando cada vez mais raras, coronel.

– O próprio caixa do Império está combalido, meu amigo, pelo aumento da dívida externa.

– Mas a economia do Brasil há de melhorar com o incremento de relações com a Inglaterra. Não vos parece?

– Não tenho essa esperança. É mais provável que a Argentina consolide melhores alianças comerciais com os ingleses. Os argentinos vêm se aparelhando de técnicas europeias, inclusive de semeadura... e se colocam mais habilitados a abastecer a Europa.

O Presidente não concordou e a divergência deu margem a debate sobre os atributos do país vizinho, que já fazia uso de barco a vapor, facilitando fluxos pela Bacia do Prata, em dinamismo que o Império do Brasil não conseguia ter. Para sustentar sua opinião, Caldas invocou um exemplo.

– Veja o caso da erva-mate. Por ter máquinas que importou da Inglaterra, a Argentina monopoliza os mercados consumidores, mesmo sem ter matéria-prima para abastecer sua indústria.

– Sem matéria-prima!? Os argentinos não têm ervais próprios? – O Presidente ficou confuso.

– Podem ter algum resto, mas insuficiente à demanda industrial. Eles sempre beneficiaram a erva extraída dos territórios guaranis. Depois da formação das repúblicas castelhanas, passaram a depender da disposição comercial dos governantes do Paraguai... – Respondeu Caldas.

– ...ou de rotas de contrabando! – Interrompeu o Presidente.

– ...ou de contrabando!

O Presidente calou-se por instantes, absorto na escolha cautelosa das palavras.

– Coronel, isso pode ser bom para nossa província...

O visitante refletiu um pouco e concordou.

– Tendes razão! Os ervais nativos do sul de nossa província têm potencial para abastecer os moinhos de Buenos Aires.

– Foi o que pensei. A situação favorece o extrativismo de erva... ali nos *campos da vacaria*.

A previsão era certeira. Com a iminente anexação ao Brasil de parte das terras paraguaias cobertas de ervais, a província de Mato Grosso, com sua nova extensão territorial, se apresentava como potencial fornecedora da matéria-prima do mate aos argentinos.

A conversa derivou para outros temas e, distraídos, nem perceberam que a tarde se esvaía. Levantaram-se e, ainda entretidos em prosas, foram caminhando em direção à saída. Ao ganharem os degraus que davam ao pátio lateral, foram atraídos pela iluminação vermelha do sol poente, potencializada pelo reflexo nas vidraças do primeiro andar. Para se esconder no horizonte, uma esfera incandescente despia sua capa de fogo, esparramando milhares de raios coloridos no céu azul de Cuiabá.

CAPÍTULO 3

A demarcação da fronteira

A fachada do prédio da administração da província cheirava tinta fresca e muitos populares se aglomeravam nas ruas próximas. O bispo e o juiz chegaram mais cedo, depois outras autoridades foram se esgueirando pela entrada lateral. Um efêmero tumulto se formava à chegada de cada deputado provincial, que se desviava do assédio popular com meias palavras ou com displicentes acenos de mãos.

Lá dentro, Argônio de Sá Ferreira estava aflito em sua estreia como chefe de gabinete, cargo a que fora alçado alguns dias antes. Ele não entendera a demissão sumária de seu antecessor e ficara perplexo ao ser escolhido para assumir a função. Estava inseguro, temendo esquecer-se de algum detalhe ou de não conseguir organizar a cerimônia a contento. *E se o Presidente não aprovar meu trabalho... e se as sílabas se agarrarem na minha garganta quando eu precisar falar?* Sua inquietude na nova função lembrava o desespero dos dias de exame oral no Colégio Episcopal. Mesmo dominando a matéria, ele se atrapalhava ao verbalizar as respostas, como se as palavras embotassem os saberes que jorravam em borbotões em sua mente. Os professores deviam saber disso, porque minimizavam as tropicadas na fala e lhe davam boas notas. Mas a angústia sentida pelo menino naquelas arguições orais voltava sempre que ele que ficava nervoso, como ali, naquela nova posição no emprego. Um turbilhão de pensamentos lhe roubava o fôlego, amarrava as palavras que, a custo ele conseguia arrancar aos pedaços, da garganta trancada. Ainda bem que Mattoso, um colega da repartição, notou sua aflição e discretamente lhe disse: *Por que estás nervoso, Argônio? Tu estás na função por mérito próprio e o Presidente gosta de teu trabalho.* A intervenção do colega teve bom efeito em Argônio. Quando chegaram os visitantes ele e o Presidente os esperavam no salão principal.

A cerimônia visava receber com honras os dois Comandantes da Comissão Bilateral a que fora atribuida a demarcação da fronteira, definida em Tratados firmados no pós-guerra entre o Império do Brasil e a República do Paraguai.

Depois de muitos discursos ufanistas, ovações às autoridades presentes – brasileiras e paraguaias – e agradecimentos exagerados ao distante Imperador, encerrou-se a solenidade oficial e, de forma mais reservada, a conversa perdeu o tom bajulador.

— Mesmo já restabelecida a navegação pela Bacia do Prata, a nossa província continua isolada e estagnada. – Disse o respeitado herói de guerra, Antônio Maria Coelho.

— Sim, há uma demanda reprimida de desenvolvimento. – Ouviu-se a voz do coronel Rufino Eneias Gustavo Galvão, representante do Império do Brasil na Comissão.

— ¡Por supuesto! Lo mismo sucede en mi país. Los inversores esperan la definición de la frontera. – Corcordou Dom

CHÃO VERMELHO 37

Domingo Antônio Ortiz, representando a República do Paraguai.

– Tenhais a certeza de que faremos tudo o que estiver ao nosso alcance para o sucesso da expedição. – Foi a frase de efeito do Presidente da província.

– Senhores, perdão por perguntar, mas não será de bo... bom alvitre que anunciemos pelo noticioso a vossa pre... previsão para o início dos trabalhos? – Argônio conseguiu perguntar, agarrando-se no encosto de uma cadeira, como a buscar mais firmeza à própria fala.

– Imediatamente, senhor Sá Ferreira! – Respondeu o coronel Galvão.

De fato, logo foi iniciada a demarcação nos confins do sul da província, tangenciando os *campos da vacaria*, de onde a escassa população branca fora afugentada durante a guerra com o Paraguai. A região voltara a ser *terra de índios*, para quem a ocupação das matas era orientada por padrões da cultura ancestral, que não reconheciam fronteiras delimitadas pelo homem branco. Um aparato militar, comandado por Antônio Maria Coelho, fora encarregado da segurança da Comissão, assim como da navegação e mobilidade no interior das matas. Tudo parecia bem-organizado, mas poucos meses depois, impôs-se um inesperado problema de abastecimento, fato comunicado por mensageiro à administração da província.

– A empreitada da Comissão Demarcatória está sob risco pela falta de regularidade no fornecimento de víveres, Argônio! – Resumiu o Presidente, desolado.

– Não mais, Presidente. Ontem mesmo, o co...coronel Jerônimo Caldas chegou de...

— O Caldas esteve no sul? — O Presidente interrompeu, surpreso.

— Na... não exatamente! Estava no barco, vo... voltando de Buenos Aires. Na parada em Concepción, ele soube que o coronel Galvão converteu o secretário da Comissão em f... fornecedor de alimentos.

— Quem é ele?

— Pelo que me di... disse o coronel Caldas, é um certo Thomaz Larangeira, um comerciante estabelecido em Concepción, no Pa...Paraguai. Disse que o camarada é experiente, por ter fornecido mantimentos aos soldados, na guerra. Da...daí já ser da confiança do coronel Galvão. — Argônio respondeu.

A notícia deu certo alívio ao Presidente que, mesmo assim, entendeu conveniente certificar-se da situação.

— Penso ser mais prudente contratar uma firma sólida, aqui de Cuiabá. Não quero ter responsabilidade por qualquer malogro na demarcação. Precisamos mandar gente nossa verificar o suprimento da comitiva. Pense em alguém de confiança e despache pra lá, Argônio.

Em casa, depois do expediente, Argônio ouviu a sugestão de Belinha:

Dom Gaspar havia de gostar desse encargo! Por que não o indicas?

— Mas po..pode aparentar abuso por ser o meu pa...pai!

— Mas o Presidente não determinou que envies um emissário de tua confiança?

— Sim, isso ele di...disse! Mas nem creio que meu pai possa ir. Pe...penso que continue na lida com a... aqueles tais navios, lá na divisa de Goiás.

CHÃO VERMELHO 39

Gaspar de Sá Ferreira tinha sido encarregado de transportar, em carros-de-boi, três navios desmontados até Itacaiú e de remontar as embarcações, deixando tudo pronto para que se inaugurasse a navegação pelo rio Araguaia. Ele tinha propensão a assumir encargos arriscados, de sina duvidosa como aquele, e Argônio não sabia se o pai buscava só a recompensa em dinheiro ou se tinha gana por algum lapso de sorte que lhe rendesse reconhecimento; que o colocasse na condição de herói, de paladino, à altura da tradicional reputação familiar. Desde a fundação de Cuiabá um Sá Ferreira sempre estivera em evidência, fosse no manejo da vida pública, fosse em atividade rentável que resultasse em acumulação de riqueza, ou nas duas coisas. Nas últimas gerações, entretanto, o prestígio fora acabando e o patrimônio tinha minguado por desperdício. Dom Gaspar se encarregara de dilapidar as derradeiras possessões herdadas, assim como as adquiridas em dois casamentos. As fazendas de Dionísia, a segunda esposa, ele perdera em negócios mirabolantes, em que imaginava recuperar a fortuna perdida, enricar rapidamente e resgatar o poder a que, por tradição, pensava ter direito. Vivendo seu sonho de grandeza, ele se enredava em aventuras negociais desatinadas, com riscos mal calculados. Desde que se lembrava, Argônio acompanhara as mudanças de rumo, os arrojos perigosos em que seu pai esteve sempre envolvido. Antes de alongar-se em Itacaiú, já sem dinheiro algum, Gaspar inventara de tomar posse de terras devolutas no sul da província, mas isso exigia sacrifícios e desconforto, a que ele nunca aprendera a se submeter. Queria riqueza fácil e enquanto não encontrava a fórmula mágica a obtê-la, ele se ocupava de missões oficiais que aparentassem certa importância, certa dignidade, como um aceno ao prestígio que pretendia ter. Belinha podia estar certa. O sogro talvez gostasse do encargo de fiscalizar o suprimento aos comissionados na demarcação da fronteira.

– Tu ainda não sabes, mas Dom Gaspar já voltou do Araguaia. Foi o que me disse, ontem mesmo, a tia Dionísia.

Gaspar de Sá Ferreira aceitou o encargo e pouco tempo depois se apresentava à Comissão Demarcatória, como emissário da Presidência da província. Não tardou a se inteirar do assunto e constatar o acerto na escolha do novo fornecedor de víveres. Soube que após a guerra, o tal Thomaz Larangeira tinha se estabelecido com comércio em Concepción, quando fora convidado a secretariar os trabalhos da Comissão e, depois, a resolver o problema de desabastecimento. Gaspar reconheceu que a experiência de Larangeira tinha sido salvadora. Munido de carretas carregadas de charque, banha, açúcar, arroz, feijão, querosene, fumo, munição e remédios, reabastecidas periodicamente no porto fluvial de Concepción, Larangeira e seus empregados passaram a abrir caminho no solo vermelho da região para provisionar os homens que marcavam a linha de fronteira entre o Brasil e o Paraguai.

– Vós conheceis bem essa região toda, Dom Thomaz! – Elogiou Gaspar, à volta da fogueira numa noite enluarada.

– Não mais do que vós! Ouvi dizer que tendes feito o reconhecimento das terras.

– Já andei um pouco por aí. Pretendo escolher e ocupar uma área. Mas constatei que nem tudo é terra devoluta, já tem muita posse certa e muitos restos de sesmarias. Preciso voltar com um bom agrimensor.

– O fato é que a região tem muita riqueza! – Disse Larangeira.

Gaspar então confessou sua hesitação para se apossar de terras devolutas, falou das fazendas que tinha possuído em Sant'Anna de Paranayba e dos maus negócios que o fizeram perdê-las. – *Sempre por confiar demais nos outros.* – Explicou. Monopolizando a conversa, o cuiabano desatou a falar de seus contatos na Corte, gabou-se de sua influência na administração da província e da amizade com os últimos Presidentes. Em longo monólogo, discorria sobre sua árvore genealógica e a importância política de seus ancestrais, mas o visível desinteresse dos interlocutores o fez mudar de assunto.

– Então resolvestes ficar por estas bandas, senhor Larangeira? Com comércio de alimentos?

– Por enquanto, sim. Mas penso em me dedicar à atividade extrativa... de erva. – Respondeu Larangeira.

– O negócio parece bom, Larangeira. Erva-mate é o que mais tem por aí. – Disse Antônio Maria Coelho, esticando o pescoço num movimento circular da cabeça, para sinalizar a imensidão dos ervais.

– O que eu vi foi muito *changa-y*, sapecando a erva em *barbaquá* clandestino e amassando as folhas e galhos numa cancha de pau. – Comentou um outro membro da comitiva, referindo-se aos contrabandistas de erva-mate.

– O que vistes foi o *cancheamento*, tenente. – Respondeu Larangeira, explicando que, depois de colhidos e passados por um sapeco superficial, as folhas e galhos da erveira eram trituradas de forma rudimentar numa *cancha* de madeira, por isso se dizia *erva cancheada*. Disse também que esse preparo rústico servia só ao consumo nativo, já que a grande demanda de erva requeria moagem fina e uniforme.

Originário da província de Santa Catarina, Thomaz Larangeira conhecia o mercado de erva e conseguia dimensionar a riqueza dos ervais nativos do sul de Mato Grosso, ainda mais com a definição das novas fronteiras, que anexava grande área paraguaia, coberta de arvoredo de erveiras.

– Essa erva *cancheada* pelos *changa-y* – os contrabandistas – acaba rumando a Buenos Aires para o beneficiamento final, ao gosto do consumo atual. – Continuou explicando.

– Mas existem grandes moinhos de erva-mate no Paraná e em Santa Catarina, então por que mandar a erva semielaborada a Buenos Aires, Dom Thomaz? – De novo, perguntou o tenente.

– Porque é na Argentina onde há carência de matéria-prima, tenente. Nas províncias do Paraná e de Santa Catarina há fartura de ervais nativos.

Larangeira estava certo. Com o desmantelamento do extrativismo no Paraguai – destruído pela guerra – a Argentina perdera a fonte principal de matéria-prima que, por séculos, abastecera sua indústria. Então a erva extraída do sul de Mato Grosso havia de ser preciosa aos moinhos portenhos. Já nas províncias de Santa Catarina e do Paraná havia abundância de ervais nativos e desde muito eram exploradas as abundantes matas de erveiras às margens do caminho dos tropeiros. A erva colhida e *cancheada* naquelas bandas seguia aos moinhos de Joinville, Curitiba e Paranaguá, onde os soques mecânicos – movidos a energia hidráulica – já tinham sido substituídos por máquinas a vapor, a facilitar o beneficiamento.

– Não pensais em montar um moinho de beneficiamento aqui mesmo, na nossa província, Larangeira? – Foi a pergunta do coronel Eneias Galvão, que ouvia a prosa a alguma distância.

— Não dá, coronel! O custo do maquinário é alto demais e não compensa o dispêndio fiscal que a Argentina impõe à importação de erva pronta.

— Mas não há outros compradores, além dos argentinos? — Gaspar perguntou.

— Quase nenhum! Os argentinos centralizam toda a distribuição da erva-mate.

Larangeira explicou que até mesmo a erva beneficiada no Brasil era toda exportada à Argentina. Contou também que os moinhos brasileiros vinham tentado alcançar outros mercados e que o Barão do Cerro Azul — ervateiro forte na província do Paraná — já tinha até levado a erva-mate brasileira para feiras e exposições na Europa e no norte da América, mas não tivera sucesso. Os povos do outro hemisfério costumavam desmerecer a bebida de origem guarani, *inclusive plantando maledicências sobre a higiene na forma de partilhar a cuia*, completou. Enfim, nada conseguia romper o monopólio argentino no comércio internacional do mate.

— Então vossa ideia é extrair e exportar a erva na forma *cancheada* para os moinhos de Buenos Aires... — Antônio Maria Coelho voltou ao cerne do assunto.

— É isso o que pretendo, meu amigo.

— Vais precisar de autorização do Império para a extração de erva, Larangeira! — Disse o coronel Galvão, lembrando o regime jurídico vigente para o usufruto e o extrativismo nas terras devolutas.

Gaspar ouvia tudo com atenção e gostava de estar ali, tanto que demorou a admitir o exaurimento de seu encargo.

Quando vens novamente ao sul, Sá Ferreira? Perguntou Larangeira, ao se despedirem. *Ainda não sei ao certo. Antes preciso contratar um topógrafo, que conheça bem a região,* Gaspar respondeu.

– Pois eu conheço o sujeito certo para tal serviço. É um agrimensor estabelecido em Concepción. – Disse Larangeira.

Gaspar anotou o nome e endereço do tal agrimensor e logo partiu de volta a Cuiabá, a fim de prestar contas do encargo que recebera.

Os trabalhos da marcação da linha limítrofe entre o Brasil e o Paraguai prosseguiram por mais de dezoito meses, com a colocação de marcos ao longo da linha seca, na região do rio Apa e nas serras de Amambai e Maracaju. Ao terminarem a tarefa, os dois comandantes da Comissão Bilateral foram, cheios de galhardia, prestar contas aos seus governos, no Rio de Janeiro e em Assunção.

Coube a Antônio Maria Coelho anunciar ao Presidente da província a conclusão da demarcação. Ao voltar a Cuiabá, detalhou a localização de cada baliza e explicou que a Comissão dispensou a colocação de marco na altura do Rio Paraná, por considerar que o Salto Grande das Sete Quedas servia de marcação natural da fronteira. A certa altura, Antônio Maria Coelho inaugurou assunto fora da pauta:

– Depois desse tempo fora, eu notei certo incremento do comércio de Cuiabá, Presidente.

– Sim... – O Presidente não mostrava convicção e Argônio se apurou em ajudar o chefe:

– Cuiabá virou centro de exportação de bo...boorracha. A atividade extrativa aumenta muito ao norte da pro...província. Na medida que cresce a pro...produção de látex na vila de Di...Diamantino, nossa capital tem incremento na exportação.

— Mas é uma pena que o escoamento da produção dependa da travessia pela Bacia do Prata! — O Presidente aproveitou o ensejo salvador que lhe propiciara Argônio.

— Lastimável! Apesar de tantas promessas, continuamos sem vias internas de ligação às outras províncias. — Concordou Antônio Maria Coelho.

— ... sequer à capital do Império. — Completou o Presidente

Além de isolada e pobre de produção agrícola, Mato Grosso continuava pouco povoado. Nada parecia atrair a gente branca da província às áreas mais longínquas. Como nos tempos coloniais, ainda se cogitava que uma certa indolência fosse típica da população local.

Terminado o expediente, Argônio caminhava para casa quando teve os pensamentos arrastados a novos dilemas pessoais.

Ele ocupava o cargo de chefe de gabinete há mais de dois anos. Seu desempenho parecia bom, rendendo elogios do Presidente. Mas por que tinha tanto medo de errar? Por que se sentia sempre prestes a cometer equívocos que prejudicassem alguém ou que desagradassem ao Presidente? Por que se mantinha calado, mesmo quando estava certo de que sua opinião podia ser útil para o deslinde de alguma questão? Por que ainda era tão difícil dizer o que pensava? A insegurança o corroía por dentro e o impedia de articular as palavras com firmeza. Sua voz saia entrecortada, sem convicção. Quando tentara falar disso com o pai, só ouvira reprimendas e, como sempre, a *mãe* comparecera em seu socorro. *Tenha calma, meu filho. Com mais tempo e experiência essa paúra há de passar.* Quando ele ganhou coragem para se confessar a Belinha, ela mencionou um bom artifício: *É certo que Dom Gaspar conseguiu tua primeira colocação, mas depois fostes alçado à chefia do gabinete e, mesmo com a alternância de Presidentes, tu fostes mantido no cargo. Isso é fruto de tua competência. Tente lembrar disso o tempo todo, senhor meu marido.* Mas ele esquecia. O receio de decepcionar o pai continuava a lhe perseguir e ele ainda não achara um jeito de agarrar com firmeza as rédeas de própria vida.

Pior é que esse não era seu único tormento.

Ainda que vivendo um casamento harmonioso – mesmo sem ardor – Belinha não parecia apta a gerar criança. Casados há tempos, já estava evidente o desinteresse da mulher em formar prole. Não que ele próprio se importasse, mas incomodava a comoção familiar. *Leitura demais deve fazer mal às entranhas dela.* Fora o ultraje disparado por Risoleta. *Vai ver ela é seca, como a Dionísia.* – Dissera Gaspar.

Apesar dos comentários maldosos – que constrangiam Argônio – o casamento seguia em concórdia, até porque cada qual mantinha os propósitos que sustentaram o acordo justificador do enlace.

Concentrada em leituras e na escrita de crônicas – que começava a articular – Belinha, de fato, nem se dava conta de que tardava na geração de filhos. Ela tampouco se imiscuía na organização da casa, porque contava com as prendas de Benedita Camargo que, como governanta, fazia tudo funcionar direito na vila em Cuiabá.

Risoleta não se conformava com a alforria de Benedita, nem com a falta de netos e, menos ainda, com o apego de

Argônio ao emprego público. Do ponto de vista da fazendeira, nada podia justificar que o genro não assumisse as lidas da fazenda. Essa era outra aporrinhação para Argônio.

— Há tanto a produzir aqui e com muita vantagem. Tu não vês? — Risoleta perguntava ao genro.

— Peço que deixeis Argônio em paz, senhora minha mãe! Sou eu quem não quer viver na fazenda! — Belinha se atravessava em defesa do marido.

— Se ao menos eu tivesse um filho varão para assumir a administração de tudo!

Outras vezes, na ausência de Argônio, Risoleta desfilava despautérios. *Não sei por que teu marido insiste em continuar naquele empreguinho público!* Belinha retrucava: *Pois é naquele emprego que Argônio se sente bem. Eu respeito isso, mamãe!* A mãe não se constrangia em ofender: *Pois eu penso que ele se sente bem porque lá não precisa trabalhar. Mas também... filho de quem é! Deve ter saído ao pai ou pior... com ideias libertárias, de pé rapado! Aposto ter sido dele a ideia de libertar a mucama!* Nesse ponto, Belinha perdia a fleuma:

— A alforria da senhora Benedita Camargo foi desejo meu, senhora minha mãe! E vossos insultos já não nos atingem, nem mesmo a ela.

De fato, tais desacatos não tinham o poder de alcançar a altiva Benedita Camargo, acostumada que era à truculência da vida. Sua história retratava uma saga comum aos escravizados. Quando menina, fora objeto de permuta entre Pedro Garcia e o vigário de Paranayba que, pela criança, recebera algumas cabeças de gado. Nos galpões e senzalas locais, correra solta a futrica de que Dita seria filha do próprio vigário com uma caseira e ex–escrava dele, a quem, infringindo leis canônicas, tomara por concubina. Dita teria sido uma das primeiras descendentes do casal, do tempo em que o vigário ainda se ocupava em ocultar o amancebamento. A permuta lucrativa também teria rendido ao padre o sossego de consciência ao ver a criança – fruto de seu pecado – colocada numa boa casa. Para Pedro Garcia, a aquisição de Dita também fora conveniente, por agregar ao plantel doméstico uma menina da mesma idade de Belinha. As duas tinham crescido juntas e olhos isentos – e de bom gosto – não poderiam dizer qual das duas se tornara a mulher mais bela. Com rosto bem desenhado, corpo esbelto, andar com gingado e brilhante pele marrom, Benedita colecionara pretendentes, até se apaixonar por um certo paraguaio.

Depois do fim da guerra, o ex-soldado Enrique Mathias não voltara ao Paraguai, preferindo se tornar peão de fazenda em Sant' Anna de Paranayba. Dita e ele se miraram pela primeira vez numa festa da padroeira e passaram a se encontrar às escondidas, até o rapaz descobrir os entraves à união entre um homem livre e uma escravizada.

Quando, já em Cuiabá, Belinha reivindicou a titularidade de Dita e deu a ela alforria, o reaparecimento de Enrique Mathias tinha sido instantâneo, como se ele estivesse à espreita logo depois da esquina. *Não precisas ter pressa, Dita! Devias conhecer melhor esse homem.* Desconfiada, Belinha recomendara, diante da proposta apressada de casamento. *O que tens contra o Mathias, Belina?* Dita questionara. *Nada. Só penso que devias procurar saber dos antecedentes dele no Paraguai. Por que ele não quis voltar para casa?* A amiga respondeu, ressentida: *Tu falas como se a situação fosse incomum! O que os soldados haviam de fazer no Paraguai destruído da guerra? Ele ficou por aqui, como tantos outros e tu sabes disso melhor do que eu! Mathias é bom ferreiro, há de arranjar colocação, inda mais aqui em Cuiabá!* Desanimada, Belinha ainda argumentou: *O fato é que ele não é mais menino... não terá uma família morrendo à míngua em algum rincão do Paraguai? Não pensas nisso?*

Dita não pensava, sua paixão não lhe permitia. Pouco tempo depois, numa cerimônia bonita, ela e Mathias se casaram. Argônio tampouco valorizou o instinto de Belinha e acabou contratando o ex-soldado paraguaio como zelador e jardineiro da vila residencial da família. Benedita e Enrique Mathias se acomodaram em seus empregos em Cuiabá e ela estava feliz, na *melhor parte da vida*, conforme registrou muitas vezes em seu diário, naquela época. Ao entardecer, Dita gostava de vistoriar o crescimento das plantas e era usual ouvir pedaços de *vissungos* que, mesmo sem coro, ela gostava de cantarolar no jardim frontal da vila.

Iiiaaaaauêê
E rê rê aiô cumbê
Com licença do sinhô moço
Com licença do dono de terra...

CAPÍTULO 4

Passeios em Petrópolis e na capital da Corte

Trajando ternos de linho claro, três moços apuraram o passo, driblando os demais transeuntes engalfinhados na plataforma. Subiram no último vagão da primeira classe do trem que os levaria a Petrópolis. Ajeitaram as malas no bagageiro e depois se atiraram, displicentes, nos bancos de couro vermelho. Como tantos outros cidadãos do Rio de Janeiro, aqueles moços engrossavam o pelotão de veranistas atrás do frescor da serra no fim de semana. Durante o verão só ficava na capital da Corte quem não tivesse meios de custear o *glamour* da bela Petrópolis ou quem não pudesse largar seus negócios ou seus empregos na capital. As mansões e os hotéis de luxo da cidade serrana iam ficando lotados a cada nova chegada do trem.

Embarcados, os moços mantiveram silêncio ao observar o movimento na plataforma ou acompanhar a entrada de outros passageiros no mesmo vagão. O apito e o movimento do comboio denunciaram a partida e, aos poucos, o avanço monótono pela Estrada de Ferro Mauá desinteressou aos viajantes.

— Essa convenção de fazendeiros paulistas em Campinas... o que achaste disso, Murtinho? Não te pareceu um movimento contra a monarquia? – O rapaz mais atarracado iniciou a conversa.

— Mas é óbvio! Pois a reunião teve esse fim... arrecadar fundos para o jornal do Partido Republicano Paulista!

— Há cada vez mais manifestos que defendem a descentralização do Estado, maior liberdade às províncias... tudo o que se opõe à monarquia – Insistiu o primeiro.

— Assim como a liberdade de cátedra, a escolaridade obrigatória... a separação entre igreja e Estado. Mas nem tudo é pauta republicana, meu caro! – Respondeu Joaquim Murtinho.

— Eu sei, são necessidades de adequação da monarquia à modernidade...

— Claro! As instituições devem ir se ajustando às mudanças. Se a monarquia não se adapta é porque está mesmo fadada a desaparecer.

— ... é o que dizem os paulistas! Há uma epidemia republicana, especialmente na província de São Paulo.

— Pois eu penso que já estamos, todos, contaminados, Pé de Chumbo! – Corrigiu Murtinho.

Nascido em Cuiabá, aos 13 anos Joaquim Duarte Murtinho fora estudar no Rio de Janeiro. Concluiu os estudos secundários no Colégio Koppe, em Petrópolis, habilitou-se em Filosofia, matriculou-se em Engenharia, mas com a morte da mãe – pela varíola, durante a guerra com o Paraguai – resolveu estudar Ciências Físicas e Naturais na Escola Central da capital da Corte e durante o curso de Medicina foi fisgado pela obra alemã *Organon* e *Matéria Médica Pura*. Crítico quanto ao interesse de Murtinho pela homeopatia, o falante parceiro de viagem – também médico – debochou:

– Eu ainda não consegui entender como, com tuas teorias extravagantes de produzir a moléstia para provocar a cura, pudestes engambelar a plêiade maior dos célebres da Escola Central.

O escárnio de Pé de Chumbo aludia à tese de doutoramento defendida por Murtinho, intitulada *Do Estado Patológico em Geral: Acústica, Acupressura, Respiração*, fundada nos princípios da homeopatia. Embora a homeopatia já estivesse introduzida no Brasil, a adesão de Murtinho conferia mais visibilidade ao método, e já começava a lhe render certa credibilidade nos mais elevados círculos sociais do Rio de Janeiro, inclusive entre membros da Corte.

– Se consegues algum dia concluir teu próprio processo de alfabetização, quem sabe te tornes capaz de reconhecer a existência da energia vital e compreender o sentido da homeopatia, caro Pé de Chumbo! – Respondeu Joaquim Murtinho com equivalente irreverência, provocando a gargalhada do terceiro moço que, até então, se mantivera indiferente à conversa.

– Não sei como consegues aplicar tais princípios. Que eficácia pode ter uma substância igual à da doença para combater a mesma doença? – Atiçou Pé de Chumbo que, desta vez, foi prontamente contraditado pelo terceiro e silente companheiro de viagem.

– Certa feita, eu ouvi uma boa analogia, que me parece explicativa, doutor. Foi a comparação entre a enfermidade e o disparo descontrolado de um cavalo xucro num longo corredor da uma invernada. – Disse o assistente de Murtinho.

– Huum... essa parece boa! – Zombou o médico cético, sem intimidar o interlocutor, que continuou:

– É possível parar o animal em carreira atacando-o de frente, em montaria que venha em sentido contrário – é a *contraria contrariis curantur* – em que a maioria dos médicos acredita. Mas a cura pode ser menos agressiva ao organismo...

– ...e mais eficiente! – Murtinho intrometeu-se na explicação.

– Sim, é possível reter a corrida desgovernada do animal, montando um cavalo que corra no mesmo sentido – *similia similibus curentur* – mas em velocidade maior. Basta que a nova montaria alcance o descontrolado, que o ladeie, alie-se ao seu ritmo de corrida e aos poucos impinja uma velocidade menor ao trote, até fazer seu semelhante parar.

– Hum... interessante, deveras interessante! Vejo que tens em teu assistente outro forte adepto da homeopatia, Murtinho.

– Tua densa mente cartesiana não permite que compreendas tais coisas, Pé de Chumbo. – Aduziu Murtinho retomando a jocosa troca de desaforos, que ocasionou nova gargalhada do assistente.

– De que tanto ris? Tu também duvidas de minha capacidade de entender a tal *energia vital* de teu amigo Murtinho? – O contendor perguntou ao assistente, num misto de ironia e irritação.

– Não, nada disso, doutor! Eu estava cá a conjecturar a razão de vossa alcunha. – Respondeu o assistente, enquanto se esforçava para segurar mais uma risada.

– *Pé de Chumbo* é o nome que o fez conhecido na Escola Central, depois de ser dispensado por uma noiva... por não saber dançar! – Apurou-se a responder Joaquim Murtinho, liberando uma longa rodada de gargalhadas.

O antagonista da homeopatia desistiu da discussão e seguiram calados, numa atitude rara. Os acadêmicos daqueles tempos se interessavam – e gostavam de discutir com paixão – as ideias vindas da Europa. Era o caso de Murtinho. Embora discreto e de natureza reflexiva, ele gostava de debater teorias filosóficas, de discutir política e tinha convicções próprias, divergentes do pensamento da maioria de seus contemporâneos da Escola Central. Ao contrário deles, partidários do positivismo de Augusto Conte, Murtinho preferia o individualismo de Herbert Spencer, que admitia a aplicação de princípios das ciências naturais à sociologia. Tais celeumas o instigavam, tanto que, depois de viver mais de dez anos na profusão de ideias da capital da Corte, Murtinho não se dispusera a voltar ao tédio da sua distante Cuiabá.

– Então nos vemos no domingo!

Antes do desembarque os moços combinaram um encontro no domingo próximo e se despediram, ali mesmo, na estação.

Acompanhado do assistente e de um agente imobiliário, Murtinho passou o sábado visitando imóveis à venda. Ele pretendia comprar uma propriedade em Petrópolis, para ter espaço e privacidade a suas investigações e ensaios empíricos. Ele se agradara muito de uma chácara às margens da estrada nova do Porto da Estrela, mas precisava ter outras escolhas.

No domingo, os moços se dirigiram à Cervejaria Kremer e foram convidados a compor o grupo que parlamentava no pátio dos fundos. De longe reconheceram o industrial Irineu Evangelista de Souza, entretido em conversa com o advogado Manuel Pinto de Souza Dantas e outros quatro cavalheiros. Em trajes de veraneio, aqueles homens importantes no Império podiam conversar à vontade, sem o risco da repercussão pública de suas opiniões. O industrial relatava os percalços para a construção do cabo telegráfico submarino entre o Império do Brasil e o Reino de Portugal.

– Li nos jornais que o cabo está pronto e prestes a ser inaugurado! – Pontuou um fazendeiro presente.

– Sim, uma parte. A primeira ligação além-mar, entre Carcavelos em Portugal e a estação terrestre de Olinda, será completada por um vapor ancorado perto da costa.

Irineu contou detalhes do empreendimento, mas logo o assunto variou para os efeitos do conflito com o Paraguai.

– ... e existem outras consequências da guerra, que só agora estão evidentes para o Gabinete do Império. São os efeitos devastadores para as finanças do país e para a própria monarquia. – Considerou o Barão de Mauá – título nobiliário de Irineu Evangelista de Souza.

– Tendes feito tal vaticínio há anos, Barão. Agora eu me rendo! Os voluntários tiveram contato no *front* com a ideia sedutora da república, o sistema preferido de nossa vizinhança latina. – Agregou Souza Dantas, do alto de sua intimidade com os assuntos de Estado, por ter chefiado o Ministério da Agricultura e Obras Públicas alguns anos antes.

– ... e com uma agravante, Senhores, se me permitem. O Exército saiu da guerra fortalecido, os militares estão eloquentes, querem alçar-se da caserna à participação efetiva na condução da política. – Complementou o jovem Murtinho, um pouco intimidado perante os homens mais velhos que mal conhecia, mas que concordaram com ele.

No fluir da conversa, centraram-se nas questões econômicas do Império e, com certa dose de adulação, os presentes ouviram atentos as ponderações do Barão de Mauá.

– Sou otimista quanto ao futuro. A mim parece inevitável o fomento oficial à indústria e vejo a tendência à diversificação da produção e da exportação, que há de permitir a compensação ou o equilíbrio diante de flutuações nos preços nos mercados internacionais.

– De fato, agora também desponta a indústria têxtil e se fortalecem diferentes culturas agrícolas como a do algodão.

– Concordou Souza Dantas.

– Sem falar da atividade extrativa, especialmente a da borracha e... até da erva-mate! – Lembrou o médico, colega de Murtinho.

– É verdade! Nossa erva-mate faz sucesso no mercado platino. Dizem que tem paladar mais forte, próprio para as misturas no beneficiamento. – Palpitou um dos coronéis presentes.

– Problema é que o Império tem negado estímulo fiscal ao beneficiamento, o que pode favorecer o mercado de erva bruta, semiprocessada... inclusive em sua região de origem, Dr. Murtinho! – Comentou outro dos Coronéis, com quem Murtinho concordou em movimento suave de cabeça.

Murtinho ouvira tudo com muita atenção, e teria continuado na roda não fosse discretamente advertido por seu assistente de que uma fila de pacientes já o aguardava à porta do consultório improvisado à rua Westphalia. O médico aproveitava as temporadas em Petrópolis para o exame gratuito de populares, que viam nele uma rara chance de atendimento médico.

Murtinho permaneceu na serra por mais alguns dias, tentando fechar a compra da vila que procurava, mas seus companheiros de viagem voltaram ao Rio de Janeiro na manhã da segunda-feira e se encantaram com a incomum movimentação na capital. Bandas tocavam alegremente pelas ruas, bandeiras e faixas tremulavam no alto dos prédios na zona central. Era a comemoração pela ligação telegráfica entre o Brasil e o exterior, mencionada pelo Barão de Mauá. Ainda que o cabeamento não tivesse chegado até o Rio de Janeiro, a primeira comunicação telegráfica internacional, de Olinda a Carcavelos, tinha grande repercussão na capital do Império, pelo avanço que representava. Notícias da Europa, que levavam semanas para chegar ao Brasil, agora podiam chegar em um dia, numa agilidade importante às relações comerciais e diplomáticas do país.

Mas não apenas os dois homens desembarcados de Petrópolis se surpreendiam com os festejos. De uma janela do segundo andar, no número seis da rua do Ouvidor, Argônio José de Sá Ferreira também se encantava com a movimentação, inconcebível na pasmaceira a que estava acostumado em Cuiabá. O burburinho alegre do centro do Rio de Janeiro lhe remetia aos tempos de tenra juventude, em que vivera na capital da Corte. Da janela de um ateliê de costura, ele se penitenciava por não ter conseguido permanecer naquele ambiente vibrante. Por que a engenharia não lhe despertara interesse? Por que não se definira por nenhum estudo na capital da Corte?

Ao escutar a balbúrdia alegre na rua, ele se dava conta de que, desde quando podia se lembrar, não costumava sentir alegria. Ele se percebia seco de vontades, um ser sem ganas e sem entusiasmos. Mas sua desesperança não fora a causa única da desistência aos estudos. Só agora ele se dava conta de que o problema tinha sido mais largo. Ele não se ambientara na Escola Central porque sentira medo. Não se adaptara ao ambiente porque tivera vergonha de sua gagueira, receio de não ser aceito, desespero por não ter amigos. A zombaria a seu nome tinha sido outro grande fator à renúncia aos estudos. O pai lhe dera o nome de um ancestral que fora importante na história de Mato Grosso, mas isso ninguém sabia. O que seus colegas sabiam é que *argônio* é derivado de *argon*, palavra grega que quer dizer inerte, inativo. Sabiam também que argônio é a nomenclatura de um gás imune a reações químicas. O golpe fatal se dera numa manhã em que, ao entrar na sala de aula, os colegas lhe faziam chacota cobrindo o nariz com máscaras improvisadas com seus lenços de bolso. Ele saiu da sala e nunca mais voltou.

Argônio nunca conseguira explicar seus motivos, nem à *mãe* Dionísia. Talvez conseguisse falar disso a Belinha, algum dia. Girou o pescoço e pousou o olhar na mulher, sentada numa poltrona forrada de cetim a poucos metros de si.

Belinha era o oposto dele, não sentia medo, nem vergonha. Estava sempre cheia de gáudio, de paixão e de energia, que pareciam infinitas. Aliás, se não fosse sua veemência nem estariam ali. Belinha estava grávida e, tanto a madrinha Angelita, quanto a tia Dionísia tinham tentado demovê-la da ideia de viajar de barriga ao Rio de Janeiro.

— Não é bom que, nesse *estado interessante,* te mostres em público! Além disso, viajar por tanto tempo... ir a um casamento no Rio de Janeiro. Isso parece arriscado. E se te acontece uma emergência no barco? – Argumentara Angelita.

Mesmo sendo uma mulher instruída, Angelita não passava incólume ao pensamento vigente de que grávida devia se manter recolhida. Como um ser virtuoso e imaculado, a mulher causava constrangimento ao mostrar a evidência biológica de que participara de um coito. A gravidez era o rastro, a marca do desfrute.

Quando anunciada a gravidez, *não ficava bem* aparecer em público. Era desejável que a mulher escondesse a gestação e que só voltasse a se mostrar quando o nascimento de filho e a *santidade* da maternidade descorassem os tons desconcertantes do despudor. Belina não se importava com tais conceitos e por isso não se incomodou com a reprimenda da madrinha. Bem-humorada, tinha inventado uma brincadeira qualquer para distrair Angelita e mudar de assunto. O mesmo ocorreu quando a tia da irreverente gestante lhe advertira.

– Tua mãe escreveu pedindo que eu obste tua ida à capital. Ela teme por ti e pela criança. – Dissera tia Dionísia.

Belinha limitou-se a declarar seu contentamento por saber que a mãe mostrava preocupação com ela.

Para Argônio Belinha se explicou. Confessou que sua insistência em comparecer ao casamento na capital da Corte era, de fato, oportunidade única de encontrar as amigas do internato de alguns anos antes, consertar o malfeito de ter saído às pressas, sem despedidas – graças à truculência de Risoleta – e assim resgatar uma pitada do encanto daqueles tempos que tanto lhe tinham feito bem. Argônio concordou. Então tomaram o barco e, pelo rio Paraguai, depois rio Paraná e Estuário do Prata, chegaram ao mar e seguiram ao Rio de Janeiro. Tinham programado a viagem com certa antecedência ao casamento, em tempo de encomendar as vestes à altura da família aristocrática da noiva e da distinção dos demais convidados. Por isso estavam ali, no elegante ateliê de costura da rua do Ouvidor.

— Vossa encomenda vem a calhar madame Sá Ferreira. Acabo de receber de Paris estes *corpetes maternidades*, que suportam a barriga, apropriados ao vosso caso. — Foi dizendo a empertigada *mademoiselle* Joséphine Lacarriet, em seu português afrancesado, já na primeira visita em que Belinha escolhia tecidos e tratava o feitio da vestimenta.

Belinha tinha tomado a peça e a examinado com cuidado. Rapidamente entendera que não fora projetada para suportar a barriga, mas para minimizar o tamanho do corpo da gestante.

— Linda peça *mademoiselle*, mas prefiro não usar espartilhos nesta fase. Pensei numa composição que admita um corpete com laços extras nas laterais, que possam ser ajustados, em prol do conforto do bebê.

Acostumada a tratar com senhoras de uma elite de riquezas recentes, para quem o ato de vestir representava, acima de tudo, franca competição de poder no ambiente da Corte, a modista mal conseguiu disfarçar seu semblante escandalizado. Não lhe restando meios para contestar a nova cliente, concordou.

Bem naquele dia de celebração pública pela telegrafia além-mar, Argônio acompanhava a esposa na volta ao ateliê para a primeira prova da roupa. Enquanto esperava na sala vestibular, Belinha folhava distraidamente a edição brasileira do jornal quinzenal de modas *La Saison*, detendo-se nos muitos figurinos, acompanhados de textos explicativos em português e em francês, com moldes em tamanho real. Mas

CHÃO VERMELHO 61

não teve de esperar muito, sendo logo chamada ao salão de provas.

Belinha gostou do que viu pendurado num cabide em frente aos espelhos, a justificar a boa fama da modista francesa. *Mademoiselle* Lacarriet tinha transformado o tecido de seda azul cobalto estampado em tons monocromáticos, num elegante traje de festa. Um criativo corpete curto, permitia que, na frente, a saia começasse logo abaixo da linha do busto, disfarçando a cintura alargada pela gravidez. O decote raso indo de ombro a ombro combinava com as mangas longas e bem ajustadas aos braços, minimizando o volume do traje. A junção do colete à saia que, na parte frontal da peça começava no alto do estômago, ia desenhando duas linhas laterais paralelas e descendentes, que se encontravam no meio das costas, formando um vértice, de onde brotava um laço bem estruturado, descansado sobre o elegante volume de um *bustle*. A especial graça do traje residia no caimento perfeito da saia, que se fazia o centro das atenções, sustentada por saiotes e ornada por várias camadas sobrepostas, a substituir a *crinolina*, já considerada demodê. A modista ainda sugeriu uma delicada peça de pérolas para prender um coque torneado no alto da cabeça e uma botina de pelica, com discretos detalhes em seda azul.

Depois da prova e da aprovação do vestido, o casal cuiabano saiu a caminhar. Com o antebraço enroscado no marido, Belinha não teve pressa ao olhar as vitrines e se esbaldar nas livrarias da própria rua do Ouvidor. Mas o que ela realmente gostou foi de perceber em Argônio uma rara demonstração de animação, de encantamento. A ela parecia efeito do ar cosmopolita do centro da capital da Corte, com cafés e confeitarias lotados de cavalheiros em conversas animadas.

— Que lástima não termos ambientes assim em Cuiabá, com gente emitindo opiniões, falando abertamente sobre a situação do Império... os planos para a abolição dos escravos...

— Sentes falta de tais debates, senhor meu marido?

— Na verdade só agora faço valoração disso, Belinha. Quando morei aqui, eu era um matuto desprovido de meios para apreciar a pujança cultural da capital do Império.

Surpresa, Belinha sorriu discretamente. Impressionou-se com a grandeza do marido em admitir tão singelamente um defeito, uma fraqueza. Estavam casados há mais de três anos e nunca o sentira tão próximo, como naquela viagem ao Rio de Janeiro.

— Não te recrimines, eras muito jovem quando estiveste aqui, Argônio.

Ele lançou um olhar afetuoso à mulher e lhe apertou carinhosamente o braço contra o próprio corpo. Aproveitaram o quanto puderam a temporada no Rio de Janeiro e passados os festejos exuberantes do casamento, embarcaram de volta ao Mato Grosso. Cada qual parecia ter enxergado o outro pela primeira vez. Ela ganhara a confiança e uma dose da intimidade dele, o que lhe dava uma segurança antes desconhecida. Ele, por sua vez, via na mulher uma fonte de senso crítico, de noções básicas acerca de direitos, liberdade, igualdade e outros parâmetros à formação de juízos, que só então ele começava a fazer por si mesmo.

CAPÍTULO 5
A caminho de Concepción

Gaspar de Sá Ferreira já conhecia a banda paraguaia da serra de Amambai. Afora o pico do espigão, mais pelado de arvoredo, o resto era pura mata de erveiras, acomodadas à sombra de copas mais altas. Ele já atravessara sozinho o *Chiriguelo* e tinha visto onças, sem nunca sentir medo. Onça não come gente – ele sabia disso – ainda mais com a fartura de capivaras, cervos e porcos-do-mato por ali. Desta vez uma onça–pintada surgiu rugindo da mata, bem na frente da montaria. Assustado, o cavalo empinou-se no entrevero dos cães e Gaspar não viu mais nada. Caído no chão, virou presa fácil ao felino, que saltou em suas costas.

Quando acordou, Gaspar estava sendo arrastado da mesa de uma carreta. Viu-se coberto de sangue, sentia dor e, entre gemidos, conseguiu falar.

– Onde estou? – Perguntou aos dois homens que o carregavam.

– Estás em Cerro Corá. Fostes salvo pelos cachorros que atacaram e afugentaram a onça!

– Quem sois vós?

– Eu sou João Pedro de Almeida e esse é o Ariya.

— *Ñañangarekóke nderehe.* — Disse o outro homem, que sustentava Gaspar pelos pés.

— Ariya é nativo daqui e está nos ajudando, senhor. Ele está dizendo que vamos cuidar de vós. É preciso lavar e fechar os rasgos nas vossas costas.

Quando acordou de novo, Gaspar estava zonzo e sentiu cheiro forte de *chicha* — a bebida fermentada de milho e batata doce. Embora meio confuso, sentiu aliviadas as dores e percebeu que estava limpo.

— O *xeramõi* lavou e curou as bocadas da onça com *pohã*. Foi tratamento bom, amigo. As costas estão costuradas, agora só precisais comer. — Disse Ariya, numa mistura de guarani, espanhol e português, que Almeida traduziu para Gaspar.

— Que lugar é este? — Gaspar levantou a cabeça da esteira, circulou os olhos pelas redondezas e perguntou: — Meu cavalo, onde está?

— Está pastando logo ali, à beira da água, senhor Sá Ferreira. — A frase era em português lusitano.

— Como sabeis o meu nome?

— Vi nos papeis que encontrei no alforje em vossa montaria. — Respondeu Almeida.

— Que maçada! Estamos longe de Concepción? Há quanto tempo estou aqui?

Deitado numa esteira de folhas de cipó à sombra farta, Gaspar se esforçou para se sentar. De novo ouviu a fala lusitana, do homem que agora estava à sua frente.

— Não vais poder cavalgar tão cedo, senhor Gaspar. — Disse Almeida.

Olhando ao redor e ainda sob efeito da *chicha*, Gaspar viu crianças brincando em torno da construção grande de taquaras, com uns oito metros de largura e uns quinze de comprimento, que entendeu ser a casa coletiva. Enxergou a mata a pouca distância e entre essa e a casa viu roças de milho e de mandioca, plantação de abóbora e muita porunga de pescoço.

Ariya apareceu na sua frente trazendo uma tigela cheia de *locro* – milho cozido com carne – e, enquanto comia, Gaspar ouviu os relatos de João Pedro de Almeida, com as intervenções nem sempre compreensíveis de Ariya e, aos poucos, foi entendendo o que acontecera.

Conduzindo uma carreta, Almeida se deparara com o cavaleiro todo arranhado de onça, desacordado no chão do morro do Chiriguelo. Depois de vencer a guarda bravia dos cães, Almeida improvisara cataplasmas para estancar o sangue e cobrir as feridas. Resolvera conduzir o ferido até algum médico em Concepción, que era seu caminho. Mas a certa altura, quando Gaspar ardia em febre, Almeida encontrou Ariya e lhe pediu ajuda. Tinha passado dias sob cuidados na aldeia guarani-kaiowá e Almeida esperava sua melhora para seguirem viagem.

– Há tempos trabalhais por estas bandas, senhor Gaspar?
– Perguntou Almeida, quando já avançavam na rota para Concepción.

A voz do carreteiro era suplantada pelos uivos cadenciados do atrito dos eixos da carreta, forçando-o a repetir a pergunta até ser ouvido pelo passageiro, deitado atrás dele.

– Não trabalho por aqui, senhor Almeida. Busco um agrimensor bem recomendado, de Concepción. Sou de Cuiabá, mas ando a escolher uma área ali no sul de Mato Grosso.

– Ora pois, eu estava cá a queimar as pestanas para entender o regime de posse de terras no Brasil.

– Maior parte é terra pública, chamada *devoluta* e, com a posse firmada dá de requerer a legalização ao Império. – Resumiu Gaspar.
– Eu vi muito chão vermelho, bom para plantação.
– A terra é muito boa. E vós? Vejo que conheceis bem estas bandas! – Constatou Gaspar.
O português não contraditou, mas não era verdade. Na primeira vez que atravessara Argentina e o Paraguai em direção ao Guayrá tinha se encantado com as grandes estâncias de criação de gado, de dimensões impensáveis em seu país. Desta vez, ele partira de Buenos Aires rumo à serra de Amambaí e acabara nas imediações do rio Apa. Sujeito atento e perspicaz, se interessara pela prática guarani da *coivara*, aplicada nas pequenas roças de subsistência que fora encontrando ao atravessar o Paraguai. Falou entusiasmado sobre o método nativo de plantio, mas a certa altura, Gaspar retomou a curiosidade sobre a vida do carreteiro:
– E vós? Então sois ocupado com transporte, senhor Almeida?
Almeida deu uma gargalhada antes de responder:
– Não, nada disso! Sou botânico. Faço experimentos com plantação de erva-mate em solo argentino.
Gaspar olhou ao redor de si, na mesa da carreta, e só então reparou nas mudas.
– Então são mudas de erva-mate para plantação... em Misiones? – Perguntou.
– Em Misiones eu já comecei a experiência, essas vão para Corrientes. – Almeida ajeitou os glúteos no banco da carreta e pigarreou antes de continuar. – Ora pois, a erva-mate é planta endêmica dos territórios guaranis, onde há

reunião das condições ambientais próprias. O desafio é aclimatar seu cultivo em outro tipo de solo.

— Sei que tem muita erveira no entorno das bacias do rio Paraguai e rio Paraná. — Ariscou Gaspar.

— São florestas silvestres, mas a mim cabe desenvolver plantação artificial, refazer os ervais de Misiones e introduzir a erva-mate em outras regiões da Argentina, como Corrientes. Mas antes preciso achar o jeito de quebrar a dormência das sementes. — Explicou Almeida.

Na medida em que falava, com sua voz calma e firme, o imigrante português ia agarrando a atenção de Gaspar. A boa oratória fluía de sua habilidade. Tinha começado a trabalhar ainda menino como ajudante de um botânico no Instituto Agrícola de Lisboa e aprendera a técnica de formação e plantação de mudas, assim como os parâmetros para investigar a aclimatação das plantas. Ele tinha crescido entre árvores variadas, aprendido a cultivá-las e auxiliado na classificação de vegetação colhida de lugares exóticos e levada à Europa para experimentos. Lá ele conhecera amostras da *Ilex paraguariensis* e lera os resultados de estudos botânicos que sugeriam ser beberagem própria para combater a fadiga. Mas uma administração nova do Instituto tinha desagradado o operário dedicado. Almeida então resolvera partir para a América do Sul, um paraíso de espécies, com que tinha a esperança de poder trabalhar. As habilidades em botânica justificaram sua indicação a um grupo de moageiros argentinos, pela via de um dos bispos da Arquidiocese da Buenos Aires.

Falar de plantas era quase uma orgia para o português. Com muita propriedade explicou que a *dormência* é o tempo em que perdura a incapacidade de germinação das sementes, em muito dependente das condições ambientais. Ele detalhou que a *dormência* ou *suspensão da germinação* é ligada à resistência da casca, ou *tegumento*, assim como à imaturidade do embrião. A passagem da semente de erva-mate pelo sistema digestivo de aves – como o jacu que, pelas fezes, dispersa os bagos – combinada com a permanência no solo por longos períodos – cinco meses, pelo menos – eram fases necessárias para *quebrar a dormência*, possibilitando a germinação da nova planta. Também lembrou a peculiar raridade das sementes de erva, com 4 diminutos bagos em cada fruto, de forma que 1 kg de sementes requeria em torno de 35.000 frutos. Por fim, mencionou a relação com as estações do ano, relatando que os frutos ficavam maduros de forma irregular.

– Interessante! Trabalhais por conta própria, senhor Almeida? – Não, fui contratado por um grupo de moageiros de Buenos Aires para fazer germinar artificialmente as sementes... digo, sem a contribuição do pássaro. – Confirmou Almeida, entre risadas.

– E por isso viestes buscar mudas nativas no Paraguai.

– No Brasil também. Tenho aí árvores do Paraguai. – Almeida combinou gestos com a cabeça e com a mão direita para indicar as plantas protegidas sob uma lona na mesa da carreta. – Mas também coletei plantas novas das imediações do rio Apa, do rio dos Dourados e de outros ervais do sul de Mato Grosso.

– Há distinção no manejo das sementes de árvores de regiões diferentes?

– Não, não é isso!

Então Almeida alongou-se na explicação do método que iria usar nos experimentos com as sementes que extraísse daquelas mudas. A conversa servia para amenizar a monotonia da viagem lenta.

Na medida em que melhorava, a atenção de Gaspar se desligava dos ferimentos e, a custo, conseguia disfarçar seu constrangimento. Era difícil ver-se ali, machucado, estirado no chão de uma carreta, dividindo espaço com a carga, totalmente dependente da generosidade de um desconhecido. Também não lhe era fácil sufocar o ímpeto de fazer a pose de gente importante que gostava de ostentar, de mencionar os títulos nobiliários de seus ancestrais e a importância de antepassado seu na consolidação territorial da província de Mato Grosso. Mesmo contrariado, era suficientemente sagaz para entender que sua soberba usual não tinha cabimento naquelas circunstâncias, já que não fazia sentido mostra-se superior àquele homem que lhe salvara a vida. Na verdade, tinha sentimentos contraditórios porque, em alguma medida, chegava a duvidar do aparente desapego daquele estranho e se preparava para algum pedido de recompensa. O fato é que quem o visse ali não o reconheceria. Estava comedido, mostrava-se interessado na prosa de Almeida, cordato, quase cordial.

Por sua vez, o português parecia satisfeito com a inusitada companhia de um homem letrado. Gaspar lhe instruía sobre o funcionamento do Império do Brasil e tantos outros assuntos de que Almeida tinha curiosidade.

— Conheceis a fábula das *uiaras*, Gaspar?

— As sereias do rio Amazonas?

— ... não bem do Amazonas. A lenda diz serem donzelas que entoam cantos entorpecentes para atrair homens às profundezas das águas do rio Paraná.

Gaspar deu uma risada e perguntou:
— Fostes entorpecido por alguma *uiara*, Almeida?
— Não eu, mas um cartógrafo paraguaio. Meu primo me contou esse caso.

A aparente piada animou Gaspar que, com certo esforço, conseguiu se levantar da mesa e se sentar no banco da carreta, ao lado de Almeida. Retomando o tema, Gaspar perguntou, tão intrigado quanto descrente:
— Uma sereia no rio Paraná que entorpeceu um cartógrafo paraguaio?! Que história é essa, Almeida?
— Ora pois! Eu soube ser uma história antiga, tão repetida no circuito monástico de Assunção que acabou tomando contornos de lenda... foi o que me contou o meu primo Jorge.

A história era longa e começava com a chegada a Buenos Aires do primo do botânico, o frade português de nome Jorge Ribeiro de Almeida. Bibliotecário do Mosteiro de São Bento da Vitória da cidade do Porto, Jorge tinha encontrado um mapa de algum território na América do Sul, que despertara a curiosidade geral por ter sido achado no fundo falso de um relicário de origem jesuíta do século XVII. Não por curiosidade, mas por empenho à correta catalogação, o padre viera à América com a intenção de identificar a origem da peça e investigar o local que o mapa retratava. *Ao falar disso a um sacerdote portenho, que vivera por muitos anos na capital do Paraguai, este se lembrou da história do cartógrafo matusquela, repetida há séculos entre os frades de Assunção,* contou Almeida.

— A história... de um cartógrafo louco!? — Perguntou Gaspar, já apressado pelo desfecho.

CHÃO VERMELHO 71

Almeida então repetiu a lenda que seu primo tinha ouvido. Diziam que em meados do século XVII, um homem teria se apresentado à ordenança do Colégio de Assunção como cartógrafo vindo da Província do Itatim, dizendo portar encomenda a ser entregue a um padre de nome Manuel Berthod. Ao ser levado à presença de quem procurava, o cartógrafo entregou uma carta geográfica, com indicadores de localização e a representação dos aspectos naturais e artificiais de um certo local. O homem teria contado que se encontrava na região do Itatim e fora chamado para desenhar às pressas o mapa do local onde tinha sido enterrado um tesouro dos missioneiros de San Ignácio de Caaguazú pouco antes de um ataque de saqueadores paulistas. Um dos jesuítas de Caaguazu teria ordenado que o cartógrafo levasse o mapa a Assunção e o entregasse ao tal padre de sua confiança. Era essa a missão que ele estava a cumprir.

– Então era o mapa de um tesouro enterrado... mesmo? Moedas de ouro? – Gaspar interrompeu o relato.

– Essa foi a mesma pergunta do tal padre Manuel Berthod, a que o cartógrafo respondeu com a descrição de uma quantidade grande de ouro e de diamantes.

Àquela altura, Gaspar já mostrava certa impaciência: *afinal, onde entram as uiaras nessa história?* Mas logo se deu conta de que ali, naquelas circunstâncias, a pressa não fazia sentido e que lhe cabia ouvir com paciência o detalhado relato de Almeida.

– Há um detalhe muito peculiar: o cartógrafo contou que junto com o ouro, os jesuítas tinham guardado o segredo da germinação das sementes de erva-mate. – Acrescentou Almeida, que continuou repetindo o que ouvira do primo

Jorge Ribeiro a um Gaspar tão incrédulo quanto desinteressado. Disse que o tal padre Manuel Berthod teria aberto a carta, identificado a localização do ponto indicado e tudo ia bem na conversa entre ambos até o momento em que o cartógrafo se despediu dizendo *"...com o dever cumprido, agora posso voltar às grandes quedas para ouvir o canto das uiaras".* Berthod teria perguntado do que se tratava e foi então que o cartógrafo se deslumbrou ao contar que durante um banho nas águas do rio Paraná, na altura das sete grandes quedas de Salto Guayrá, ele tinha ouvido um murmúrio melodioso nas águas, que o atraía para o fundo do rio. A muito custo um nativo da região o tinha salvado do afogamento. Quase em delírio, o cartógrafo contou ao padre estarrecido que, desde então, seu maior desejo era ouvir de novo a sonoridade daquele canto e que seu plano era propor casamento às *uiaras* em troca de franquia eterna de seu rumorejo acalentador. O padre teria empreendido esforços para salvar o cartógrafo, que acabou fugindo do tratamento ofertado num sanatório de Assunção. Com o alvoroço sobre a insanidade do cartógrafo, o mapa trazido por ele foi desacreditado e esquecido, tido por fruto de seu delírio. Nem o Pe. Manuel Berthod, nem os outros membros da congregação voltaram a se deter no desenho dos confins do Itatim.

– E por que pensais que o mapa encontrado em Portugal pelo teu primo é o tal mapa do cartógrafo enlouquecido pelas *uiaras*?

– Não sou eu quem pensa isso, só repito o que ouvi de meu primo Jorge Ribeiro.

Almeida contou que seu primo bibliotecário tinha associado a história do cartógrafo biruta – repetida por séculos no mosteiro de Assunção – com o fato de o mapa ter sido achado no fundo falso de um relicário jesuíta, aparentemente da mesma época. *Então o teu primo voltou satisfeito à Europa.* Gaspar constatou. *Não! A lenda do cartógrafo não basta à catalogação e... o pobre já nem tem mais data de retorno a Portugal!* Almeida relatou que ao saber das habilidades de Jorge Ribeiro, o Bispo de Buenos Aires requereu e conseguiu do Mosteiro do Porto a transferência dele para a Argentina, pelo tempo que precisasse para organizar todas as bibliotecas do Bispado. *Meu primo teve de suspender a pesquisa, até se liberar dos encargos em Buenos Aires,* concluiu.

Seguiram a viagem assim, com longas prosas. Quando chegarem a Concepción, dias depois, Gaspar já estava praticamente curado dos ferimentos e a visita ao médico serviu para confirmar a eficiência do tratamento com as ervas da aldeia Kaiowá. O pedido de recompensa não veio e Gaspar ficou confuso. A situação lhe era singular e nem sabia o que dizer a Almeida, a não ser pôr-se à disposição em Cuiabá.

– Como te disse, tenho acesso à administração da província, caso necessites.

– Sim, anotei o endereço e, se precisar, irei à tua procura.

Despediram-se na porta da estalagem, onde Gaspar pretendia se encontrar com o agrimensor procurado.

Depois de providenciar a troca da junta dos bois e o ajuste de uma folga no eixo da carreta, Almeida seguiu em direção a Corrientes.

ANOS DE 1880

CAPÍTULO 6

Um encontro em Buenos Aires

O sol já derretera o gelo que tinha pintado de branco o gramado da praça durante a madrugada, mas o vento ainda soprava, frio e úmido sobre os transeuntes, como se os quisesse banhar com gotas minúsculas das águas gélidas do rio da Prata. Um homem caminhava pela avenida Rivadavia e, ao alcançar a esquina, perdeu o escudo das construções e sentiu o esbofeteio da corrente de vento frígido na rua aberta. Tirou as mãos dos bolsos da grossa casaca de lã para levantar e ajeitar o cachecol de *cashmere* que compunha o elegante traje de inverno. O homem afastou-se do fluxo da rua para adentrar na *Plaza de Mayo* e tão logo obteve bom ângulo, lançou um olhar distraído para a pomposa sede do governo.

O edifício vistoso substituía a fortaleza colonial erguida em passado distante para sediar o governo do Adelantado, mais tarde o vice-reinado do Rio de la Plata e, desde 1810, o governo independente. Quando demolida a construção antiga, ergueu-se ali aquela edificação imponente destinada a abrigar o governo republicano da Argentina que, mais tarde, foi pintada de cor rosada.

Bem à frente da entrada principal e do grande balcão do primeiro andar, pulsava o coração da cidade, o quadrado albergando a *Plaza de Mayo*, circundado por residências, algumas muito elegantes, da burguesia que se formava no mesmo ritmo em que Buenos Aires se transfigurava de aldeia em metrópole. Embora ainda mantendo a função de mercado público, o local já comportava outros usos, como festas cívicas, desfiles cerimoniais ou protestos. A sina de centralizar acontecimentos políticos estava no nome que lhe fora dado, em homenagem à revolução de maio de 1810, iniciada ali mesmo e que desencadeara o processo da independência argentina. Compondo o eixo principal do comércio e da administração pública, a *Plaza de Mayo* era um lugar pulsante, de onde partiam caminhos a outros pontos importantes de Buenos Aires.

O cavalheiro seguiu pela praça, misturado a tantos outros que iam e vinham naquele espaço monumental. Mas não era um transeunte qualquer. Alejandro de La Peña era homem de confiança do então Ministro do Interior da Argentina. Com as duas mãos enfiadas nos bolsos da casaca, ele venceu a lateral da praça, até alcançar novamente a Rivadavia e por ela seguir em busca do número 200.

Empurrou a porta, entrou no Café Tortoni e enquanto seus olhos percorriam o interior do café procurando alguém, ele sentiu no rosto o calor reconfortante do ambiente aquecido. Despiu-se do casaco pesado e o ajeitou sobre o braço esquerdo dobrado, tirou o chapéu que segurou pela aba com as pontas dos dedos das duas mãos e caminhou pelo corredor entre as mesas em direção aos fundos do estabelecimento, fazendo sua imagem desfilar pelos espelhos que cobriam as paredes. Inaugurado em 1858, uns diziam que o café teria o nome de seu fundador, outros, que fora chamado assim por inspiração do Grand Café Tortoni do Bouvelard des Italiens de Paris, ponto de encontro da elite cultural parisiense. O fato era que o Café Tortoni de Buenos Aires também era dotado de requinte e de glamour. A decoração de inspiração francesa, os móveis em jacarandá, os tampos das mesas em pedra italiana e os espelhos bisotados de origem belga agradavam a Alejandro de La Peña, que naquela manhã não tardou a enxergar o homem que o esperava numa mesa de canto. Lá estava o industrial Ernani Velasques, alto, esguio, igualmente elegante, que se levantou para cumprimenta-lo, deixando à mostra o *pullover* de lã, em tons que harmonizavam com a casaca já perdurada no chapeleiro à esquerda da mesa, onde La Peña também acomodou seu sobretudo. Velasques não estava sozinho e La Peña teve de disfarçar sua contrariedade. *La Peña, este é o coronel mato-grossense Jeronimo Augusto Caldas. Senhor Caldas, este é Alejandro de La Peña, do Ministério do Interior.* – Disse Velasques, em postura formal e solícita.

Para Alejandro de La Peña a situação era incomum. Descendente de um importante general espanhol das primeiras levas de colonizadores que, há 300 anos, optara por fincar raízes no vice-reinado espanhol da América, La Peña fazia parte da elite social de Buenos Aires, ocupando cargo importante no governo argentino. Ele não se sentia à vontade para tratar de assuntos de governo diante de um estrangeiro desconhecido, alguém de uma obscura província do Brasil, como dissera Velasques. Mesmo assim foi cortês, sustentando um diálogo afável. A certa altura, consultou o relógio e buscou tratar do assunto que os trazia ao encontro:

— Podemos falar com liberdade, Velasques? — A frase teve uma dose de grosseria para com o estrangeiro.

— Sim, sim. Nosso assunto interessa ao coronel Jerônimo Caldas, que veio do Brasil para essa conversa.

La Peña não entendeu, mas seu tempo era curto para gastar em explicações. Preferiu confiar na estratégia de Velasques, fosse ela qual fosse. A relação entre La Peña e Velasques vinha de longa data, fruto da amizade de suas famílias. Tinham sido vizinhos na infância, contemporâneos na Universidade de Buenos Aires e, durante uma fase difícil pela falência do pai, La Peña ganhara arrego nas indústrias Velasques, onde prestara serviços bem remunerados até se engajar numa eleição frustrada ao Parlamento. Da aventura eleitoral malsucedida restara a La Peña o envolvimento na administração pública da nação, que muitas vezes punha a serviço do amigo industrial. Ultimamente, Velasques representava os interesses da Liga dos Moageiros de Buenos Aires, atormentada com o risco de paralização dos seus tradicionalmente pujantes moinhos de erva-mate. Depois de séculos de dependência da matéria-prima extraída dos ervais guaranis – localizados no Norte do Paraguai e nas bacias dos rios Paraná, Paraguai, Iguaçu e Uruguai, em território brasileiro – eram necessários investimento e políticas de fomento à pesquisa e cultivo de florestas de erveiras em território argentino. Representando seus pares, Velasques buscara a ajuda do amigo La Peña e era esse o assunto que os levara ao Café Tortoni.

— Ainda não consegui muita coisa, Velasques. Estamos de mãos atadas. O incentivo ao cultivo da erva-mate depende de lei. — Informou La Peña.

— Sim, mas eu esperava que, enquanto isso, um ato qualquer do governo indicasse a intenção oficial de fomentar o setor... — Ia retrucando Velasques.

— ...como atrativo para aportes privados! — La Peña demonstrou entender a estratégia.

— Isso mesmo! Porque temos urgência... perdemos o controle dos preços da erva *cancheada*. Muitos bosques naturais de erva-mate do Paraguai estão anexados ao Brasil agora e...

— ...precisamente à Província de Mato Grosso! Assim como Misiones está anexada à Argentina! — Caldas se intrometeu.

— Com a diferença de que em Misiones os ervais estão destroçados! — Resmungou La Peña.

— E não é só isso. No Paraguai estamos prestes a enfrentar o monopólio extrativo de grandes companhias! — Velasques completou.

Velasques se referia à situação instalada no Paraguai – alquebrado desde o fim da guerra – que cedia a pressões do capital privado mediante a mudança no seu regime de propriedade agrária, com a venda da maior parte de suas terras públicas. Empreendedores estrangeiros se juntavam e já se falava de uma iminente empresa de controle inglês, que havia de adquirir milhares de léguas quadradas de terras. Assim, a indústria argentina de erva estava prestes a perder o acesso até mesmo sobre os ervais que tinham restado no Paraguai.

— É emergencial a busca de uma solução!

— Isso é fato! Basta... começar a cultivar! — A frase de La Peña era carregada de ironia, pois remetia às insistentes e frustradas tentativas de cultivo da planta.

— Daí a demanda dos experimentos que estamos fazendo... de alto custo! — Velasques voltou ao foco da conversa. — Tudo requer muito investimento! E o Ministério não enxerga isso!

A conversa entre os dois argentinos pouco lhe dizia respeito e Jeronimo Caldas se manteve calado, embora tenha reparado no acanhamento de La Peña. A fim de acabar com a dependência histórica da matéria-prima importada, o funcionário público fora contratado pelos moageiros portenhos para influenciar o Ministro a liberar fomento a empresas agrícolas de capital privado, estabelecer condições favoráveis à aquisição de terras na região de Misiones e investir na pesquisa e cultivo da erva-mate. Àquela altura, La Peña já reconhecia o insucesso no *lobby* de que fora incumbido e já considerava perdida a percentagem que lhe tinham prometido para conseguir o intento dos moageiros. Optou então por mudar de assunto, perguntando do tema mencionado no bilhete que o convocara para aquele encontro.

— Bem, em tua missiva, tu dizias que temos uma nova alternativa?

— Sim, uma empreitada que exige reunião de esforços, inclusive do coronel Jeronimo Caldas, que veio a Buenos Aires a meu convite.

— ...e que está curioso para conhecer vossa proposta. — Admitiu Caldas.

— Precisamos ter acesso às terras do sul da província brasileira de Mato Grosso, coronel Caldas.

Caldas demorou alguns instantes para processar a frase que acabara de ouvir. Ainda surpreso, perguntou:

– Então pensais em requerer terras devolutas ao Império do Brasil?

– Talvez sim, talvez não! Por isso convoquei a ambos. Penso que um alto funcionário do governo argentino e um coronel influente junto ao Império do Brasil tenham criatividade para pensar numa boa estratégia. – Velasques segurou o tampo da mesa com as duas mãos e puxou o torço do corpo para a frente, alternando olhares entre os dois interlocutores, como a instigar reações em ambos.

– Sabeis que a teia da administração pública do Império do Brasil é intrincada. – Esquivou-se Caldas.

– Mas e se houver uma iniciativa oficial? – De repente, La Peña mostrou interesse no tema.

– Pois é isso que espero de ambos: que descubram os caminhos. – Velasques resumiu, satisfeito.

– O Ministério pode propor ao Brasil a criação, por exemplo, de uma companhia supranacional para explorar os ervais de Mato Grosso. – La Peña opinou.

– Com capitais públicos? Mas eu acabei de ouvir que tendes dificuldades para liberar fomento à pesquisa e plantação do mate. – Disse Caldas.

– É fato! Mas pensei na reunião de capitais públicos com investimentos privados captados no mercado argentino e, também, no Brasil. – Sugeriu La Peña.

– Uma sociedade internacional... e de capital aberto? – Caldas repetiu, ainda querendo entender melhor.

Seguiram debatendo sobre a estrutura ideal do empreendimento, que teria por finalidade a extração e a trituração inicial de erva para remessa aos moinhos portenhos. Uma hora depois La Peña precisou ir embora e marcaram um novo encontro para o dia seguinte, na sede do Ministério.

Sozinho com Velasques, Caldas usou de mais franqueza:
— Na verdade, eu não tenho interesse no extrativismo do mate e ainda não sei que papel havia de me caber na operação que propondes.

— Mesmo que não queirais investir no negócio, precisamos de vossos esforços para abrir as portas da administração de vossa província.

— Mas a província tem muito pouco poder decisório. Tanto a posse de terras devolutas quanto a exploração dos ervais requerem autorização do Império.

— Estou certo de que vós conheceis os caminhos para obter tudo isso no Rio de Janeiro.

Caldas ajeitou-se na cadeira, antes de perguntar, com certo constrangimento:
— Mas o que ganho eu por tais diligências?

— Não pensei nisso antes, porque supunha vosso interesse no negócio em si. Mas podemos pensar num percentual... quem sabe sobre os aportes que conseguires carrear ao empreendimento.

Caldas mal conteve a irritação. Velasques queria seus préstimos para intermediar as autorizações do Império e, também, para reunir o investimento necessário e sua recompensa dependia do resultado! Não podia crer que viera de Cuiabá a Buenos Aires para ouvir proposta tão indecente. Mas como bom cavalheiro, conteve-se e até aceitou o convite de Velasques para conhecer o moinho e o processo de beneficiamento de erva-mate.

Já na fábrica, ficou impressionado com a eficiência das máquinas a vapor. Inteirou-se do processo coordenado de torradores, secadores, abanadores, separadores, peneiras e compressores mecânicos, desde a moagem até a embalagem e etiquetação dos pacotes de erva-mate.

— Se minha estrutura vos impressiona, saiba que há moinhos com máquinas ainda mais modernas. De minha parte, só vou renovar meu parque industrial depois de ver resolvida a carência de matéria-prima. — Explicou Velasques.

— Bastante sensato!

Velasques convidou Caldas a entrar numa hermética sala do setor de embalagem. *Ah! Vejas isto*, disse. *Este setor é exclusivo da erva que já vem beneficiada do Brasil. Aqui são abertos os fardos que nos chegam dos atracadouros de Antonina, São Francisco... Itajaí. Nesta sala o produto ganha embalagem e etiqueta com as nossas marcas.* — A explicação de Velasques parecia seguir um roteiro que ele repetia cheio de orgulho a visitantes frequentes.

— Então além de erva semielaborada para beneficiamento, vos também comprais erva que já vem pronta do Brasil?

— Isso mesmo. Compramos a erva beneficiada lá nas províncias do Paraná e Santa Catarina, reembalamos e exportamos com nossas próprias marcas. Na verdade, distribuímos erva para o Uruguai, Chile e...

— Entendi! As marcas argentinas que ganham fama no mercado internacional, na verdade, vendem a erva do Brasil! E forneceis também à Europa? Aos ingleses, por certo!

Ernani Velasques respondeu que os ingleses davam uso diferente à erva-mate, havendo a suspeita de que a misturassem ao prestigiado chá do Ceilão. *Até se especula que o inte-*

resse dos britânicos seja pelo controle do mercado. Eles querem se assegurar do monopólio do chá. – Arrematou.

– Mas... de onde vem essa vocação dos moinhos de Buenos Aires para centralizar o comércio internacional de erva-mate? – Gaspar quis saber.

– É a tradição, coronel. Desde os tempos coloniais, os habitantes do *Puerto de Santa María del Buen Ayre* vêm se prestado a isso... a comprar erva cancheada ou semielaborada dos territórios guaranis, concluir o processo de beneficiamento e vender erva-mate pronta aos povos vizinhos.

Concluída a visita à fábrica de Velasques, Caldas foi convidado para almoçar num *comedor* de muito boa fama, na avenida Bellavista.

Durante o almoço, em conversa menos formal, Velasques confidenciou que a guilda de moageiros de Buenos Aires estava patrocinando pesquisas para desenvolver plantação de erveiras na Argentina.

– Temos dois polos de investigações técnicas, um em Misiones e outro em Corrientes. – Completou.

– Mas em sendo arvoredo silvestre, será possível a plantação?

Velasques afirmou terem certeza da possibilidade, já que os padres da Companhia de Jesus tinham desenvolvido a técnica há mais de dois séculos, havendo inclusive um boato no Bispado de que jesuítas teriam deixado a receita por escrito.

– Mas então já podem plantar... suponho que já tivestes acesso à essa receita, lá do Bispado!

– Não! O Bispado não a tem e nós apenas supomos que exista, em razão de uma peça encontrada por um bibliotecário num monastério do Porto.

— Uma peça encontrada em Portugal... — Caldas repetiu, tentando entender. Velasques continuou:

— Há uma suspeita de que a receita da plantação esteja enterrada em algum buraco no território do antigo vice-reinado do Rio da Prata, provavelmente em terras que agora estão em vossa província, coronel Caldas, nas imediações das ruínas das missões jesuíticas de Espanha.

A prosa era estapafúrdia demais. Jeronimo Caldas descansou os talheres e esticou o tórax para trás, ganhando tempo para articular alguma coisa que pudesse ser dita.

— Pena ser uma área tão grande. Uma busca havia de levar muito mais tempo que...

— ... sim, mais tempo que o desenvolvimento da técnica por erros e acertos! É uma pena! — Completou Velasques.

Terminado o almoço os dois homens se despediram, compromissados ao encontro no Ministério do Interior no dia seguinte, para tratarem do empreendimento binacional que haveriam de propor aos governos da República Argentina e do Império do Brasil.

CAPÍTULO 7
Costurando as lendas

Passava das quatro da tarde quando saíram de casa e o calor forte do dia já dava uma trégua. Na frente da condução, ao lado do cocheiro, Gaspar ia apontando as construções novas que Dionísia ainda não tinha visto. Seguiam devagar e ela, sentada no banco de trás, ia desfilando suas impressões. Disse gostar muito da construção bonita do Liceu Cuiabano e depois se encantou com a composição bucólica recém-inaugurada na *Bica da Prainha*. A fonte, com reservatório d'água – uma das muitas bicas da cidade – não servia de abastecimento apenas, mas de ponto de encontro, e estava animada naquela hora. Enquanto alguém se abastecia, uma pequena fila de espera ia se formando e, mesmo de tina cheia, muitos se detinham no burburinho de falas animadas e cheias de riso.

Dionísia mandou parar a carroça para comprar uma porção do rebuçado de coco que a escrava de ganho passou vendendo com outros quitutes com cheiro de engenho.

– São para os meninos... eles gostam tanto! – Explicou ao marido que não a escutou, distraído que estava com os pedaços das prosas da bica, que podiam ser ouvidos daquela distância.

A um sinal do senhor, o cocheiro bateu levemente as rédeas sobre o lombo do animal, que voltou a se mover, lentamente. Quando chegaram à vila de Argônio, Dionísia apeou da carroça e já foi agarrada por Pedro, que se apartou dos outros guris em correria pelos jardins.

– Tu estás lindo nessa roupa, Pedrito! – Disse ela, abraçada ao filho mais velho de Argônio.

– Vistes minhas calças compridas, *vó Duza*? – Perguntou o menino, cheio de orgulho.

Até então ele tinha usado calças curtas, mas a mãe lhe presenteara com camisa, casaca e calça comprida, feito roupa de adulto, que ele usava pela primeira vez.

– Claro que vi. Estás ficando moço. – Dionísia superestimou, enquanto fazia o menino dar uma volta para mostrar melhor a vestimenta. – ... não é mesmo, Gaspar?

O marido respondeu que sim, distraído, e ela então perguntou de Francisco, o irmão mais novo de Pedro.

– Francisco está aqui. Venha vovó! – Pedro puxou Dionísia pela mão em direção à cerca viva que dividia alas do jardim.

Sentado no chão, vestindo um conjunto de marinheiro, o pequeno Francisco não se importou muito com a chegada da avó, interessado em mais uma jogada de bola de gude com outro menino.

– Ele já está craque, vovó. – Explicou Pedro.

Dionísia sorriu, contendo o impulso de levantar Francisco do chão e limpar as mãozinhas cheias de terra. Limitou-se a se abaixar, beijou-lhe a cabeça e arrumou a parte traseira da gola branca com as listras azuis.

— É verdade que estás exímio no jogo de *bolitas*, Francisco? Pena que já sujastes a roupa... tão bonita!

Antes de se dirigir à entrada principal da casa, Dionísia cochichou nos ouvidos de Pedro que tinha trazido quitutes e que os iria deixar na lata de doces, lá na cozinha.

Depois de abraçar o *filho* aniversariante, Dionísia foi entregar sua quota de mimos à sobrinha Belinha, que se desdobrava em atenções aos convidados e, só então, perguntou por Risoleta.

— Mamãe chegou ontem de Paranayba, bem adoentada. Está lá no quarto, tia *Duza*.

Risoleta pareceu alegre ao ver a irmã.

— Como estás, Duza? Ando sentindo falta de ti. — Declarou, tentando se levantar da cama.

— Fique, fique aí. O que te amolas desta vez, Lola? — Perguntou Dionísia, arqueando-se para alcançar a irmã com seu abraço.

— O mesmo de sempre... desde aquela picadura do inseto, tu te lembras?

Dionísia se lembrava muito bem. Ambas ainda eram solteiras. Um inseto amarelo riscado de marrom tinha picado o pescoço de Risoleta, que passou muitos dias com febre, inchaço nos olhos, nas axilas e virilhas. Como sintomas estranhos persistiam, ela tinha sido levada a exame clínico em São Paulo, onde se levantara a suspeita de volume exagerado do fígado e do coração de Risoleta.

— Mas será daquilo, ainda, Lola?

— O fisiologista diz que pode ser, sim. Meu coração está fraco, já nem posso andar, sinto muito cansaço, Duza. Para vir a Cuiabá foi um sacrifício, tive de vir estirada na mesa da carreta.

As irmãs continuaram trocando notícias sobre seus males físicos. Dionísia também tinha os seus. Eram terríveis cãibras e dores abdominais, consequências do cólera de que fora infectada no tempo da guerra. O fisiologista dissera que a doença lhe causara desiquilíbrio no organismo, com a deterioração progressiva da função dos rins. Mas a natureza de Dionísia não lhe permitia abater-se, ela sempre arranjava motivos para bem viver.

– Ainda bem que os meninos põem alegria na minha vida. E viste como estão lindos?

– Bonitos estão, mas... não são meio estouvados? Pergunto a ti por que eu mesma não pude acompanhar o crescimento deles.

Dionísia respondeu que os meninos eram dóceis e bem-educados, mesmo sabendo que a intenção da pergunta fora a renovação da queixa de sempre: ela vivia longe dos netos graças à recusa de Belinha em viver na fazenda. Só que ultimamente Risoleta estava cheia de esperança. Sua doença havia de forçar a filha a se mudar a Paranayba e fazer o genro assumir as rédeas dos negócios.

– Penso que agora eles entenderam que não posso mais cuidar da fazenda.

– Eu soube, Lola. Belinha até tem gostado da ideia de viver em Paranayba.

A conversa foi interrompida com o aviso de Dita de que a refeição seria servida. Dionísia acompanhou Risoleta até um assento à mesa, na sala de jantar. Os pratos foram trazidos pelas cozinheiras, que se esgueiravam entre os convivas, portando bandejas, travessas, jarras e *fracalanzas* cheias de *maria isabel* – a carne com arroz – outras repletas de carne com banana verde, alimentos que fumegavam exalando diferentes aromas. Convidados e familiares foram saboreando a refeição coletiva sem cerimônias, em conversas entrecortadas por risos discretos ou interjeições de aprovação. De sobremesa foram servidos o *furrundú* – doce de mamão ralado com melado – e o *boipá* – rebuçado de abóbora com rapadura. O ápice da refeição foi o bolo de fubá branco com calda de laranja e a cantoria alegre pelo aniversário de Argônio. *Vivas ao Argônio! Muitos anos de vida!* Os brados de bom augúrio coroavam o festejo.

Ao deixarem a mesa, Belinha foi fiscalizar o jantar das crianças na cozinha; as outras mulheres, de taças nas mãos, agruparam-se nas cadeiras macias da sala de música. Os homens, também sorvendo licor de pequi em pequenos copos de cristal bisotado, sentaram-se nos bancos da varanda para continuar a prosa sob o frescor do anoitecer.

Quando a conversa já perdia o ritmo pela debandada de convidados, Caldas aproveitou para falar da vinda dos moageiros portenhos a Cuiabá.

– No final do mês que vem, vamos receber os castelhanos. Tu falaste com o Presidente, Argônio?

Argônio tinha falado e ouvira o que já se sabia: para explorar a erva do sul, os argentinos teriam de pleitear autorização ao Império. Caldas explicou então que, mesmo assim, os estrangeiros precisavam sentir a boa vontade da administração da província, inclusive para facilitar a reunião de gente que quisesse investir na extração da erva-mate. Na sanha de captar investidores para a empresa com os argentinos, Caldas passou a conjecturar alguns nomes, dentre os quais Generoso Ponce e Thomaz Larangeira, este já bem enfronhado no negócio com erva. Argônio seguiu escutando a avaliação dos nomes de alguns endinheirados de que se lembravam, até que Caldas mudou de assunto.

– Eu soube, pelo Ernani Velasques, que os moageiros de Buenos Aires estão investindo em pesquisas para cultivar erva-mate lá na Argentina.

– *Ué!* Mas isso não é novidade, já faz é muito tempo! Numa das minhas incursões pelo Paraguai, conheci um camarada que estava em peleja com isso.

Ao ouvir de Gaspar a história do botânico português que levava mudas de erveiras do Brasil e do Paraguai para experimentar o cultivo em Misiones e em Corrientes, Caldas então se lembrou e reproduziu a conversa que tivera em Buenos Aires.

– Ernani Velasques me disse a mesma coisa. E tem mais: disse que pode existir até uma receita anotada da plantação! Eles têm por certo que os padres espanhóis escreveram e guardaram o método de germinar as sementes.

Argônio deu uma gargalhada, mostrando descrença. Afinal, se o plantio da erva era trivial entre os missioneiros por que os jesuítas teriam anotado a receita? Com que finalidade teriam registrado o que lhes era tão corriqueiro? E onde estaria essa anotação?

– Ernani Velasques ouviu no Bispado de Buenos Aires que o método de plantação talvez esteja enterrado em algum canto de nossa província, nas imediações das ruínas das missões dos espanhóis. – Caldas disse.

Argônio franziu o cenho, atirou-se para trás forçando as costas contra o balaústre da varanda, enquanto olhava desconfiado. *Que conversa mais estapafúrdia!* pensou.

Mesmo sem ter dado crédito à conversa esquisita que ouvira de Ernani Velasques, Caldas tentou reproduzi-la, contando a história do bibliotecário que tinha achado um mapa em Portugal.

– Se entendi o que dizeis, os jesuítas escreveram a fórmula certa da plantação... embora n...não se saiba o porquê de terem feito isso... e enterraram a receita onde agora é nossa pr... província e alguém encontrou uma prova disso em Portugal e quem sabe dessa história são os pa...padres de Buenos Aires?

– Cada vez mais incrédulo, Argônio fez um resumo irônico da conversa com frases cheias de conjunções aditivas, como a desmascarar o quão improvável aquela história lhe parecia.

– É o relato que ouvi do Velasques. – Defendeu-se Caldas.

– Então a indicação bo...botânica de uma planta da América espanhola... foi achada em Portugal, mais de du... duzentos anos depois? – Argônio continuava descrente da história.

Gaspar se mantivera pensativo nos últimos *rounds* da conversa e então pareceu voltar de um longo transe para dizer:

– Não, não! Lá em Portugal foi encontrado um mapa que talvez indique o lugar... onde os padres podem ter enterrado o roteiro do cultivo da erva-mate.

– Como sabeis disso, senhor meu pa...pai?

– Como eu já vos disse, conheci no Paraguai um botânico português... que era primo do padre que topou com esse tal mapa em Portugal... no fundo falso de um relicário jesuíta. – Logo após dizer a frase, Gaspar abaixou o olhar e o tom de voz, como se falasse consigo mesmo. – Mas só agora estou ligando as coisas.

– Como podeis saber que o tal mapa tem vinculação com a receita da pla...plantação da erva-mate? – Insistiu Argônio, ganhando resposta incontinenti de Caldas:

– Pelo que entendi é apenas uma hipótese.

– Sim. Os fragmentos de histórias desconexas induzem a isso. Há o caso de um cartógrafo que levou um mapa a Assunção... que pode ser o mesmo mapa achado em Portugal num objeto jesuíta... e tem a lenda dos kaiowás repetida desde os aldeados no Itatim sobre o enterro de ouro e diamantes dos jesuítas... com aquela parte intrigante. – Gaspar falava em voz baixa, quase envergonhado.

– Parte intrigante? – Caldas perguntou.

– Sim, o tal botânico português que conheci mencionou a mesma suspeita, repetida na lenda dos kaiowás... de que junto ao ouro, os padres tinham enterrado um pergaminho contando o jeito certo de fazer germinar a semente e plantar a erva-mate.

– Que parvoíce! – Retrucou Argônio.

Caldas ficou calado por instantes, olhando cismado para Gaspar e conjecturou, como se pensasse em voz alta:

– Quem dera fosse verdade!

– Por que dizes isso, coronel? Já te...temos tanta erva nativa na província! – Argônio argumentou.

– Então não vedes? A receita dos jesuítas havia de ser preciosa aos portenhos. O que eles mais querem é cultivar erva-mate lá na Argentina! Tanto que estão investindo nas pesquisas... que exigem muito tempo de experimentação. – Disse Caldas.

– Estás a dizer que se encontrada fosse, a receita enterrada podia ser vendida aos moageiros argentinos... – Gaspar quis confirmar se tinha entendido.
– ...por uma verdadeira fortuna! – Caldas completou.
– Tendes noção do montante de que estais falando, coronel? – Gaspar quis saber.
– Os moageiros haviam de pagar o que lhes fosse pedido.
– Nem diga tal coisa, coronel. Meu pa...pai pode querer escavar nos ca...campos da vacaria. – Argônio gracejou. – Mas as distâncias são grandes e a busca ia levar mais te... tempo que as pesquisas dos argentinos.
– Nem tanto! Já se sabe que o alvo deve estar na área das antigas missões do Itatim. – Respondeu Gaspar, provando que Argônio estava certo ao supor seu interesse na busca à tal receita enterrada.
– Pronto coronel! Meu pai vai transformar em peneira o chão da província. – Replicou Argônio, ocasionando boas gargalhadas, até mesmo de Gaspar.
Na sala de música, já quase vazia, cessara a balbúrdia de falas e risos. Depois que as convidadas se foram, Risoleta liberou seu rosário de opiniões desairosas.
– Não sei como suportas essas conversas inúteis, Belinha! E tu também, Dionísia! Por acaso te compraz com aquela gabolice do convescote frustrado na tal... ilha de Paquetá?
Não houve resposta, mas o olhar trocado entre Belinha e a tia valeu por mil palavras. Estavam ambos de acordo: Risoleta continuava a mesma de sempre e não adiantava retrucar.
– Pelo menos demos muitas risadas, Lola. – Dionísia limitou-se a dizer.

— Eu ainda me impressiono com a falsidade dessa gente daqui. — Continuou Risoleta, tecendo comentários nocivos sobre cada um dos convidados da filha.

Desde o seu casamento, poucas vezes Belinha encontrara a mãe e, em todas elas, qualquer assunto tinha acabado em discórdia. Agora Risoleta estava ali, com as carnes sumidas, ossos dos ombros e braços como paus secos a espetar o pescoço alongado. Sob uma carcaça quase vencida, ela ainda se mantinha soberba e ferina. Mesmo fisicamente frágil, dependente de ajuda para se levantar e andar, Risoleta não abandonara a disposição permanente de opinar sobre tudo, criticar cada passo alheio, manipular vontades e pensamentos de outros. Ofegante pela lerdeza dos movimentos pulmonares que a fraqueza do coração lhe impingia, Risoleta ainda se comprazia em levantar suspeitas vazias, em fazer futrica, em pôr uns contra os outros. Quando esgotada a pauta de críticas a ausentes, aproximou seu alvo:

— Eu estou aqui pensando por que tu precisas prender os meninos num colégio a semana toda, Belinha? Bem que podias manter perceptores lá na fazenda... agora que vais mesmo para lá.

— A convivência com os colegas faz bem a eles, mamãe.

Mas então que seja num colégio bom, lá na capital da Corte, ou até da província de São Paulo. Por que encerrar os meninos aqui, na precariedade dessa escola atrasada? Se eles forem para um bom colégio, tu hás de ficar mais aliviada em Paranayba.

— O Seminário Episcopal é um bom colégio, senhora minha mãe! — Belinha corrigiu, com a concordância de Dionísia e, antes que Risoleta retrucasse ela resolveu dizer claramente o que a mãe estava querendo ouvir. – Os meninos vão ficar bem e eu estou pronta para cuidar da fazenda, se é essa a vossa dúvida, mamãe.

A decisão de assumir os negócios em Paranayba há anos vinha sendo adiada, mas ultimamente a situação lhes atropelava. Com o agravamento da doença de Risoleta, fora inevitável seu afastamento do comando dos negócios. Um parente do juiz local fora contratado há mais de ano para assumir esse encargo, mas a situação já se mostrava insustentável, inclusive para Belinha, que percebera a queda brusca da renda.

– Então o Argônio finalmente se decidiu? – Risoleta quis confirmar.

– Não, senhora! Argônio ainda não se sente pronto para largar o emprego. Irei sozinha, munida de procuração com amplos poderes dele e ficarei por lá até que se restabeleça vossa saúde.

Risoleta jogou-se para trás na poltrona e estufou com dificuldade o peito, como se ajuntando forças para mais um veredicto malévolo, cheio de ironia:

– Para mim está claro que ele nunca vai estar pronto para começar a trabalhar! Eu não digo que esse teu marido é um inútil...?

– Lola, CALA A TUA BOCA! – Num salto de seu assento, Dionísia se pôs de dedo em riste diante da irmã. – Não vês a inconveniência e a crueldade de tudo o que dizes?

– Eu fico rezando para que te adaptes à vida calma de Paranayba, Belinha. – Disse tia Dionísia, enquanto se despediam na varanda.

– Nada tenho nada contra o sossego, tia Duza. Até gosto, desde que tenha livros, papel e pena.

— Eu sei disso, querida. De minha parte, vou olhar os meninos, quando estiverem em casa. — Prometeu a tia, aludindo aos fins de semana em que Pedro e Francisco eram liberados do colégio.

— Eles hão de gostar, tia Duza. E Dita vai estar aqui tomando conta de tudo... não é mesmo, Dita? — Belinha perguntou.

— Mas é claro que sim! Eu quero que fiques sossegada lá em Paranayba.

Mais tarde, acomodada no quarto de dormir, Belina ouviu de Argônio as conjecturas de Gaspar e Caldas sobre o tesouro enterrado no sul da província.

— Então eles creem que possa mesmo existir uma riqueza escondida há mais dois séculos?

— Sim, e acham plausível que lá também esteja a receita da plantação que havia de valer uma fortuna para os moageiros de Buenos Aires.

— Tomara que Dom Gaspar não desembeste a cavar feito tatu, como tu dissestes. — Disse Belinha em tom jocoso, antes de apagar o lampião.

Passado algum tempo, Argônio voltou a falar:

— Eu me dou conta de que já posso conversar de igual para igual com ele, Belinha. Hoje consegui até fazer chiste de meu pai e... quase sem gaguejar.

Na ausência de resposta, ele insistiu:

— Belinha?

Ele ergueu o tronco e com a luz do luar que invadia o quarto, conseguiu ver o rosto imóvel da esposa, já adormecida. Ajeitou-lhe o lençol e permaneceu admirando seus traços bonitos enquanto ela dormia. Deu-se conta de que em poucos dias ela partiria a Sant'Anna de Paranayba e ele ainda não tinha ideia de como ficaria a vila familiar em sua ausência.

CAPÍTULO 8
A reunião

A manhã estava iluminada e o céu de Cuiabá todo azul. Por volta das dez, Thomaz Larangeira resolveu deixar o hotel e saiu caminhando lentamente em direção à casa do amigo Rufino Eneas Galvão. Há tempos ele não vinha à capital da província e, mesmo se esgueirando para aproveitar as as sombras das marquises, ia olhando tudo com curiosidade. Notou duas portas abertas sob uma placa que dizia *Taberna do Mozart*. Entrou e logo enxergou a grande coleção de infusões em cachaça. Conseguiu ler nos rótulos *gengibre, cravo e canela, erva doce...* e se distraia com a curiosidade, quando ouviu um cumprimento.

– Bom dia, freguês... qual delas quereis experimentar por primeiro?

Da porta dos fundos surgira aquele sujeito alto, de rosto alongado e semicoberto por uma barba rala. O bigode denso e comprido, cuidadosamente enrolado nas pontas, que lhe dava ar solene, quase intelectual.

– Boa tarde, senhor. Vejo que nessa estante tendes uma peculiar coletânea... o que me sugeris?

O homem da taberna pôs as mãos na cintura, percorreu as garrafas com o olhar e, voltando-se para o freguês novo, respondeu com simpatia.

– Capim cidreira me parece apropriado para hoje. Sou o Mozart, a vosso dispor... e como posso vos chamar, senhor?

– Larangeira...Thomaz Larangeira! Mas vou deixar seu capim cidreira especial pra outra hora. Aceito só um refresco... para matar a sede.

– *Ah! Uuum!* Eu conheço vosso nome... sois um comerciante afamado de Concepción!

– Ultimamente faço extração de erva-mate além da fronteira com o Paraguai.

– Erva-mate do Paraguai... que coincidência! Outro dia alguém me contou um caso antigo. Falou de um francês que ficou preso no Paraguai, porque queria estudar a erva-mate. Achei que era lenda.

– Temo não seja lenda! Eu conheço uma história... do botânico e cirurgião da Marinha francesa, que veio às Américas por volta de 1820. Fez parada em Misiones, que era território disputado entre os países vizinhos e se pôs a investigar a germinação da erva-mate.

– Mas eu ouvi que tinha ficado prisioneiro no Paraguai. – Mozart insistiu.

– Ficou mesmo! Temendo que as pesquisas pusessem em risco o seu rentável comércio de erva com Buenos Aires, o governo paraguaio proibiu as pesquisas e mandou prender o francês.

– Foi isso mesmo que eu escutei. Que barbaridade!

– Pois é. Nem a ingerência de Simão Bolívar conseguiu libertar o camarada. Ele permaneceu por dez anos em cadeia do Paraguai e só conseguiu liberdade pela interferência do governo francês.

— Então a história é real! — Mozart exclamou.

— Sim, é conhecida mundo afora!

— ... e o jeito de plantar a erva-mate continuou um mistério! — Mozart concluiu, antes de mudar de assunto. — Perdão pela intromissão senhor Larangeira, mas o que o traz a Cuiabá?

— Venho colher apoio de amigos para o pedido de autorização que fiz ao Império, senhor Mozart. Quero explorar também os ervais do lado de cá da fronteira, lá no sul de Mato Grosso. Por sinal, estou atrasado.

Larangeira tomou o último gole do refresco e saiu apressado. Logo alcançou a residência de seu amigo Rufino Eneias Galvão, então Presidente da província. Já durante o almoço, trataram do assunto que trouxera Larangeira a Cuiabá.

— Meu amigo, de tudo tenho feito para apressar a autorização que vos beneficia. Não têm sido poucos os meus argumentos em favor de vosso pleito. Tenho falado que o trânsito das carretas de erva-mate abre caminhos na região e que a instalação de postos de troca de animais e de condutores há de gerar o povoamento da região. — Disse Eneias Galvão.

— E isso é verdade. Minha atividade tem vocação para desenvolver a região da vacaria.

— Todos reconhecem isso! Mas a resistência tem causa na centralização das operações no Paraguai. O plano de fazer a erva brasileira sair do país quase *in natura*, ganhar agregação de valor no exterior e ser exportada através de um porto paraguaio não vos ajuda em nada! — Disse Galvão com franqueza.

— O embarque em Concepción é provisório, marechal.

– Podeis usar o porto de Corumbá! – Sugeriu Galvão.

Inserido no circuito do comércio mundial, o porto de Corumbá, no rio Paraguai, despontava como um importante terminal da navegação da América do Sul. Era inevitável que se esperasse a sua definição como o ponto de exportação da erva-mate. Mas Thomaz Larangeira estava ciente da dificuldade em utilizar um porto situado a centenas de quilômetros ao norte dos ervais, na direção oposta ao centro de beneficiamento.

– Difícil, para não dizer impossível, marechal. Corumbá fica fora da rota de escoamento. Trazer a produção para embarque em Corumbá inviabiliza o negócio por aumentar custos. Mas hei de achar outro jeito de embarcar a erva, talvez pelo rio Paraná.

– Melhor que nem faleis disso na reunião com os castelhanos.

– Está certo. E por falar nisso, o que querem esses castelhanos? De quem foi a iniciativa do encontro?

– Eles buscam a mesma autorização que interessa a vós. E quem marcou a conversa no gabinete foi o coronel Caldas.

– Jeronimo Caldas, o exportador de borracha?

– Sim, ele tem algum negócio com esses argentinos que, penso eu, vieram a Cuiabá também para a festa do Murtinho, assim como vós.

– Então essa reunião não tem prioridade para ninguém! – Concluiu Larangeira.

– Penso que não... e ainda bem! Desde ontem não me sinto bem. Vou deixar essas mesuras por conta do Chefe do meu Gabinete.

Seguiram falando de amenidades e, ao se despedirem, Galvão lembrou que estariam juntos numa recepção dois dias depois.

– Então nos vemos na festa do Murtinho!

Enquanto isso, o comerciante Generoso Paes Leme de Souza Ponce e o tenente-coronel José Antônio Murtinho já tinham chegado à sede da administração da província, assim como o coronel Jeronimo Caldas ciceroneando o funcionário do Ministério do Interior da Argentina Alejandro De La Peña e o industrial Ernani Velasques, este na condição de representante da Liga de Moageiros de Buenos Aires.

Fechado em sua sala, Argônio se desesperava. Ele acabara de receber um bilhete do Presidente avisando não ter melhorado da indisposição; que ficaria em casa naquela tarde e lhe outorgava poderes para presidir o encontro. O oficial suava frio, como quando o professor o mandava ir à lousa, nos tempos do colégio. Ele tremia e, caminhando pela sala, repetia para si mesmo as falas com que abriria a reunião. Acalmou-se quando se lembrou de que Caldas já devia ter pensado em tudo e que conduziria os debates. Passado o estupor inicial, mandou chamar Otílio Mattoso, o guarda-livros da administração, que foi categórico:

– Se esses castelhanos querem captar investimento privado precisam criar uma companhia aberta e obter registro na Real Junta do Comércio. Tu sabes disso, Sá Ferreira!

Argônio sabia e, aos poucos, foi articulando as próprias ideias.

– Por certo e... de um jeito ou de outro vão pre...precisar de lei que autorize!

– Sim e tudo na capital da Corte, não aqui! Tu sabes a razão de virem a Cuiabá?

Naquela hora Argônio ainda não sabia, mas não tardaria a entender. Na hora marcada, já bem mais calmo, sentou-se à cabeceira da mesa. Abriu o encontro justificando a ausência do Presidente, depois fez as apresentações, inclusive de dois funcionários graduados do Gabinete do Conselho de Estado que, por intermediação de Jerônimo Caldas, tinham vindo a Cuiabá especialmente para o evento. Sem cerimônia, La Peña dirigiu-se aos dois: *Senhores, a mim parece importante saber se vós estais aqui em missão oficial. Afinal, estão a representar o Conselho de Estado?* A preocupação de La Peña não era só apurar o poder de mando dos servidores públicos e conferir a utilidade de suas presenças. Sua pergunta punha em dúvida a eficiência da estratégia de Jerônimo Caldas. *Nós viemos conhecer o vosso projeto para encaminhar as diligências...* – Respondia um dos homens do Rio de Janeiro, mas a frase foi abafada pela voz incisiva de Caldas:

– Peço licença para apresentar o senhor Thomaz Larangeira, o pioneiro no extrativismo da erva em nossa província.

Larangeira entrara no recinto há algum tempo e se mantivera calado, até Caldas o apontar como a uma *prima donna*, certo de ser esse o grande trunfo a mostrar aos portenhos. Larangeira sorriu discretamente à bajulação e, sob olhares dos presentes, acomodou-se à mesa de reuniões para, só então, se manifestar.

– Boa tarde, Senhores. De fato, eu já iniciei a extração de erva mate, embora em território paraguaio.

– O Sr. Larangeira integrou a co...comissão que demarcou a fronteira com o Paraguai. Além de conhecer toda a região, é um especialista na extração e ex...exportação de erva-mate. – Argônio completou a apresentação.

Larangeira concordou com um movimento de cabeça, mas pareceu mais interessado na dúvida levantada sobre a autoridade daqueles homens do Rio de Janeiro. Voltou-se aos dois argentinos ao dizer: *há tempos aguardo a autorização para explorar ervais no sul de Mato Grosso. Assim, tanto quanto os senhores, eu tenho interesse em saber.* Dirigindo-se aos dois funcionários da Corte, perguntou: *Vós conheceis a disposição do Conselho de Ministros sobre esse tema?*

Um dos homens do Rio de Janeiro fez um longo rodeio para dizer coisa nenhuma, concluindo que *a autorização que pleiteias, Sr. Larangeira, é da alçada do Ministério da Agricultura, Comércio e Obras Públicas.* Larangeira limitou-se a dizer *está bem, obrigado senhores,* achando melhor encerrar o assunto, até porque seu requerimento estava sendo tratado pelo Presidente Rufino Eneas Galvão diretamente com o alto escalão do Império.

Caldas pediu a palavra para esclarecer que o encontro visava a coordenação prévia de apoios e parcerias que viabilizassem um empreendimento binacional para exploração dos ervais do sul de Mato Grosso e La Peña expôs – com muitas reservas – o interesse do governo argentino no empreendimento. Por sua vez, Velasques detalhou sua estimativa de captação de aportes privados em seu próprio país e fez uma exposição otimista da expectativa de rentabilidade do empreendimento. *Quem apostar no negócio, há de reaver rapidamente o investimento.* – Concluiu.

Dois fazendeiros presentes fizeram suas sugestões, Generoso Ponce fez muitas perguntas sobre o negócio binacional proposto, mas outros senhores entraram e saíram calados, como o tenente-coronel José Antônio Murtinho, que se limitou a pôr atenção em tudo.

Os portenhos nem tentaram disfarçar seu desconforto ao entenderem que não eram os únicos – e sequer os primeiros – a buscar autorização imperial para explorar ervais. Pior! Thomaz Larangeira tinha amealhado vasta vantagem na mesma empreitada. Seu pedido já tramitava junto ao Conselho de Estado e ele mostrava ter acesso direto aos Ministros do Brasil. Velasques ficou ainda mais acabrunhado do que La Peña, que tentou arrancar de Thomaz Larangeira mais informações sobre a extração de erva no sul. Pouco conseguiu. Larangeira foi discreto, não contou que, embora ainda esperasse a autorização do Império, ele já preparava a estrutura para a extração da erva do lado brasileiro. Em Capivari – no alto da serra de Amambai, na fronteira com o Paraguai – ele construía uma sede administrativa e depósitos para onde planejava convergir a erva cancheada no Mato Grosso, antes de despachar em carretas até o porto de Concepción, para embarque a Assunção e a Buenos Aires.

No final das contas aquele encontro, de fato, foi inútil. O próprio Jerônimo Caldas admitiu isso ao perceber o malogro de seu intento de reunir o interesse dos portenhos aos já avançados esforços de Thomaz Larangeira. Seu consolo era ter mais uma carta na manga: aproximar os argentinos à família Murtinho, cujo filho ilustre partilhava do circuito familiar do Imperador. Caldas tinha conseguido planejar a vinda dos portenhos a Cuiabá bem na semana da recepção do patriarca Murtinho e fora ardiloso para os incluir entre os convidados.

Terminada a reunião, Argônio não aceitou o convite do coronel Caldas para o jantar em sua casa com os argentinos. O oficial de gabinete estava inquieto, precisava ficar sozinho e fazer um balanço de sua performance na condução da reunião fracassada. Sentia uma espécie de desconfiança, talvez ressentimento. Estranhava que Caldas não tivesse combinado antes a estratégia que pretendia usar com os argentinos. Teria passado pela cabeça do coronel alguma chance de Larangeira renunciar a seu empreendimento individual para se unir ao negócio com os argentinos? Pensando nisso, ele suspeitou que Caldas desconhecesse o estofo político de Larangeira e, nesse caso, se antes da reunião tivesse se dignado a pedir sua opinião, talvez não tivesse cometido tal equívoco. Sua maior suspeita, entretanto, nasceu ao ouvir um rabo de prosa *a latere* entre Caldas e um dos camaradas do Rio de Janeiro sobre os empecilhos legais à concessão de terras ou de licenças a qualquer companhia estrangeira. Por que Caldas não mencionou claramente esse fato? A quem estaria tentando enganar e por quê? Estaria o coronel Caldas verdadeiramente empenhado em ajudar os argentinos? Ou aquilo tudo era um cenário para esconder algum outro objetivo não declarado? Argônio permaneceu um longo tempo repassando cada movimento da reunião e terminou sem nenhuma certeza. Então se distraiu com a beleza do fim da tarde. O sol já se agachava em direção ao horizonte. Nas ruas em torno ao palácio, grandes feixes de luz pareciam petrificar uma quantidade infinita de partículas brilhantes que o bafo quente soprado da terra mantinha suspensas no ar, cintilando ao entardecer.

Argônio saiu caminhando, mas logo resolveu se sentar no banco do jardim público. Foi de lá que enxergou, num dos extremos do balcão do bar do Mozart, dois homens conversando, embora sem poder ouvir o que diziam. *Eu já quase perco a esperança. Se não sair até o fim deste ano, vou embarcar para o norte da América.* – Era o húngaro Pietr Risch que – já com boa fluência na língua portuguesa – lastimava a demora na expedição de sua carta de naturalização. *Essas coisas demoram... há de se ter paciência.* – Dizia o advogado Matheus de Alencar, que completava a dupla.

Do banco do jardim público, Argônio continuou observando o movimento. De repente, enxergou Domênico Pereira Couto, ex-colega do Colégio Episcopal, que subia a rua com andar cansado, sem dar atenção à beleza do entardecer. Com avantajada estrutura óssea, músculos fortes, cabelos curtos e bigode farto, Domênico parecia mais velho do que realmente era. A figura de ombros caídos, denunciando desânimo ou desconsolo, em nada lembrava o menino irreverente e audacioso que Argônio invejara na infância. Que tempos difíceis tinham sido aqueles. Na hora do recreio um bando de guris corria a cercar Domênico, que os liderava para as brincadeiras. Eram dele as melhores ideias para animar a turma, assim como as maquinações para as traquinagens. Argônio não compunha o séquito de Domênico e quase sempre restava sozinho, acabrunhado num canto. Ele tinha admirado Domênico na infância, desejado ter a coragem e as iniciativas do colega, o que compensava estudando as lições, tirando as melhores notas, embora até sua dedicação aos estudos também fosse motivo de zombaria. Terminado o secundário, Argônio foi à capital da Corte e Domênico ingressou na escola de Direito da província de São Paulo, que nunca concluiu. Tinham isso em comum: a desistência.

Depois se encontraram na administração da província, com as mesmas diferenças da infância. Tratavam-se com respeito, inclusive porque, alçado à chefia do gabinete, Argônio se tornara o superior hierárquico de Domênico.

Ao chegar à altura da praça, Domênico olhou distraído em direção à taberna e um aceno de Matheus Alencar fê-lo entrar no bar. Argônio sentiu vontade de fazer o mesmo, conversar um pouco, quem sabe até ouvir algum chiste que o distraísse. Levantou-se e foi. Enquanto tirava o chapéu para o pendurar no cabide entre as duas portas, já podia ouvir a conversa dos homens lá no fim do balcão. Domenico acabara de se juntar a eles.

– Seja bem-vindo Sá Ferreira! Vai o *panaché* de sempre? – Mozart recebeu Argônio com cordialidade, referindo-se à bebida de origem francesa – mistura de cerveja com limonada – que costumava preparar com esmero. *É uma boa pedida, Mozart. Muito obrigado.*

Era impossível não ouvir, lá do fim do balcão, a voz de Domênico:

– Tendes acompanhado as notícias da capital da Corte? Vistes o esbanjamento de poder do Joaquim Murtinho?

– Eu só sei que ele agora é médico da família real. – Alencar respondeu.

Há tempos Domênico vinha acompanhando a ascensão social e profissional de Joaquim Murtinho que, embora precisasse driblar as maledicências sobre seus métodos científicos, consolidava sua boa fama na medicina. Com a prática da homeopatia – novidade que ganhava fama e glamour no circuito social mais exigente da capital do Império – ele passara a cuidar da saúde da Princesa Isabel e o Conde D'Eu. *Não me surpreende se o Murtinho virar político... ou algum dos irmãos dele.* – Palpitou Mozart, lá pelo lado de dentro do balcão.

Seguiram tratando de outros assuntos, mas o dia tinha sido difícil e a crítica generalizada e causticante de Domênico incomodou o oficial de gabinete, que teria preferido conversa mais leve naquele fim de tarde. Argônio se levantou, deixou sobre o balcão os réis suficientes para o pagamento da própria despesa e se despediu. Pegou seu chapéu, saiu da taberna e desceu lentamente a rua, lastimando que as boas ideias e divertidas traquinagens do inquieto Domênico tivessem se transformado naquela eloquência sôfrega, cheia de rancor contra tudo e todos. Mas Argônio admitia que, embora as reclamações fossem indigestas, Domênico tinha razão em quase tudo que criticava. De novo se perguntava por que ele mesmo só enxergava as mazelas à sua volta quando alguém as apontava; por que ele não as via por si mesmo? Era como se ele precisasse de um farol para ver o mundo e, nos últimos anos, o seu farol vinha sendo o senso crítico de Belinha. Sentia falta dela, que fora render a mãe doente na fazenda em Paranayba. Pensava nisso quando, ao avizinhar-se dos portões de casa, percebeu um movimento incomum. Era a chegada de Belinha, que tinha vindo a Cuiabá, para ver os filhos e acompanhar o marido à recepção dos Murtinho.

CAPÍTULO 9
Festa dos Murtinho

Além da elite de Cuiabá, muitos convidados de longe chegavam a convite do coronel José Antônio Murtinho. Era uma festa para homenagear seu filho Joaquim Duarte Murtinho pela admissão na cátedra de Ciências Naturais da Escola Politécnica do Rio de Janeiro e para festejar o outro filho, Manuel José Murtinho pelo sucesso na carreira de juiz de Direito.

– Parabéns! Muito nos apraz que um conterrâneo tenha galgado assento em concorrida cadeira na Politécnica. – Acompanhado da esposa, Caldas parabenizou Joaquim Murtinho, que recebia os convidados no *hall* de entrada da festa.

– Muito obrigado, coronel! Estejais à vontade!

O casal Caldas atravessou o ambiente com desenvoltura. Respaldado pela tradição familiar, pelos serviços que seus antepassados tinham prestado à Coroa e pelos laços que ele mesmo mantinha com o Imperador do Brasil, o coronel Jeronimo Caldas desfilou pelo salão em sua elegante vestimenta da Guarda Nacional, alternando olhares à esquerda e à direita para dirigir e colher cumprimentos. Angelita envergava um traje visivelmente rico e bem talhado, de tecido espesso, que disfarçava a cintura roliça. Os cabelos estavam presos num coque enfeitado com tiara de pedras. Ao se juntarem a Argônio e Belinha, elogiaram a beleza da afilhada, que vestia um traje de tecido leve, um corpete finalizado com generoso decote quadrado, em elegante e sofisticada simplicidade.

Limitada, de início, às amenidades do cotidiano, a conversa avançou aos relatos do coronel Caldas sobre a polêmica que envolvia a extração da borracha numa área em litígio com a Bolívia. A certa altura mudou de assunto, perguntando a Argônio:

— E o Gaspar, como está? Não o vejo há tempos.

Belinha olhou discretamente ao marido, sabendo que a instabilidade dos planos do pai o constrangia. Depois de dispender alguns esforços, Gaspar tinha adiado a empreitada de demarcar e formar posse de área no sul da província, porque vislumbrara vantagem em conseguir terras de Misiones para depois vendê-las com lucro. Era essa a sua mais nova ilusão de riqueza fácil.

— Ele está na...na Argentina, foi requerer umas terras por lá. — Respondeu Argônio, encabulado.

— Terras... na Argentina? — Caldas demonstrou surpresa.

— Sim, o governo está distribuindo te...terras na região de Misiones e ele foi te...tentar obter alguns lotes.

— ... para criação de gado? — Desta vez a pergunta foi de Angelita.

— Não, não! Para pla...plantar erva-mate!

— Plantar erva mate!?! — Espantou-se o Coronel Caldas.

— Pois é! Formar plantações de erva-mate é a co...condição imposta na distribuição das terras. — Argônio explicou que o governo argentino tinha promovido a concessão de lotes fiscais em Misiones, impondo aos beneficiários o compromisso de cultivar erva-mate para recompor os ervais nativos desaparecidos pela extração predatória e manejo impróprio.

– Ma...mas já falamos tanto disso! Ele sabe que é uma cultura difícil, senão impossível.

Gaspar sabia, sim. Argônio não teve coragem de declarar que a intenção de seu pai era se assegurar da posse da terra para especular.

– Sim, ele sa...sabe. Até já escreveu desgostoso, dizendo ter substimado a coerção da co...condição imposta. Creio que não há de manter os lo...lotes. – Respondeu Argônio.

– Ele que os mantenha! Se não vingar a plantação, a terra está lá, como bom patrimônio. – Minimizou Caldas.

Argônio pensou em dizer que o otimismo do coronel não se aplicava ao caso, porque sem a plantação de erva-mate, ele perderia as terras. Mas não deu tempo. O grupo foi atraido pela movimentação ruidosa da família Murtinho.

– Apesar da contrariedade inicial, o coronel José Antônio agora se orgulha da carreira do Joaquim na capital da Corte. – Disse Caldas.

– Sim! E não é para menos, já que a co...condição de lente da Politécnica é para poucos. Eu que andei por lá, posso avaliar..

Antes mesmo de terminar a frase, Argônio se arrependera do comentário. Afinal, todos ali sabiam que ele nunca conseguira concluir seus estudos na mais importante Escola da capital da Corte. Ainda bem que os interlocutores já não o ouviam, com a atenção captada por um trio de recém--chegados.

– Coronel Caldas, senhor Sá Ferreira, senhoras! – Era Alejandro De La Peña, que chegou acompanhado de Ernani Velasques e com eles, Pablo Velasques, filho de Ernani.

Depois das apresentações e cumprimentos, Caldas perguntou.

– Então esse é vosso filho periodista, Senhor Velasques?

– Periodista por enquanto, coronel Caldas. – A resposta de Velasques revelava uma celeuma familiar.

– Meu pai espera que um dia eu me converta aos negócios. – Pablo intercedeu em tom brincalhão.

– Escreves em quais pe...periódicos, senhor Velasques? – Perguntou Argônio.

– Tenho uma coluna de política no *La Nación*, de Buenos Aires. Agora também me torno correspondente do jornal *A Provincia de São Paulo*.

– Graças a isso nós nos encontramos em Cuiabá, senhor Sá Ferreira. Pablo faz o caminho de volta de São Paulo a Buenos Aires. – Explicou o pai, com uma ponta de orgulho.

– É fato, estive em São Paulo tratando com os redatores do *A Província*. – Completou Pablo Velasques.

– Periódico ousado! O fim da monarquia e da escravidão são as suas principais pautas! – Disse Caldas.

– Notável que estejam pondo em prática esse projeto... a que espero me ajustar. – Foi a resposta modesta de Pablo.

– Meu filho é alinhado a ideias... libertárias. – Disse Ernani Velasques, com certa repreensão.

– Mas o *La Nación* é opositor ferrenho da federalização de Buenos Aires. – Retrucou Caldas.

– Exatamente porque defende o federalismo e teme o risco da centralização de poder, que pode contrariar os interesses das províncias autônomas. – Respondeu prontamente o jornalista, referindo-se à escolha da cidade-porto de Buenos Aires como capital federal ao ensejo do processo de criação do estado nacional argentino.

O grupo continuou a tergiversar sobre assuntos diversos, menos sobre a reunião de dois dias antes, da qual ninguém perecia querer se lembrar. Argônio, por sua vez, estava intrigado pela presença dos argentinos na festa, a denotar uma inusitada proximidade deles à família Murtinho que, por sinal, voltou a ser o assunto do grupo.

– O ingresso do Dr. Murtinho no quadro de professores pode representar uma reviravolta na Politécnica. – Considerou o coronel Caldas.

– Por que supondes tal coisa, coronel? Pela preferência do Dr. Murtinho pelo método empírico? – Perguntou Argônio, sendo surpreendido pela resposta incontinenti de Belinha.

– Isso também, mas não só, senhor meu marido! O Dr. Murtinho contraria a onda dominante do pensamento positivista e é adepto do filósofo Herbert Spencer, que prega a existência de um organismo biológico no comportamento social e ousa aplicar os princípios das ciências naturais à sociologia. Não é isso, padrinho? – Isabel dirigiu-se ao marido, mas depois buscou a confirmação de Caldas.

– Isso mesmo, Isabel. E Murtinho não é apenas um seguidor de Herbert Spencer, mas também um admirador de Charles Darwin, o inspirador da sociologia de Spencer. – Concordou Caldas.

– Pelo jeito, os pensadores brasileiros são tão aficionados quanto os argentinos pelas discussões travadas na Europa! – Conjecturou La Peña.

– Nosso tempo propicia grande interesse por ideias e novidades estrangeiras, em todas as áreas. Notícias, descobertas e modismos europeus ganham grande repercussão no Brasil, especialmente no Rio de Janeiro. – Respondeu o coronel Caldas, instigando nova intervenção de Isabel.

– Com efeito! Esse foi o caso, alguns anos atrás, da doutrina espírita. Depois de causar polêmica e protestos da igreja católica e de pesquisadores céticos, o *Livro dos Espíritos* acabou por despertar grande curiosidade nas elites do Brasil, fosse pela admiração, fosse pela desconfiança.

– O que resultou na divulgação da doutrina e em cooptação de adeptos. – Angelita palpitou.

– É verdade! A polêmica é boa propaganda! Pensais que ocorre o mesmo fenômeno com a homeopatia do Dr. Murtinho, senhora Sá Ferreira? – A pergunta era de Pablo Velasques, dirigida diretamente a Belinha.

– Pode ser, mas no que concerne ao conteúdo, creio não haja comparação, senhor...Velasques!

– Mil perdões, senhora! Mas acabo sem captar vossa opinião.

Belinha explicou que, sob o ponto de vista de propaganda os dois modismos europeus se pareciam muito, mas sob a ótica do conteúdo, a eficácia da homeopatia tinha respaldo em experimentos desde a Grécia antiga. *E ambos os temas são do interesse do Dr. Murtinho*, concluiu ela, ao que Velasques respondeu: *Por enquanto, nenhuma dessas novidades ganhou adesões importantes na Argentina. Ouve-se falar mais do espiritismo, mas sempre ligado a obras de atendimento social.*

– Para os brasileiros, a homeopatia encerra um grau a mais de atrativo, talvez porque a maior propagandista na

França seja a elegante esposa do pintor Claude Monet. – A nova intervenção de Belinha tinha uma pitada de ironia que, pelo leve sorriso, Pablo Velasques demonstrou ter captado.

– E no Brasil é o doutor Murtinho o seu maior propagandista. – Completou Caldas.

De fato. As curas promovidas por Murtinho com a aplicação da homeopatia eram vistas como milagrosas, em situações já desenganadas pela medicina tradicional. A eficiência dos resultados dos seus tratamentos vinha consolidando a fama do médico cuiabano que, além de propalada por notas na imprensa, era divulgada de boca em boca pelos pacientes e seus familiares. Em seu consultório da rua da Quitanda, Murtinho atendia a elite do Rio de Janeiro imperial que, espelhada no exemplo charmoso da senhora Monet, se sentia estimulada a buscar o novo método de cura. Comentava-se que, além dos nobres e ricos, Joaquim reservava tempo para atender gratuitamente pessoas do povo, carentes de recursos, que o buscavam como a um santo milagreiro. Era procurado em casa ou onde quer que estivesse, por pacientes desesperados e assim ia ganhando fama no país e até no exterior em atendimentos que fazia por cartas e telegramas.

Todas essas façanhas foram mencionadas pelo dono da festa, numa saudação feita pouco antes do jantar, quando agradeceu a presença das autoridades e dos amigos e propôs brindes ao sucesso dos filhos, mencionando um a um em ordem decrescente de idade, os quais agradeciam aos aplausos com sorrisos encabulados. Ao falar de Manuel José comentou seu pendor nato para a magistratura. Foi então que o magistrado tomou a palavra para debulhar salamaleques em prol de alguns dos presentes e dizer que embora estivesse satisfeito no cargo de juiz da Comarca de Cáceres – que já exercia há alguns anos – ele tinha certeza de sua iminente remoção para Cuiabá.

Quando chegou sua vez, Joaquim também resolveu falar e, em acanhada oratória, disse ser muito grato por suas conquistas, especialmente pela nova carreira – de professor – que prometia conciliar com a clínica médica e com as suas pesquisas. *Construí um laboratório completo na vila que adquiri em Petrópolis, onde pretendo despender longas temporadas em pesquisas nas diversas áreas das ciências naturais,* contou orgulhoso.

O médico falava da chácara em que montara seu centro de pesquisas e onde cultivava, com especial zelo, centenas de plantas medicinais e se ocupava de pesquisas de fitoterapia. Uma nascente de água na chácara alimentava um tanque usado para abrigar batráquios que, segundo boatos nunca comprovados, também eram usados em experiências e na confecção de caldos altamente proteicos, que Murtinho prescrevia para a recomposição da flora intestinal, fortalecimento de pulmões, cura de pneumonia e de tuberculose. Na mesma chácara, Murtinho mantinha centenas de cães, animais de estimação, mas que, pelos mexericos correntes, também usava para experimentos de medicamentos homeopáticos.

Na conclusão de seu discurso, Murtinho embutiu o que muitos dos presentes entenderam como um discreto pedido de escusas à própria família por nunca ter voltado a viver em Cuiabá. *Assim, ainda que a vida tenha me impingido o desafio de permanecer vivendo na capital da Corte, meus esforços e meu trabalho no Rio de Janeiro são dedicados a honrar meu querido torrão natal.*

Palmas e ovações se seguiam às falas, mas Argônio já não ouvia. Estava concentrado no balanço mental daqueles últimos dias. Na reunião com os argentinos dois dias antes nada ficara definido. A estratégia de Caldas não tinha funcionado, já que nenhum investidor fora garimpado para o negócio dos estrangeiros, que saíram do encontro visivelmente desapontados. Por sugestão de Caldas, Thomaz Larangeira fora chamado e só mais tarde Argônio entendera que havia o propósito de impressioná-lo e de cooptá-lo a se juntar ao projeto dos portenhos, mas o efeito tinha sido inverso. Larangeira foi quem capturou a distinção dos estrangeiros e se tornou o centro das atenções. Ele demonstrara vasto conhecimento sobre o sul da província e expertise ímpar sobre a extração e exportação da matéria-prima do mate. A experiência de Larangeira tinha evidenciado a complexidade do empreendimento, desanimadora para os portenhos, que em breve enfrentariam os entraves do Império, pelo fato de serem estrangeiros.

Como se já não bastasse, Larangeira tinha aparecido na festa de Murtinho acompanhado, nada mais nada menos, que do próprio Presidente da província, assim como de Generoso Ponce, influente comerciante e político em ascensão. Os três tinham formado o grupo mais assediado da noite, dividindo atenções com o próprio anfitrião e seus filhos homenageados. A festa servira para escancarar a falta de articulação de Caldas, mas ele também se sentia desacreditado diante dos argentinos.

Para completar, Belinha se punha a emitir opiniões diante de estranhos. É certo que ele admirava a inteligência e desenvoltura da esposa, mas sentia um inconfesso ciúme de sua articulação. Ela sempre encantava os interlocutores, punha-se sob holofotes, enquanto ele próprio – e suas opiniões – pareciam invisíveis.

Pablo Velasques perguntara a Isabel sobre o trabalho escravo no Brasil e mostrou real interesse pela opinião dela. *Se me permitis, senhora Sá Ferreira, atrevo-me a manifestar a minha surpresa. Pensava que, em seu país, tópicos delicados como esse fossem segregados a conversas veladas... ou discussões na privacidade de escritórios oficiais,* La Peña conjecturou. *Em alguma medida é isso mesmo, La Peña! Minha afilhada é por demais destemida!* Disse o coronel Caldas, com um sorriso que temperava orgulho com uma ponta de crítica.

– Peço escusas por vos contrariar, meu padrinho. A discussão sobre a abolição dos escravos e o declínio da monarquia ocupam grandes espaços na imprensa, polarizando as opiniões dos cidadãos livres, desde as tribunas mais creditadas até os balcões das tabernas.

– Então vedes fragilidade na manutenção da monarquia, senhora? – Perguntou Pablo Velasques, quase em sussurro. *Está ficando insustentável, senhor Velasques! Há uma conjuntura que desfavorece a continuidade do regime monárquico, os militares estão muito fortes e querem poder político.* Ela respondeu, enquanto Velasques, de cabeça abaixada, mantinha discretamente os olhos nos dedos longos e finos da mulher, que manuseavam com graça os talheres. *E isso se desenhava desde o fim da guerra com o Paraguai.* – Contribuiu o padrinho, sentado à frente.

– É verdade! Mas a fascinação pelo positivismo de Augusto Comte é recente e vem fazendo aumentar o clamor por uma república centralizada... ou por uma *ditadura republicana*, como parecem querer alguns. – Belinha disse.

– Então há uma confluência de fatores? – Pablo Velasques perguntou, muito embora sua atenção estivesse pregada nas linhas entorpecedoras das mãos e dedos de Dona Isabel.

A esposa de Argônio de Sá Ferreira usava um par de *mitaines*, luvas delicadas sem dedos, de inspiração francesa, que cobriam uma parte do dorso das mãos, subindo punho acima até os cotovelos, a permitir que a pele bem cuidada pudesse ser vista sob a transparência do tecido de renda. *Com certeza! Em verdade, o Imperador vem se isolando há anos! Desde a perda do apoio da Igreja, que lhe foi fatal.* Ela respondeu, fazendo com que Velasques lhe dirigisse um rápido e fascinado olhar, logo disfarçado pelo gesto sutil de recolocação estética da própria gravata.

– Eu vejo que a rota da abolição agora é irreversível, como quer minha afilhada! – Caldas afirmou.

– Tomara que fique cada vez mais insustentável manter a escravidão. – Ela ainda disse.

Enquanto os outros se envolviam em conversas triviais, ou se mantinham interessados nos estrelismos da festa – como era o caso de Argônio – Belinha, seu padrinho e Pablo Velasques seguiram trocando suas impressões sobre as atualidades políticas do Império do Brasil e da República Argentina.

A muito custo Velasques conseguia disfarçar o encantamento crescente por aquela mulher que quebrava padrões sociais e culturais para ter e manifestar ideias próprias. Ele ficou boquiaberto ao saber que ela escrevia crônicas que tentava, sem sucesso, publicar em jornais do Rio de Janeiro.

— Senhora Sá Ferreira, caso haja interesse e disposição de vossa parte, eu posso intermediar a publicação de vossas crônicas em periódicos de Buenos Aires. — Disparou Velasques a uma Belinha atônita, que nada mais conseguiu expressar senão surpresa pela proposta que acabara de ouvir.

— Senhor Velasques, quanta distinção! Sou muito grata. Mas não estou certa de que meus escritos possam atrair leitores em público tão erudito como o portenho. — Ela respondeu, com rara timidez.

Diante da hesitação incomum e repentina de Belinha, o padrinho socorreu a afilhada tomando as rédeas das tratativas.

— Hei de fazer minha afilhada pensar na oportunidade que apresentais, senhor Velasques e, caso decida de forma positiva, o que ela haverá de fazer para que as crônicas cheguem às vossas mãos?

— Por correspondência ao jornal *La Nación*, Dom Caldas. O endereço está aqui. — Disse Pablo, sacando um *tradecard* do bolso da casaca e o entregando ao coronel Caldas.

— Claro, claro. Estamos honrados e agradecidos com sua gentil sugestão.

Os dois homens não tinham como adivinhar, mas o fato é que o constrangimento de Belinha era pelo receio de se trair, revelando a misteriosa alegria de se sentir acolhida por aquele estranho. Belinha sentira rara liberdade em revelar suas ideias sem pedir desculpas e nem mesmo escolher palavras. Ela também notara a altivez e elegância de Pablo, que conferia espontaneidade e franqueza à expressão dele.

De seu lado, nem mesmo o próprio Pablo Velasques vislumbrava racionalidade no que acabara de fazer. Ele nem chegara a ler qualquer escrito dela e já se propusera a patrocinar publicações em Buenos Aires. Seu arroubo incontido tinha sido fruto do encantamento por aquela senhora fascinante, dotada de discernimento e coragem para declarar com segurança suas convicções e as defender publicamente.

Durante a festa, Argônio de nada mais tinha se ocupado, senão de sua gravosa autocrítica, de rápidos cumprimentos e restritas conversas com os demais convidados. O Presidente lhe dera a chance de entabular um bom empreendimento comercial no sul da província para atrair investimentos externos e receitas aos cofres públicos, mas ele não conseguira dar cabo do encargo. Ao se fiar nos arranjos de Caldas, ele deixara de avaliar o contexto, de envolver as pessoas certas. Muito além de desmerecer seu prestígio diante do Presidente, ele se acabrunhava por encarar de novo seu antigo drama existencial. Mais uma vez ele não tivera a articulação adequada, não analisara com realismo o cenário, nem avaliara corretamente as possibilidades e os interesses envolvidos.

Indiferente às tormentosas reflexões de Argônio, a festa seguiu noite adentro.

CAPÍTULO 10
Vidas apartadas

Depois de ler, Isabel Garcia amassou a carta, como fizera com tantas outras de semelhante teor.
– Resposta negativa, mais uma vez!
– Eles dizem a motivação? – Dionísia quis saber.
– A mesma de sempre: não têm mais espaço para uma nova coluna.

Usando pseudônimos, Belina já publicara no *Jornal do Commercio*, no *Echo das Damas* e em outros periódicos do Rio de Janeiro, mas estava cansada de garimpar espaço para a publicação de cada texto novo que escrevia. Quem lhe franqueara uma coluna semanal fora *O Combate* da capital da Corte e também conseguira um espaço mensal no *A Província de São Paulo,* mas a pedido de Argônio – que temia algum constrangimento na repartição – ela preferiu declinar tais franquias, por serem periódicos claramente republicanos.

– Não esqueça que ainda tens a chance de publicar em Buenos Aires. Tua madrinha vive dizendo que devias aceitar a oferta daquele periodista de lá. Ou tu jogaste fora o endereço dele?

– Claro que não, tia Duza! Ainda guardo o cartão do senhor Pablo Velasques, mas tenho receios de lhe causar embaraços. Se meus escritos não têm merecido publicação regular em meu próprio país, por que haviam de interessar ao público argentino?
– Devias tentar. Isso pode, inclusive, te ajudar a passar pelo luto... e a organizar as coisas aqui na fazenda, agora sem a tua mãe. Depois remeta a ele alguns dos teus textos. Se ele entender que não servem, ou se não conseguir espaço para publicar em Buenos Aires, então tu saberás. Pelo menos terás tentado.

Consternada com o zelo da tia, Belinha a abraçou. Dionísia sempre lhe dedicara o afeto materno que ela nunca recebera da própria mãe. Mas já não importava lembrar de tais coisas e até as divergências brutais com a mãe haviam de ser esquecidas.

Bem diante dos olhos da filha, os últimos tempos de vida de Risoleta tinham sido de sofrimento. Com a fraqueza crescente do coração, a mãe tivera inchaços pelo corpo, especialmente nas pernas, além de uma falta de ar que lhe tolhia os movimentos. O maior problema fora a relutância de Risoleta em aceitar as próprias circunstâncias, debatendo-se sem parar, sentindo-se credora de um milagre, de uma cura divina que lhe devolvesse o vigor. Belinha mandara vir um fisiologista da província de São Paulo, que confirmou a falência da função cardíaca, insuficiente a bombear o sangue, que lhe encharcava os pulmões. Não podendo realizar o milagre esperado, o médico foi escorraçado pela doente raivosa. Depois viera um boticário de Cuiabá que, muito jeitoso, conseguira dar algum alento à moribunda com elixires paliativos e cataplasmas de raízes e folhas que lhe aplicava nas partes inchadas. Mas a trégua fora provisória. Risoleta não tardou a perceber o efeito leniente, puramente balsâmico do tratamento, e se afundou em sua raiva profunda e desespero hostil.

Por mais que tentasse, Belinha não conseguia aplacar a angústia da mãe, nem a inveja que ela sentia de quem se mostrasse saudável. Risoleta murmurava insistentes lamentos por ser instada a deixar todas as coisas que lhe pertenciam, especialmente a fazenda — *Eu sei que tu vais perder tudo, vai vender por um pouco mais de nada!* — Dizia à filha quando arranjava fôlego. Belinha se limitava a prometer que não venderia nada e que cuidaria da fazenda, tal como aprendera com ela.

Como última tentativa de aliviar o sofrimento da mãe, a filha montou em seus aposentos um pequeno altar com a imagem de Santa Ana — de quem ela sempre se dissera devota — e, mesmo contrariando a ordem materna, mandou chamar o padre. Belinha não sabia se pela fala lenta da enferma ou por longa pauta de temas — ou pela junção das duas coisas — a conversa com o vigário durou um dia inteiro. O fato é que só depois disso a mãe pareceu aceitar sua condição e mostrou ter encontrado alguma paz. Pediu à filha que não lhe guardasse rancores e mandou chamar Dionísia e os netos. Expirou tão logo chegaram os familiares de Cuiabá e depois de velado na capela da fazenda, seu corpo foi enterrado na tumba ao lado de Pedro Garcia.

Argônio não fora ao funeral, aliás, nem mesmo pode ser avisado porque, em missão especial da Presidência, peregrinava pelas inspetorias fiscais da província. Mas Dita e Enrique Mathias tinham se abalado às pressas a Paranayna com

Pedro e Francisco, mais a bondosa Dionísia que, quando todos os outros voltaram a Cuiabá, resolveu ficar na fazenda para amparar a sobrinha nos primeiros tempos.

Para Belinha definia-se uma nova realidade. Ainda que a situação já estivesse há tempos delineada, agora era irreversível: sua permanência na fazenda era definitiva.

Em sua chegada em Paranayba, um ano antes, ela despedira o capataz e assumira incontinenti a regularização de avenças pendentes. Com alguma instrução de Risoleta, concluíra negócios de venda de gado, de compra de novilhos para engorda e organizara um novo esquema de rodízio de pastos. Em alguns assuntos teve de contrariar frontalmente a mãe, como no caso da libertação dos escravizados. O tema da abolição sempre fora motivo de discussão entre as duas e isso não mudara com a doença da matriarca. Ao receberem a visita de um fazendeiro vizinho, o assunto tinha vindo à tona. *Não podemos aceitar uma abolição repentina, sem outros braços para cuidar do gado e das plantações. A queda de produção não havia de ser favorável, nem mesmo ao Império.* Argumentara o vizinho. *Por isso defendo que se vier essa tal... abolição, então que seja reconhecido o direito de propriedade servil. Os donos de escravos... precisam receber indenizações pelas perdas.* Risoleta dissera, numa época em que ainda conseguia conversar, embora ofegante e com muitas pausas. *Não se pode esperar tanto do Império, senhora minha mãe! O Brasil está combalido com os empréstimos estrangeiros, com a dívida junto a bancos ingleses que comprometem a receita pública por muitos anos! A Coroa do Brasil não pode pagar indenizações aos fazendeiros; patrocinar a emancipação dos libertos e, ainda, custear a vinda dos imigrantes para o trabalho no campo, como vós pretendeis!*

Belinha tinha retrucado. *Mas é o mínimo que se espera numa situação dessas...* Insistiu o vizinho, merecendo nova objeção de Belinha: *Perdão por vos contrariar, mas é preciso ser realista! O Tesouro da Coroa não tem de onde tirar fundos para todos os gastos que sugeris!*

Nesse específico assunto, Belinha não deu ouvidos à mãe; não ficou esperando a chance de obter eventual indenização. Tão logo se ambientou na gestão, ela deu alforria aos escravizados da fazenda. Livres para ir aonde bem quisessem, alguns foram buscar meios de subsistência em outras vilas, até em outras províncias, mas muitos aceitaram a proposta de trabalho pago na própria fazenda Garcia. Quando a libertação dos escravizados fosse, enfim, proclamada, a produção da fazenda não havia de sofrer solução de continuidade, por já ter sido implantado e organizado o trabalho remunerado.

Não demorou a passar o susto inicial na gestão dos negócios e logo aprendeu a se articular com desenvoltura naquela nova vida. Diante da necessidade, ela se viu tomando decisões para as quais não tinha se capacitado. Entendendo que não havia tempo para titubeios, exercitou decidir-se com rapidez e firmeza. A experiência serviu para amenizar seu julgamento sobre a austeridade da mãe que, como ela, também fora obrigada a assumir encargos que não escolhera. Até compreendeu a insistência de Risoleta para lhe escolher um noivo, talvez por saber o quanto lhe seria útil um marido afeto às lidas rurais.

— Quem sabe agora o Argônio peça exoneração e venha para cá. — Conjecturou tia Duza.

— Pode ser, mas não hei de pedir isso a ele. Se eu mesma nunca me submeti à vontade de mamãe e me neguei a viver na fazenda tanto quanto pude, não me sinto no direito de exigir tal sacrifício do marido urbano que eu mesma escolhi. Apesar de repetir esse lema, em seu íntimo ela se ressentia por entender que ambos já não tinham escolha. A manutenção do patrimônio herdado em comunhão dependia de uma carga de esforços que, ao se esquivar de assumir, Argônio colocava sobre os ombros dela. *Se pr...precisares de minha ajuda, eu venho em definitivo para cá. Mas se minha presença não for essencial, eu ia pre...preferir manter meu emprego, Belinha.* O marido dissera tão logo conseguiu chegar em Paranayba, semanas depois do enterro da sogra. *Eu tenho dado conta da administração, mas penso que com tua ajuda, a fazenda podia até render mais... até derivar a produção. Tu não achas?* Ele se esquivou, encerrando o assunto com um elogio à mulher: *Mas para que havias de precisar de mim, Belinha? Tu tens feito tudo do melhor modo.*

A situação assim se definiu. Argônio optou por manter seu cargo público e continuar ocupando a vila da família em Cuiabá, administrada por Dita, que também podia atender aos meninos quando estivessem em casa. À Belinha coube aceitar sua nova vida, permanecendo em Paranayba para cuidar sozinha dos bens familiares.

Ela logo organizou seu tempo, de modo a reservar horas – e até dias inteiros – para escrever suas crônicas e ensaios. Depois de muito hesitar, resolveu seguir o conselho do padrinho Caldas e da tia Dionísia e enviar alguns de seus escritos ao jornalista Pablo Velasques, que acenara com a chance de publicá-los em Buenos Aires. Na dúvida entre tantas que já tinha prontas, optou por escrever uma crônica nova, imbricada à conversa que tinham tido durante o jantar em que se conheceram em Cuiabá. Fez então um ensaio crítico sobre as razões pelas quais as notícias e modismos europeus ganhavam tanta repercussão no Brasil, especialmente no Rio de Janeiro. Não foi fácil. Leu e releu o texto dezenas de vezes, reescreveu frases, trocou palavras.

Remeteu a crônica pelo correio, acompanhada de uma carta formal, com muitos agradecimentos. Algumas semanas depois recebeu um pacote, com os últimos números da revista *El Correo de la Moda* de Buenos Aires, onde Velasques tinha conseguido não só publicar sua crônica, mas também assegurado um espaço mensal para seus escritos, na seção de atualidades. *Apesar da frivolidade aparente, esse periódico é estratégia dos editores para alcançar o público-alvo.* Velasques explicou em carta, a mesma em que comentou o estilo literário da *senhora Isabel:*

> Vós sois um espadachim com as palavras; um samurai no manejo de vossas virtudes. Escreveis como se os vocábulos fossem notas que vão se juntando em frases rítmicas, formando uma composição musicada, uma escrita sinfônica, da linda melodia que escapa de vós.

Belinha teve uma reação inusitada. Sempre tão indiferente, tão segura de si, de repente ela se pôs a ler e reler a carta de Pablo Velasques, enlevada, embevecida, querendo sorver cada letra, achar mais algum afago, captar o que estava escrito no espaço entre as palavras. Ao mesmo tempo em que ele a felicitava afagando a mente, com seus elogios ele também lhe tocava a pele, lhe enchia de carícias e despertava desejos que ela desconhecia.

Tentando manter o bom senso e transparecer naturalidade, ela respondeu. *Eu entendi que tal periódico visa introduzir ideias novas e progressistas e me sinto honrada por ladear tantas mulheres intelectuais que nele publicam. Sou muito grata a vós, senhor Velasques.* Por fim, ela se disse muito agradecida, inclusive por ele ter enxergado nela virtudes que ela não pensava ter. É claro, remeteu mais uma crônica e assim se estabeleceu entre eles uma correspondência afável, que passou a preencher a solitude de Belinha em Paranayba.

As longas temporadas na fazenda, entretanto, haviam de ter efeitos que Isabel Garcia de Sá Ferreira ainda não conseguira dimensionar. De um lado, era estranho que Argônio estivesse acomodado naquela separação forçada. É certo que nunca tinham nutrido grandes ilusões amorosas, mas e o hábito da convivência harmoniosa? E o companheirismo? E a intimidade de mais de dez anos? E a responsabilidade conjunta de manter o patrimônio? Para Argônio, nada parecia mais valioso que sua permanência no cargo público. Mas ela também se espantava consigo mesma; com o conforto que a situação lhe propiciava. Pela primeira vez na vida, experimentava a autonomia de ser e fazer o que bem quisesse, sem o espectro de qualquer sentinela. Já não existindo a crítica cáustica da mãe, o desinteresse de Argônio pelos negócios completava sua libertação. Ela podia decidir tudo sozinha e, assim, praticar sua criatividade.

Passados dois anos da morte de Risoleta, Belinha já tinha diversificado os negócios. Além da criação de gado, ela separou uma parte das terras para o cultivo de cana-de-açúcar – que transformava em açúcar e rapadura – e plantação de mandioca – com que fabricava farinha. O que começou com vendas ocasionais do excedente da produção doméstica tinha se transformado em negócios a grosso, com encomendas de grandes armazéns de várias províncias.

Além da rotina na coordenação das lidas na fazenda, Belinha continuava escrevendo as crônicas, que despachava a Buenos Aires em sua correspondência regular com Pablo Velasques. Complementando as seções de moda, música e sobre a vida social portenha do *El Correo de la Moda*, Belinha publicava seu ponto de vista quanto à necessidade, no Brasil, de acesso feminino à escolaridade e a urgência no reconhecimento legal de capacidade jurídica às mulheres, para que fosse possível a participação delas em setores variados da vida em sociedade. Convertida ao trabalho na fazenda, dava voz e visibilidade às mulheres que, como ela própria, tinham chance – ou necessidade – de exercer com galhardia atividades tidas por masculinas.

Em Cuiabá, Argônio também tinha mudado seu cotidiano. Passou a despender mais tempo no gabinete e, minimizando a timidez, aproximou-se de colegas de trabalho, como Otílio Mattoso. O colega o ajudara em muitas situações difíceis, o que Argônio retribuiu quando da viuvez de Mattoso. O guarda–livros da administração da província cuidara da esposa doente por anos a fio e demorou a se recuperar da tristeza por sua morte. Argônio lhe foi esteio naquela ocasião e os parceiros de trabalho se tornaram amigos, o que redundou na superação das antigas diferenças com Domênico Pereira Couto, muito amigo de Mattoso. Os três costumavam ser vistos em animadas conversas e, no fim do expediente, muitas vezes rumavam juntos à taberna do Mozart, onde ganhavam a adesão do próprio taberneiro às suas prosas sobre política. *O Império aboliu a escravatura, mas não planejou a agregação dos libertos à sociedade.* Reclamava Mozart nos últimos tempos, sempre ganhando a concordância de Argônio: *De fato! O que vai ser dessa massa de gente que vaga pelas ruas sem trabalho e sem casa para morar?* Seguiam falando dos problemas sociais do Brasil e numa dessas vezes, Domênico estava especialmente revoltado:

— Vistes que o ervateiro agora está pelejando pela expansão da área de exploração de erva?

— Não, eu não soube... — Respondeu Mozart, cheio de curiosidade.

Com permissão do Império, desde 1882 Thomaz Larangeira extraía erva-mate num trecho que margeava a fronteira com o Paraguai e se estendia por quarenta quilômetros no interior da província de Mato Grosso, até a cabeceira do rio Iguatemy. Passados cinco ou seis anos, a produção de Larangeira tinha crescido muito, alcançando cifras de mais de 20 mil toneladas de erva semipreparada, que ele enviava ao beneficiamento em Buenos Aires. Pelo que contou Domênico, o ervateiro já se antecipava pedindo a renovação por mais dez anos daquela primeira autorização, mas também queria aumentar a área de extração, para incluir a fartura de ervais localizados na faixa de terras margeada pelos rios Dourados e Ivinhema, que terminava no rio Paraná.

— ... e tem mais: ele tenta se assegurar do monopólio de exploração! — Esbravejava Domênico.

— O que, na verdade, de forma indireta ele já tem. Com a desculpa de proteger os ervais, ele pode empatar a instalação de colonos ou de fazendeiros. — Argônio argumentou.

— Mas então... o extrativismo de erva prejudica a povoação do sul da província? — Perguntou Mozart.

— É, em parte é isso mesmo! — Argônio admitiu.

Os amigos passaram a conjecturar se Larangeira ainda teria prestígio lá no Rio de Janeiro para continuar realizando seus interesses. Eles sabiam o valor do apadrinhamento nas escrivaninhas do Império. *A proibição de extração de erva por estrangeiros, que anos atrás justificou o indeferimento do pedido daqueles moageiros argentinos foi fruto disso: da falta de padrinhos certos.* Palpitou Argônio. *Pois eu penso que nisso tudo há o dedo do Joaquim Murtinho.* Conjecturou Mattoso, propiciando uma tirada irônica de Domênico: *Nada! O Murtinho anda ocupado demais com suas causas pessoais.*

Como uma fonte inesgotável de notícias, Domênico sabia que Murtinho ganhava fama na capital da Corte, em escaramuças que não chegavam pelos jornais no longínquo Mato Grosso. Enquanto se empenhava na arrematação de terras no loteamento da Chácara do Céu, no bairro de Santa Tereza, Murtinho acirrava a luta pessoal em prol de seus expedientes de cura. Os bons resultados de sua clínica homeopática estimulavam conjecturas maledicentes sobre práticas extravagantes, como a de ter um pé na feitiçaria por simpatizar com a doutrina espírita. Já chegara a ser acusado de fazer experimentos de remédios em seus pacientes e fora muito criticado por vender amuletos de feijões e castanhas, chás, vinhos e o xarope *Dusart* para tonificar ossos, produtos para queda de cabelo e algumas fórmulas da medicina popular de origem indígena de sua terra natal. O ecletismo nas indicações denunciava um sincretismo inadmissível para um cientista. Joaquim Murtinho era alvo de críticas severas veiculadas na imprensa, que ele contraditava com eloquência, publicando textos agressivos que acabavam por atrair a curiosidade científica, mas principalmente a atenção leiga para a homeopatia. Para responder – ou provocar – o respeitado engenheiro e professor positivista Benjamim Constant, Murtinho tinha publicado uma comparação entre textos de Augusto Comte e a obra de Hanehmann, afirmando que a homeopatia não só era compatível com a lógica positivista, como fora antecessora e inspiradora do positivismo. *Com a clientela que mantém na Corte, Murtinho tem costas quentes.* Mozart considerou, mas foi contraditado por Domênico: *O problema é que ele também não para de amealhar desafetos. Teve topete até para criticar a mania científica de D. Pedro II, dizendo que o Imperador opina com superficialidade sobre assuntos que não conhece.*

– Pois eu já ouvi que ele também cuida da saúde de republicanos, como Rui Barbosa, Benjamim Constant e Campos Sales... ou de membros das famílias destes. – Completou Argônio.

Ninguém mais duvidava que a articulação social e a aproximação com o poder político já rendiam bons frutos a Joaquim Murtinho e que já se mostrava provável sua indicação para o Senado do Império.

Assunto não faltava aos amigos e, regada pelas infusões alcoólicas de Mozart, a conversa se estendia noite adentro. Certa ocasião, já bem tarde, Argônio se despediu do grupo e tomou o caminho de casa, mas estava zonzo, não só pelas opiniões sempre contundentes de Domênico, mas também pelo excesso de tragos que tinha ingerido. De repente ouviu a voz de Gaspar que passava pela rua, de carreta.

– Que está acontecendo, Argônio?
– Creio ter be...bebido demais, senhor meu pai.

Trôpego, Argônio tentou se recompor, mas ao se apoiar no poste que iluminava o longo e ermo trecho da rua, foi tão displicente que fez balançar o lampião de azeite.

– Esse é mais um dos perigos de viveres sozinho aqui em Cuiabá. Suba, eu te levo para casa.

Com a ajuda do pai, Argônio subiu e se sentou no banco da carreta. No caminho, Gaspar aproveitou para repetir o sermão que adotara nos últimos tempos: *Não posso crer que sejas tão parvo! Por que ainda estás aqui? Já te disse que devias assumir os negócios em Paranayba e abandonar essa vida rasteira que tens levado.* Argônio se defendeu gaguejando mais que de costume: *A Be... Belinha te...tem cu... cuidado de tudo*, propiciando que o pai soltasse sua mordacidade: *Mas não temes que tua mulher ponha fora todo o patrimônio, que também é teu? Depois que estiveres na miséria não vai adiantar reclamar.* Meio estonteado pelo excesso de álcool, Argônio achou jeito de pôr fim à crítica:

– Vós sois o especialista em perder tudo, senhor meu pai. Belinha sabe muito bem o que faz.

Ao descer da carreta, em frente de casa, Argônio desequilibrou-se e se despencou ao chão. Ao ajudá-lo a se levantar, Gaspar viu que o filho sangrava na testa e resolveu apoiá-lo até o interior da vila. Um dos empregados o ajudou a limpar a ferida e alguém correu a lhe preparar um café bem forte. Só então Gaspar se despediu.

Ao se levantar na manhã seguinte, Argônio sentiu a cabeça latejando feito um tambor desafinado, mas constatou que o machucado no rosto já nem estava visível. Banhou-se e se aprontou para ir à repartição. Já na sala de refeições, sentou-se à frente de um bule de chá digestivo que a cozinheira preparara a mando de Dita e encontrou um papel dobrado bem à direta de sua xícara.

Desdobrou o papel e leu seu conteúdo:

Buenos Aires, 13 de outubro de 1889
Meu caro Sá Ferreira
    Hei de me comprazer se, ao receber esta, estiveres no gozo da mais perfeita saúde, com todos os teus.

Espero que te lembres de teu capatázio na difícil viagem do Chiriguelo a Concepción alguns anos atrás, que só agora se dirige a tua pessoa com pedido de favor que, rogo aos céus, não te pareça encargo demasiado.

É que meu primo Jorge Ribeiro de Almeida, de quem te falei naquele ensejo de nossa viagem, está a caminho de Cuiabá, onde pretende encontrar um frade apto a ajudar no intento final da catalogação de um mapa, do qual também te falei.

Meu estimado primo tem planos de permanecer em tua cidade por pouco tempo, eis que foi retido por muitos anos na Argentina e agora está convocado a retornar incontinenti a Portugal. Dei a ele tua indicação para que te procure e, se estiver a teu alcance, peço que prestes a ele alguma assistência, de que ele necessite, pedido que faço em nome de nossa amizade.

Com a mercê da Divina Providencia serei para com a tua pessoa, amigo, eternamente grato.

Aceita minhas saudações, extensivas a tua família.

                                João Pedro de Almeida

O assunto não lhe dizia respeito e ele tampouco conhecia o remetente. Era evidente que a missiva não lhe era dirigida, mas sim a seu pai, o que comprovou ao conferir o endereço constante no envelope. Argônio perguntou a Dita como aquela carta viera parar ali.

– Nós a encontramos no piso, ao lado daquela poltrona. – Dita respondeu, apontando o lugar.

– Então meu pai deve ter deixado cair ontem à noite. Guarde-a, por favor, Dita. Dom Gaspar deve procurá-la, caso lhe seja importante.

Terminou o chá, mas antes de sair, refez a ordem.

– Dita, Dom Gaspar me prestou um favor ontem à noite. Penso ser de bom alvitre que tomemos a iniciativa da devolução. Peça ao Mathias que leve esse papel à casa de meu pai, ainda pela manhã.

Dita assentiu e Argônio se foi, para mais um dia de trabalho na administração da província.

CAPÍTULO II

Um mapa é trazido a Cuiabá

Recomendado pela Arquidiocese de Buenos Aires ao bispo Dom Carlos Luís d'Amour, ao desembarcar no porto de Cuiabá, o frade português Jorge Ribeiro de Almeida foi diretamente ao Palácio Episcopal para se hospedar com os religiosos da capital da província. Ele viera a Cuiabá atrás dos conhecimentos do padre Miguel Kurtz, que conhecera em Portugal muitos anos antes. Kurtz exercera o sacerdócio na Marinha do Brasil, precisamente na Ponta da Armação em Niterói, onde se tornara especialista em cartografia, depois fora transferido a Buenos Aires. Por correspondência, o bibliotecário Jorge Ribeiro tinha contado a Kurtz que lhe chegara às mãos, na Biblioteca do Mosteiro de São Bento da Vitória da cidade do Porto, um mapa antigo, de algum território na América do Sul, sobre o qual lhe faltavam conhecimentos para catalogar de forma adequada – sob os padrões técnicos da *École Nationale des Chartes*, na França, onde estudara biblioteconomia. Kurtz prontificou-se a ajudar e Jorge Ribeiro viera procurá-lo pessoalmente, mas ao chegar em Buenos Aires fora surpreendido com a recente mudança do amigo para Cuiabá.

A estada de Jorge Ribeiro na Argentina se estendeu por muito mais tempo que o esperado graças à sua prestigiada habilidade profissional. Em negociação com o Monastério da cidade do Porto, o Bispado portenho conseguira tomar os seus préstimos pelo tempo necessário a reunir, classificar e catalogar os acervos de várias bibliotecas católicas de Buenos Aires. Só muitos anos depois, quando concluído o longo encargo que lhe coubera em Buenos Aires, Ribeiro chegava a Cuiabá ávido por concluir a específica tarefa que o trouxera à América.

Já no segundo dia, durante o intervalo entre as rezas vespertinas e a missa das seis, Jorge Ribeiro e Kurtz se reuniram pela primeira vez numa sala anexa à biblioteca do Bispado para tratar da identificação da peça engelhada.

— Que sabeis da origem do achado, Jorge?

— Pouco se sabe... apenas o que já te disse em cartas. O mapa foi encontrado sob o fundo falso de um relicário que repousou por décadas no Museu da Congregação.

— O relicário é de que época? Pertencente a quem? Tais dados são conhecidos? — Insistiu Kurtz.

— Sob uma crosta de zinabre do relicário foram identificados o brasão jesuíta e uma inscrição com as iniciais "M" e "B". Isso levou à suposição de que tenha sido de uso pessoal de um integrante da Companhia de Jesus.

— Um jesuíta! Mas em que época?

— Averiguamos nos anais da Companhia de Jesus... depois de recompostos. Tudo indica que tenha pertencido a um dos padres, que pode ser Manuel Berthod, que congregou no Colégio de Assunção no século XVII. — Respondeu o português.

– Mas como uma relíquia jesuíta espanhola foi parar no acervo de mosteiro beneditino português?
– Não se sabe ao certo, Kurtz. A suposição é de que durante as perseguições à Companhia de Jesus, a peça tenha sido roubada de algum monastério espanhol, depois comprada ou resgatada pelos Beneditinos.
– Faz sentido! Com a supressão da Ordem Jesuítica, a peça pode ter sido mantida em posse e guarda da Congregação Beneditina.
De repente o próprio bispo Dom Carlos d'Amour se juntou a eles e tendo ouvido a parte em que falaram do relicário, perguntou:
– Mas afinal, frade Jorge, qual o mistério do relicário que vos ocupa?
– Não se trata do relicário em si, Reverendíssimo. Esse já foi devolvido há anos aos Jesuítas. Trata-se deste documento que foi retirado do seu fundo falso.
Jorge Ribeiro abriu o livro pesado, de grandes dimensões que tinha em sua frente. Foi passando as páginas pesadas até encontrar um mapa. Deixou a brochura aberta naquela peça e a empurrou cuidadosamente sobre a mesa, para que o Bispo e Kurtz, sentados à frente, pudessem ver melhor o documento.
– Um mapa! Quase inteiro! Exclamou o bispo, que foi virando o caderno de maneira a buscar o melhor ângulo de luz, que lhe facilitasse a vistoria.
Foi crescendo o interesse do Bispo. *Essa linha serpenteada... o que diz aqui? ... rio... Mbo te tey.* Soletrou a palavra quase ilegível. *Mbotetey foi a denominação indígena do atual rio Miranda!* Lembrou Kurtz. *Sim! O rio Miranda já foi chamado de rio Mbotetei, depois de rio Mondengo,* completou o

Bispo. *Vejo aqui também... está apagada a inscrição, mas por certo é o rio Paraguai. Os afluentes conferem. Estavas certo no que me dissestes nas cartas, frade! Este é um antigo mapa de Mato Grosso!* Kurtz confirmava a hipótese levantada por Jorge. *Minha esperança é que possais identificar a representação exata do mapa...* Ribeiro insistia, mas Kurtz não lhe dava atenção, estava concentrado em outro detalhe do desenho. *Observo a anotação à direita. Há uma seta miúda indicando meia légua para San Ig... Pena que não se pode ler!*

Num instante de abstração do bispo, Pe. Miguel aproveitou para, com elegância, puxar só para si o caderno. Com a ponta dos dedos, tocou delicadamente o mapa, levantou uma das pontas para examinar a parte traseira do pergaminho e, cauteloso, foi comentando o que via. *Mapa artesanal... provável exemplar único ou com reprodução reduzida... metodologia essencialmente artística, com atributos do Século XVII.* O Bispo comentou: *Chialá! Os mapas daquele tempo hoje nos parecem repletos de imperfeições.* Kurtz continuava absorto em sua própria vistoria: *Percebo que não há proporção que permita calcular distâncias entre as indicações, mas vejo a marcação dos pontos cardeais coerente com a conformação da bacia fluvial e da simbologia.* Kurtz desfilava suas anotações e, levantando os olhos declarou com ares de especialista.

— Confrontando os pontos cardeais com os sinais incidentes geográficos destacados, não restam dúvidas de que seja o sul desta província, como bem notastes, frei Jorge.

— Quase em zona fronteiriça... talvez. — Ribeiro arriscou-se a precisar melhor a localização.

— Por esses traços, combinados com vosso relato da origem do achado não é leviano dizer que o mapa indica a localização das missões espanholas do Itatim, na Serra de Amambai. – Disse Kurtz, voltando os olhos à peça.

– Das missões do Itatim... – Jorge Ribeiro repetiu, sem demonstrar surpresa.

– É uma peça histórica, pode ser exposta em qualquer bom museu. – Comemorou o Bispo.

Os religiosos ainda ouviram as impressões de Kurtz sobre as proporções indicadas no mapa, mas a conversa derivou. Passaram a lastimar a perda de grande parte da história das missões do antigo Itatim, assim como acontecera com as reduções do Guayrá. As fontes coloniais portuguesas não guardavam memórias precisas das primeiras missões espanholas na América do Sul. *Aos interesses do Império do Brasil, a história dessas terras começa quando consumada a posse portuguesa. Os acontecimentos anteriores, do tempo de domínio espanhol, vão se tornando difusos, quase apagados.* Foi o diagnóstico de Kurtz. Comentaram que a história das primeiras missões na América tinha sido mitigada também pela supressão da Companhia de Jesus, como determinara o Papa Clemente XIV em 1773 e, ao ser restaurada mais tarde pode não ter parecido conveniente prestigiar os feitos missionários antes proscritos.

– Eu penso que também pode haver algum constrangimento para a Ordem Jesuíta, especialmente quando se trata da exploração de erva-mate. – Conjecturou o Bispo.

Kurtz se interessou pelo novo enfoque da conversa: *Sei que muitas Ordens até hoje consideram o consumo de erva-mate um vício, fruto de superstição, com efeitos negativos para o espírito,* avaliou. *E pelo mesmo motivo de antes: a origem supostamente vinculada a deuses pagãos.* O Bispo concordou: *Sim, a colheita dos ramos e das folhas, o modo de preparo e consumo da infusão podem ser tomados como ritos tribais, baseados na crença herética de ser bebida mágica, procedente de outro mundo. Uma construção simbólica que conecta o hábito do mate a divindades pagãs.*

Tudo verdade. De início, os Jesuítas tinham até proibido o consumo da bebida guarani nas missões. Depois passaram a reprimir o uso da *bomba*, ora por razões sanitárias, ora porque atribuíam conotação diabólica ao hábito de chupar o líquido pela taquara. Tanto que a erva-mate chegou a ser denunciada como elemento de feitiçaria junto ao Tribunal de Inquisição em Lima, e ao costume de sugar o chá pelo canudo fora impingida a pecha de *"clara sugestão do demônio".* Ainda sob a influência da moral medieval pseudocristã, outros produtos nativos da América também tinham sido denunciados à Inquisição, na mesma época, como o tabaco e o cacau. Eram acusados de atentatórios à moral e à salvação das almas.

Era plausível supor o dilema dos Jesuítas. Trazidos à América do Sul para a cooptação dos nativos aos objetivos dos colonizadores através da *evangelização*, eles receberem da Coroa espanhola grandes porções de terras para instalar as *missões*. Mas tanto em *Guayrá* como no *Itatín* e, mais tarde, em *Tapes*, eles encontraram abundância de ervais nativos e logo entenderam os benefícios econômicos; a fonte de riqueza que o mate representava, até porque o consumo nunca parou de crescer entre os próprios colonizadores. Mesmo com a reputação sombria da erva-mate perante a Igreja Católica, os Jesuítas passaram à exploração econômica dos ervais, com consequente geração de estupenda receita tributária aos cofres do Coroa espanhola. Para garantir o conveniente arranjo, o Império espanhol lhes concedeu monopólio na produção e comércio da erva-mate nativa nos territórios guaranis.

– Mas como foi revertida a referência pagã que envolvia a bebida? – Jorge Ribeiro quis saber.

– A estratégia para exorcizar a erva-mate foi inteligente e contou com a ajuda do Pe. Manoel da Nóbrega. – Esclareceu o Bispo.

– Mas o Pe. Manoel da Nóbrega atuava... na Colônia portuguesa! Do outro lado da linha de Tordesilhas. – Kurtz estava confuso.

– Mesmo assim a ele é creditada uma boa parte da absolvição da erva-mate pelo Tribunal da Inquisição em Lima. – Confirmou o bispo.

O bispo relatou que, ao defender a erva-mate perante a Inquisição, um certo jurisconsulto tinha assegurado que em *adelantados* mais ao sul da colônia espanhola, era difundida a notícia de que São Bartolomeu teria inspirado a indicação da erva-mate para o tratamento de enfermidades, com excelentes resultados. As populações tinham passado a tomar a bebida guarani invocando a intercessão de São Bartolomeu. Revelando-se bom conhecedor da história da inquisição na América, o Bispo também mencionou outro defensor da erva-mate, chamado Pedro Lozano, que tinha invocado o *Tratado del Recto uso de la Yerba del Paraguay*, de Diego de Zevallos, publicado em Lima em 1667. Tal obra continha um artigo em que outro santo, o São Tomás, intercedera para santificar a erva-mate e mudar sua suposta origem satânica. Contou o Bispo que grande parte da credibilidade da tal bênção de São Tomás à erva-mate fora atribuída à iniciativa

CHÃO VERMELHO 147

do Pe. Manoel da Nóbrega, chefe da primeira Missão Jesuíta de Portugal na América, que teria feito circular no Brasil Colônia uma crônica que, a certa altura, dizia:

> Chegando do Brasil, pregando o Evangelho na província de Mbaracayú, encontrou florestas enormes dessas árvores, cujas folhas eram venenos mortais, mas sapecadas pelo Santo apóstolo, pelo antídoto das mãos e do fogo, as folhas perderam todo o veneno. Por essa razão, os índios passaram a sapecar sempre a erva para usá-la, como o santo lhes ensinou, [e] sem essa diligência, teriam experimentado efeitos fatais de seu veneno maligno...

– Essa linha da defesa acabou redimindo a erva-mate perante a Inquisição. – Completou Dom Carlos.

O Bispo não mencionou, mas relatos centenários sobre o tema também continham inúmeros mexericos. Dizia-se que, para atender à demanda do mercado e acelerar a acumulação de riquezas, os Jesuítas tinham chegado a praticar a poda indiscriminada e derrubado ervais localizados longe de seus domínios, de maneira a assegurar seu próprio monopólio. Houve quem futricasse que eles até usufruíam de ervais localizados fora das terras de sua concessão, mas trituravam e misturavam as folhas de modo a impossibilitar a identificação da origem ilegal da matéria-prima.

A domesticação da plantação era outro tema lendário. Se havia fartura de ervais nativos, por que teriam empenhado esforços para dominar a técnica da plantação artificial? O Bispo explicou que as razões eram muitas, todas de ordem prática. Eles teriam vislumbrado o esgotamento dos ervais naturais, pela poda reiterada e crescente, ou talvez quisessem melhorar a qualidade da plantação, selecionando as sementes de acordo com a qualidade das folhagens. Também era plausível supor que tenham buscado formar ou restaurar ervais nas proximidades das reduções, para evitar a extração mais afastada, pelo risco de fuga dos índios. O distanciamento dos reduzidos da sede da Missão – para extrair erva-mate – podia lhes devolver o senso da liberdade, possibilitar o abandono da vida missioneira e o retorno às suas raízes e tradições pagãs. Seja lá por quais das razões, o fato é que fizeram germinar as sementes e acabaram por domesticar a planta. Quando os Jesuítas foram embora, a maioria das suas reduções já se abastecia com plantações artificiais.

– E exportaram, por décadas, centenas de toneladas de erva-mate... – Resumiu o Bispo.

– ...até serem expulsos da Espanha e suas colônias em 1667. Enfim, posso concluir que este mapa sugere a localização de uma daquelas missões produtoras de erva-mate. – Kurtz voltou ao assunto inicial.

Os dois padres seguiram tratando do tema por vários dias, mas a conclusão definitiva do traçado requeria o cotejo com outros mapas do antigo Vice-Reinado espanhol do Rio da Prata, assim como a aplicação da escala cartográfica para medir as distâncias entre os pontos e fixar a localização exata da área mapeada que possibilitasse a catalogação precisa da peça, a ser incorporada ao Museu do Mosteiro em Portugal.

Enquanto aguardava a conclusão dos estudos de Kurtz e a data de seu embarque a Lisboa, o frade Jorge Ribeiro foi ficando em Cuiabá. Ele estava intrigado com uma questão óbvia: se aquela peça cartográfica fora desenhada para mostrar o local de uma redução jesuítica, por que fora protegida no fundo falso de um relicário? Mesmo sendo pouco relevante para a catalogação da peça, a dúvida o induzia a valorizar a lenda que escutara dos padres que tinham congregado em Assunção. O mapa podia, mesmo, indicar ponto do enterro de alguma fortuna das missões do Itatim, enriquecidas pela extração de erva. Mesmo reconhecendo a natureza mundana de sua curiosidade, ele preferia que houvesse uma razão menos óbvia para aquele mapa que o trouxera à longínqua América do Sul.

Sob o rigor de sol ardente, Jorge Ribeiro caminhava de volta à sede do Bispado depois de uma visita à Igreja de Nossa Senhora do Rosário, quando cruzou com um homem alto e forte de cara imberbe e cabeços negros, que subia a pé em direção ao topo da colina do Rosário.

O homem que chamou a atenção do padre era Enrique Mathias que, bem antes da hora marcada, se dirigia ao lugar do encontro que lhe indicara Gaspar de Sá Ferreira. Mathias escalou vagarosamente a escadaria da Igreja e teve tempo para descansar à sombra da árvore frondosa na lateral leste da construção, conjecturando o porquê do encontro naquele lugar.

Quando chegou, Gaspar começou advertindo que precisavam de discrição e que os assuntos de que iam tratar não podiam ser comentados com ninguém, nem mesmo com Dita. Depois perguntou:

— E então... conseguistes encaminhar o encargo que encomendei?

— Já contratei os camaradas para a execução do serviço, mesmo sem o aporte inicial de pagamento que prometestes.

A resposta de Mathias irritou Gaspar e suas falas exaltadas atraíram olhares curiosos de transeuntes na rua lá embaixo. Ao notarem tal desacerto ambos se calaram e ficaram sentados lado a lado até que Mathias perguntou:
— Depois de tantos anos trabalhando para vosso filho, ainda tendes cismas sobre minha pessoa?

Gaspar não respondeu, mas o que o desagradava era a petulância de Mathias, o excesso de autoconfiança do paraguaio, como se tivesse sempre uma carta na manga, uma palavra final a desnortear o interlocutor.

— Vamos ao que importa: eu já te disse que a ação deve ser rápida e certeira. Eles só precisam pegar a bagagem do padre... a mala e qualquer outro volume que tenha nas mãos. Mas deve parecer um roubo comum.

— Está tudo combinado... há de ser nas imediações do porto na data do embarque, conforme vossa instrução.

— Sim e eu te aviso, tão logo se confirme a data.

Passaram a tratar a forma de pagamento aos envolvidos — *a segunda parcela só depois de feito o serviço* — disse Gaspar. Mathias não discordou, tratou de agarrar o pequeno embrulho com o valor combinado e se levantou, pronto para ir embora. Mas Gaspar o reteve.

— Preciso de ti para uma outra empreitada, bem mais longa.

— Outra? Mas nem dei cabo da primeira...

— Tão logo consigas a encomenda, tu vais me acompanhar ao sul da Província.

— Ao sul da província? — Mathias repetiu.

Gaspar continuou a explicar, sem meias palavras: *Há um tesouro jesuíta escondido lá pela serra de Amambai, que nós precisamos encontrar. Tesouro...?* – Em princípio, Mathias pensou ser uma forma figurada de linguagem. Mas Gaspar confirmou: *Isso mesmo: um tesouro! Uma porção considerável de ouro e diamantes. Eu te ofereço meação da riqueza que for encontrada. Meação?* Perguntou Mathias, incrédulo. *Sim, metade para cada um. Ah! Junto ao tesouro há um pergaminho antigo que me interessa. Esse fica para mim.*

Gaspar passou a detalhar a empreitada a um Mathias muito desconfiado. Deteve-se nas advertências sobre a discrição que a missão exigia. Depois de entender que Gaspar falava sério, Mathias o encheu de perguntas: *Mas como sabeis da existência desse tesouro? Onde pode estar? Quero dizer... onde procurar?* Gaspar respondeu: *É para resolver isso que precisamos das bagagens do padre... ele carrega um mapa com a indicação do local a escavar.*

A contratação esteve a ponto de não avançar já que a proposta envolvia a obrigação de Mathias de montar e pagar uma comitiva – dois ou três camaradas – para ajudarem nas buscas. O paraguaio se recusou a financiar a expedição e, depois de nova discussão, Gaspar se comprometeu a adiantar os valores, para serem compensados quando da divisão do tesouro.

– Precisamos combinar o que dizer a Dom Argônio... e eu vou ter de me explicar com a Dita.

– Para todos os efeitos, tu vais me ajudar a sentar posse sobre aquela área lá na margem do Ivinhema. Mas cuide para que ninguém saiba a verdade. Se contares a alguém, serás um homem morto.

Mathias não levou a sério a ameaça de Gaspar, que se levantou e saiu em direção à ladeira. O paraguaio permaneceu por longo tempo sentado no quintal do edifício sacro, lugar impróprio para os pensamentos maus que lhe ocorriam. Mas já não havia qualquer lampejo de escrúpulos capaz de detê-lo. Tinha ciência de que sua alma já não tinha salvação e que uma patifaria a mais não havia de fazer diferença. Nossa Senhora do Rosário devia saber disso.

CAPÍTULO 12

Proclamação da República

— Declaro abertos os trabalhos!

O Presidente da Assembleia Provincial de Mato Grosso iniciou mais uma sessão, autorizando a leitura da ata da reunião anterior, que foi aprovada pelos presentes. A Mesa pôs-se a analisar os memoriais, a correspondência e as petições, dentre elas uma moção proposta por um dos deputados, a quem o Presidente passou a palavra. Com boa empostação de voz e muita solenidade, o proponente apresentou a justificativa: *... e tendo em vista a gravidade dos fatos, devemos mostrar ao estimado Imperador, a nossa alegria por se safar de tão infame agressão.*

O Deputado não exagerava sobre a gravidade do atentado ocorrido alguns meses antes no Rio de Janeiro. Ao deixar um concerto musical, D. Pedro II fora atacado a tiros, sob gritos contra a monarquia. O soberano saíra ileso, mas o episódio causara comoção em boa parte do Império. Era esse o motivo da moção que o deputado propunha, encorajado pelos presentes. *Com tal motivação, eu proponho a nomeação de uma comissão que dirija ao Augusto Monarca nosso protesto pelo triste acontecimento, demonstrando nossa alta estima e a satisfação por ter falhado o intento maligno e covarde,* o proponente concluiu.

Com aplausos vigorosos, restou por unanimidade aprovada, naquela sessão de 18 de novembro de 1889, a moção de apoio ao Imperador do Brasil.

Os deputados provinciais ainda não sabiam – assim como o povo de Mato Grosso – que já não existia um Imperador no Brasil! Ainda não lhes tinha chegado a notícia da proclamação da República e que, àquela altura, D. Pedro II com sua família seguia embarcado rumo ao exílio. O melancólico fim da monarquia se manteria desconhecido na região por mais algum tempo, tanto que em 2 de dezembro, em Cuiabá ainda foi comemorado o aniversário do Imperador e, na noite do dia 7, um grande baile foi promovido pelo Partido Liberal, para homenagear vencedores das eleições provinciais, ainda sob a égide do regime monárquico.

O constrangimento pelas moções e festejos desavisados só foi sentido na noite de 8 de dezembro, quando aportou em Cuiabá o vapor Coxipó, trazendo notícias da capital do Brasil. A mais retumbante delas era justamente a do golpe de 15 de novembro que proclamara a República chamada *Estados Unidos do Brasil* a ser comandada, do Rio de Janeiro, por um governo provisório. Os *estados* continuariam a ser governadas por *presidentes*, que passariam a ser escolhidos pela respectiva assembleia legislativa. A nova ordem também determinava a eleição de um congresso constituinte para escrever a constituição republicana e imputava aos estados o dever de convocar eleições locais para deputados com os encargos de eleger e empossar os novos presidentes e escrever as constituições estaduais.

A notícia se espalhou rapidamente durante a noite e chegou à casa de Argônio bem cedo, na manhã seguinte. A vila da família estava cheia, com os dois filhos em férias e Belinha, que passava temporada em Cuiabá. Ao sair à rua, o jovem Francisco Garcia de Sá Ferreira vira um movimento estranho e então se pusera a ouvir as conversas. Depois voltou apressado e foi perguntando enquanto caminhava ao salão de comer, onde estavam os pais.

— Senhor meu pai... o que, exatamente, quer dizer *república*?

— O que dizes? Por que estás espavorido, meu filho? — Belinha perguntou.

— Escutei agora lá na rua... disseram que foi proclamada a... re-pú-bli-ca! — O menino soletrou.

— O que? Não pode ser! — Argônio mostrou-se tão curioso quanto o filho. Largou a xícara de café e se levantou da cadeira. Num salto já estava na rua, ávido a confirmar a notícia, mas ainda teve tempo de ouvir o pedido de Belinha:

— Se for verdade, tenta descobrir o que aconteceu com o Imperador!

Pedro Garcia Neto pôs-se a explicar ao irmão mais novo, o que significa *república*, enquanto a mãe parecia ter se perdido em pensamentos. Belinha conjecturava sobre as mudanças que poderiam vir, sobre o emprego do marido e até sobre o fim que teriam dado a D. Pedro II e a toda a família real. Argônio não tardou a voltar, confirmando a notícia bombástica.

— É verdade! A República foi pro...proclamada já no dia 15 do mês passado. A notícia chegou ontem à noite e está um rebuliço nas ruas. O Brasil agora tem um Presidente pr...

provisório, o Marechal Deodoro da Fonseca e um novo Ministério. Eu escutei os nomes de Be...Benjamin Constant, Aristides Lobo, Ru...Rui Barbosa e... Quintino Bocaiúva.
— Mas... mataram o Imperador, o que aconteceu com ele? — Perguntou Pedro.
— Disseram que D. Pedro II e a família real foram embarcados a Portugal.
— Melhor que tenha sido assim. — Belinha reconheceu.
Argônio mal ouvia e, esbaforido, foi recitando outra novidade:
— O vapor Coxipó trouxe outras notícias. As províncias agora são *estados* e Antônio Maria Coelho foi nomeado Presidente do nosso estado.
— O Brigadeiro Antônio Maria Coelho? — Perguntou Belinha.
— É o que corre de boca em boca... que o Barão *é o novo Presidente do* estado. — Ao responder à mulher, Argônio mencionou o título nobiliário de Antônio Maria Coelho — Barão de Amambay — que ele conseguira ao apagar das luzes da monarquia, ainda como homenagem *à sua atuação destacada na* retomada de Corumbá durante a guerra com o Paraguai. Como se falasse consigo mesmo, tentando não agregar problemas à situação que lhe parecia confusa, Francisco deixou escapar sua incerteza:
— O que vai mudar para nós, senhor meu pai?
Antes que alguém respondesse, Gaspar de Sá Ferreira irrompeu porta adentro.
— Buenas... soubestes do ocorrido?!
— Sss... soubemos há pouco! Mas era o espe...esperado, a monarquia agonizava há tempos. — Respondeu Argônio.

— O que surpreende é a nomeação do Maria Coelho para presidir o Estado. — Disse Belinha.

— Também fiquei pasmo. O Coelho foi nomeado mesmo sem nenhuma tradição republicana! — Na voz de Gaspar tinha espanto e uma ponta de inveja.

— Eu soube que tão logo che...chegou a notícia bombástica, ontem à noite, um grupo de lacaios co...correu à casa de Coelho... para comunicar a nomeação. — Argônio criticou.

— Bem que fizeram! Eu me ressinto por não ter sido chamado. — Gaspar confessou.

— Estou de saída ao Pa...palácio. Preciso me inteirar da si...situação... e saber se ainda tenho emprego! — Disse Argônio.

— Então eu te acompanho. — Ofereceu-se Gaspar, doido para buscar mais detalhes da nova situação.

Argônio não discordou e, antes de sair, dirigiu-se à mulher e aos filhos.

— Será mais seguro que nenhum de vós saís às ruas, pelo menos por agora. Na hora do almoço hei de ter mais notícias.

— Dom Gaspar... Dom Gaspar!

Gaspar parou e se virou, enxergando Dita, que corria para alcançá-lo, enquanto dizia com voz aflita:

— Podeis me dar uma palavra sobre a tal viagem ao sul, de que me falou o Mathias?

Dois dias antes Enrique Mathias tinha anunciado *à esposa* seu engajamento numa empreitada no sul da província. Dita estava inconformada e tinha a esperança de que, conversando com Dom Gaspar, pudesse entender a motivação da viagem e, quem sabe, até alterar os planos do marido.

— Ele vai comigo, assegurar a posse de terras no sul. Desse serviço ele há de conseguir uma área para si... o que há de ser bom para vossos filhos, Dona Dita.

— Ele... ele vai demorar por lá, Dom Gaspar?

— Depende do tempo que a empreitada durar. Mas esteja tranquila... talvez ele volte rico!

— Mas não havia de ser melhor que...

— Se me permites, penso que podemos falar disso depois. Vamos Argônio! — Gaspar encerrou a conversa.

Belinha ouviu tudo e concordou que aquele, de fato, não parecia um bom momento para tratar de outro assunto que não fosse o advento da República. Tão logo os dois homens saíram, ela se dirigiu a Dita:

— Depois tu falas melhor com meu sogro. Acalma-te!

— Que maçada essa viagem repentina do Mathias. — Enquanto falava com voz embargada, Dita balançava a cabeça de um lado a outro, estralando os lábios. — Que insensatez... ir trabalhar para Dom Gaspar... e lá naqueles cafundó!

— Pode não passar de um plano, que talvez nunca se realize, sabe como é Dom Gaspar...

— Nada! Pelo jeito é pra logo. Eu não me conformo! Depois de tanto sacrifício para montar a ferraria...

Dita era a própria imagem do desconsolo e Belinha olhava consternada, sem ter o que dizer. Ela era testemunha do sofrimento de Dita com o marido insensato. Já no começo do casamento — quando Mathias ainda servia como jardineiro da vila — ele apareceu deslumbrado com planos de enricar com as comissões polpudas que lhe prometeram num armazém no porto de Corumbá. Ainda bem que Dita fora previdente: *Tu vais na frente e depois que te firmares no serviço e arranjares casa pra morar, eu me junto a ti.* Meio a contragosto, ele concordou. Era tudo engodo. Mathias trabalhou quase um ano sem receber pagamento, na ilusão das comissões que nunca se consumaram. Voltou e sossegou o facho por algum tempo... pouco tempo. Logo depois apareceu com a urgência para trabalhar na região de Cáceres coletando a planta poaia, ou *ipecunha* – matéria-prima na indústria farmacêutica, muito procurada por estrangeiros. Daquela vez Dita não conseguiu se safar. Lá foi ela, grávida de Gerusa, a filha mais velha. Não deu seis meses e Mathias arranjou uma encrenca com o novo patrão e tiveram de voltar às pressas a Cuiabá. Sempre insatisfeito, ele vivia buscando saídas aos limites restritos dos jardins da vila de Argônio e Belinha em Cuiabá. A certa altura ele resolveu trabalhar nos serigais do coronel Caldas, mas desistiu logo, dizendo ser trabalho duro demais e pouco rentável. Anos mais tarde, já pai de três filhos, ele fora garimpar diamantes no rio das Garças, de onde voltou semi-morto depois de contrair malária de um tipo resistente, que durou meses a ser debelada e lhe deixou sequelas terríveis no fígado.

Enquanto Mathias se debatia atrás de emprego que lhe conviesse, Dita cuidava sozinha dos filhos e ainda economizava dinheiro. Continou administrando a vila e, com ajuda de Belinha, comprou a casa para acomodar a família. Nos últimos anos ela tinha deslocado a residência para os fundos do terreno e montado, na frente, uma ferraria para o marido trabalhar. Era o sonho de Mathias: exercer o ofício que tivera no Paraguai, antes da guerra.

— Justo agora, Belinha, que a ferraria vai tão bem...

— Tu conheces a natureza de teu marido. Ele não tem parada. E essa viagem não deve ser para sempre...

As duas continuaram ponderando sobre a situação, mas Belinha estava em especial desconforto, não só pelo dissabor da amiga, mas pela nova situação política do país e da província. Como ficaria a situação de Argônio? Respeitoso, o filho Francisco ouvia a conversa das duas, mas estava igualmente intrigado. Tão logo pode, repetiu a pergunta que tinha feito ao pai.

— Vai mudar algum coisa para nós, senhora minha mãe?

— Alguma coisa pode mudar sim, meu filho... em razão do emprego de teu pai na administração da província... que agora se chama *estado*, como ele disse.

— Então o papai pode perder o emprego? — Foi a vez de Pedro perguntar.

— Tudo é possível, meu filho. Vamos manter a calma e esperar que ele volte.

— Mamãe, se papai perder o emprego e eu sair do colégio... nós todos podemos ir morar na fazenda! — A voz de Francisco estava cheia de entusiasmo, denotando seu gosto pela vida rural.

— Sim, se teu pai sair da repartição, talvez ele também possa ir morar na fazenda! Mas tu e Pedrito vão continuar estudando, os dois em São Paulo.

Pedro já tinha terminado o secundário e decidido cursar Direito em escola paulista. Para estar perto do irmão, Francisco também iria ao colégio na outra província. Belinha caminhou em direção aos filhos, deu um toque carinhoso nas costas de cada um, como para acalmá-los. *Não se preocupem. Vamos ficar bem.*

Na verdade, ela também estava apreensiva com a possibilidade de mudanças. Se Argônio perdesse o cargo público, nada mais haveria de justificar a permanência dele em Cuiabá e lhe restaria assumir a administração das fazendas. Mas aquela não era hora para tratar disso, preferiu lembrar aos filhos sobre os perigos da rua naquele dia fatídico.

– Vós ouvistes as notícias do atropelo lá fora! Vosso pai proibiu que saiam às ruas, entendestes bem Pedrito? Nada de bordejos, por enquanto. E a ti, Dita, eu sugiro que vá para casa advertir também os teus. Aliás, é melhor que os traga para cá, por uns dias. Melhor que fiquemos todos juntos até que se definam as coisas nesse novo regime. – Recomendou Belinha.

Como em todo o país, em Cuiabá a situação política estava confusa. Embora fossem raros os cidadões cuiabanos a levantar bandeira republicana em plena monarquia, a adesão ao novo regime fora imediata, com o surgimento instantâneo de dezenas de fervorosos neo-republicanos. Mas ali o problema nem estava no novo regime, mas na falta de consenso sobre o governo local. A nomeção de Antônio Maria Coelho para presidir o estado tinha desagradado muita gente, também no Rio de Janeiro. Joaquim Duarte Murtinho taxara a nomeação de *manobra palaciana* e essa não era uma opinião qualquer, ao contrário, tinha grande potencial para repercutir em Mato Grosso. O médico cuiabano tornara-se figura importante na capital do Brasil por colecionar clientes e amigos poderosos e por cuidar da saúde de republicanos históricos ou das famílias deles.

Argônio voltou para casa aborrecido naquele e nos vários dias que se seguiram. Antônio Maria Coelho escolheu um

conhecido jornalista de Cuiabá para oficiar em seu gabinete, tendo apenas garantido a Gaspar a manuteção do emprego do filho ainda que em outra função. Quando lhe foram comunicadas suas novas tarefas, Argônio reproduziu a Belinha:
— Fui encarregado de fo...formar um arquivo dos documentos da era monárquica, acreditas nisso? Também terei de refazer os pa...padrões de pa...papeis e requerimentos... ajustar tudo ao novo regime. De oficial de gabinete vi...virei arquivista e escriturário, senhora minha esposa!

Pelo semblante e pelo tom da voz, a mulher entendeu o tamanho do desgosto de Argônio e, a custo conseguiu disfarçar seu próprio desconsolo. *Tenho fé que logo eles vão sentir tua falta no gabinete. Hás de recuperar tua função!* Não tenho esse otimismo, Belinha! Ao contrário, tão logo possam, eles hão de me descartar.

Belinha caminhou até ele, sentou-se a seu lado e desarmou-se de formalidades para, com intimidade de esposa, lhe consolar. *Acalma-te Argônio! Se não enxergarem tua competência é porque são parvos. E tem mais: tu não precisas disso. Tens lastro patrimonial, não dependes dos vencimentos. Em último caso...* Ela ia dizendo. *Em último caso eu assumo os encargos da fazenda.* A frase saiu pesada, quase dolorosa, mas ao continuar, ele mudou o tom. *Administrar tudo sozinha tem sido um peso para ti... eu sei, Belinha!*

A custo Belinha escondeu sua contrariedade com a compaixão repentina e inapropriada do marido. O que levava Argônio a concluir que cuidar da fazenda ainda era encargo pesado para ela? É certo que ela vivera dias difíceis ao assumir os afazeres rurais, mas logo pegara o jeito. Não só aprendera como fazer, como tinha se afeiçoado àquele trabalho e tor-

CHÃO VERMELHO 163

nara a fazenda muito mais rentável. Ela supervisionava todas as fases de produção, desde o controle dos nascimentos, a engorda e venda do gado. Também potencializara a geração de renda com cana-de-açúcar e mandioca, ampliando o leque de produtos que fornecia diretamente a armazéns de São Paulo. É claro que os negócios familiares podiam perfeitamente acomodar a colaboração de Argônio, mas não porque ela precisasse de ajuda. Mas não era hora de polemizar com ele e preparou bem as palavras que devia dizer. *Eu acabei aprendendo e me afeiçoando àquele trabalho, senhor meu marido. Há de se dar o mesmo contigo.* Cabisbaixo ele contemporizou: *Como a situação política está indefinida, ainda... podemos esperar um pouco mais.* Ela limitou-se a dizer: *É claro! Não precisas decidir já.*

Logo depois dos festejos de fim de ano, Belinha voltou a Paranayba, levando Pedro e Francisco, assim como o menino mais novo de Dita. Como sempre, a temporada de férias dos filhos era puro deleite, com cavalgadas, passeios na mata, banhos de cachoeira. Os três meninos se divertiram muito, mas avaliando que os filhos já tinham idade apropriada, desta vez Belinha resolveu introduzi-los nos trabalhos da fazenda. Fez com que observassem e entendessem os serviços do engenho e da fábrica de farinha, programou passeios para lhes mostrar as plantações e os introduziu nas nuances da criação e venda do gado. *Não quero que vos aconteça o mesmo que se passou comigo, que tive de assumir tudo isso sem nada saber.* Ela disse. *Além do mais é bom que aprendeis como e de onde sai nosso sustento.* Belinha ficou impressionada com o interesse e a disposição de Francisco. *Mãe, eu quero ajudar a senhora aqui na fazenda, não me interessa continuar estudando.* A declaração provocou a imediata adesão de Firmino, o filho de Dita: *Se o Francisco ficar aqui, eu também fico. Vós sabeis, tia Belinha, que eu gosto mais daqui do que de Cuiabá.* Parcimoniosa, Belinha conseguiu convencê-los de que era cedo demais para tal decisão, que era preciso continuar os estudos até terem certeza do que realmente queriam.

ANOS DE 1890

CAPÍTULO 13
Uma morte em Cuiabá

Terminados os recessos, os meninos retornaram ao colégio e a vida na fazenda voltou ao seu ritmo modorrento. No sossego das noites de Paranayba, Belinha escrevia as crônicas para enviar a Pablo Velasques, sempre acompanhadas de uma carta cortês. As respostas também chegavam regularmente com um exemplar da publicação de seu texto e uma carta gentil, muitas vezes com passagens discretamente lisonjeiras. *Vossa figura se agiganta aos meus olhos. Muito me apraz encontrar em vós um eco perfeito dos meus interesses, já que também são os vossos.* Eram frases assim que ele lhe escrevia. Com o passar dos anos, a correspondência travada entre eles fora mudando de tom, ganhando contornos de intimidade. Pablo se espelhara na amiga distante para, com a morte de Ernani Velasques, reconhecer que era hora de se incumbir da administração da fábrica da família, mesmo sob o alto custo de abandonar a carreira jornalística. Depois viera a decepção ao descobrir os rastros dos negócios escusos do pai e a necessidade de reestruturar – para salvar – a companhia moageira. De longe, ela acompanhou tudo. Quando se deram conta, as cartas tinham assumido a feição de confessionário, em que ambos podiam falar de suas dores e desencantos. Belinha tinha contado da indiferença de Argônio quanto aos labores da fazenda e ele tentara minimizar seu desapontamento, lembrando que tal atitude era fruto da confiança que o marido depositava nas competências dela. Por sua vez, o portenho desabafava seus dissabores com o próprio casamento e, sobre isso, ganhava dela respostas desconcertantes. *A ideia de amor conjugal, que supera quaisquer diferenças, é um mito recente na história humana, senhor Velasques.* De outra vez ela tinha sido mais explícita: *Não é produtivo esperar algum tipo peculiar de felicidade no casamento. Nós nos casamos porque casamento faz parte da necessidade social e os cônjuges só precisam sentir compreensão, respeito e estima um pelo outro. Se vós tendes isso, então tendes tudo o que é possível no casamento.*

Apesar de exercitar nas cartas a racionalidade com que fora forjada, Belinha não sabia onde encaixar a alegria e o enlevo que cada carta de Pablo lhe proporcionava. Recusava-se a admitir que a correspondência regular com o portenho enchia sua vida de encantos, que antes ela nem sabia existirem. O interesse dele pelas ideias que ela escrevia, a maneira inteligente e delicada com que comentava seus artigos e a liberdade de diálogo que se estabelecera entre ambos tinham gerado uma camaradagem nunca experimentada antes. Vez ou outra ela ainda pensava na maneira como ele a olhara no primeiro encontro, mas o que ela não sabia é que Velasques se lembrava dela como a linda mulher que tinha conhecido no Brasil. Mesmo depois de tanto tempo e de tão longe, ele não esquecera a beleza das suas mãos e se encantava ao pensar que eram as mesmas mãos que escreviam as cartas.

A localização longínqua de Paranayba também servia para manter Belinha afastava das incertezas dos novos tempos, muito embora lá também chegasse, com certo atraso, as notícias do resto do país. Na capital da República, Joaquim Duarte Murtinho estava cada vez mais envolvido com o centro de poder republicano. Morador do bairro de Santa Tereza – onde florescia a vida cultural do Rio de Janeiro – ele promovia saraus musicais em casa, atraindo importantes figuras da política e das artes. A articulação social e a aproximação com o poder político já rendiam frutos ao médico, que ascendia vertiginosamente no cenário nacional. Em 1890, Murtinho tornou-se senador da República, passando a compor a assembleia nacional constituinte. Em sua terra natal, formou-se rapidamente sua base de apoio, nas pessoas de seu irmão, o juiz Manuel José Murtinho e do liberal histórico e deputado estadual Generoso Paes de Souza Ponce.

O novo regime punha fim à hegemonia dos partidos vinculados à monarquia e abria espaço para a criação de novos. Tentando juntar as principais forças políticas de Mato Grosso, Antônio Maria Coelho fundou o Partido Nacional Republicano (PNR) e formou-se uma frente de oposição, liderada por Generoso Ponce, que fundou o Partido Republicano de Mato Grosso (PR). Estava instalada uma eloquente divergência política no estado. *O Ponce ganha o patrocínio do Joaquim Murtinho lá no Rio de Janeiro, enquanto lhe assegura respaldo político aqui em Cuiabá.* – Opinou Mattoso, em mais uma roda de conversas no bar do Mozart. *Começando por fazer oposição ferrenha a Maria Coelho.* – Disse Argônio. *Quem não deve estar gostando desse novo sistema político é o ervateiro lá do sul da província.* Era a voz do húngaro. *Por que achas isso,*

Risch? Perguntou Mozart, lá de dentro do balcão. *Ué! Agora na República... quem vai brigar pela renovação da licença para extrair erva-mate?*

Falavam de Thomas Larangeira, que no antigo regime tinha conseguido autorização de dez anos para explorar a erva nativa do Sul, mas a validade da licença já se esvaia e o seu rentável negócio, além de despertar a cobiça de muitos, causava toda sorte de controvérsias. Para alguns, a rotina de centenas de carretas carregadas de erva cancheada cruzando a fronteira até o embarque a Buenos Aires era vista como motor de desenvolvimento do sul de Mato Grosso, porque abria caminhos pelos campos e matas, e a instalação de postos de troca – de animais e de carreteiros – propiciava a formação de povoações. Para outros, a licença para Larangeira extrair erva-mate tinha o efeito de impedir a instalação de colonos em todas as áreas de *minas* – como eram chamadas as moitas de erveiras.

– E tu, Alencar, achas que o ervateiro vai conseguir renovar a concessão? – Perguntou Mozart.

– Vai depender da boa vontade do Antônio Maria Coelho. – Argônio atravessou sua opinião, que foi seguida da explicação do advogado Matheus Alencar, ao dizer que, com a República, a regulamentação do uso das terras devolutas passara a ser de competência dos estados. *Apesar de ser amigo de Larangeira, Antônio Maria Coelho prefere criar meios para atrair a imigração branca e para fixar colonos lá no sul do estado.* Completou, logo ganhando a adesão de Argônio. *De fato, circula a ideia de dividir os campos do sul em módulos de 450 hectares, a serem ofertados em arrendamento por hasta pública.*

A conversa foi interrompida pela entrada na taberna de um rapaz esbaforido.

— Senhor... senhor Argônio, têm dois homens lá na casa, procurando por vós.
— Dois homens? A esta hora? Eles disseram o que desejam?
— Falaram dum caso de roubo. — Respondeu o rapaz, empregado da vila.

Argônio despediu-se dos amigos, e saiu apressado em direção à casa, mas não foi longe. Logo enxergou dois cavaleiros que vinham em direção oposta. Ao apear, o chefe policial explicou que há algumas horas tinha sido chamado às pressas à Santa Casa de Misericórdia. Fora colher o depoimento de um frade português que, ao descer do bonde na frente do porto, fora atacado gravemente e, muito ferido, estava sendo atendido na Santa Casa.

— Mas... quem é o frade? — Argônio indagou.

— Na sede do Bispado, apurei ser um português chamado Jorge Ribeiro de Almeida que, de passagem por Cuiabá, esteve hospedado no palácio episcopal. Disseram que ele viera à América em coleta de dados para um museu de Portugal. Vós conhecestes o frade?

— Nã...não! Não sei quem é.

Argônio nem sabia o que dizer e o Chefe de Polícia continuou o relato.

— Chegamos à Santa Casa a tempo de colher informações da vítima. Ele agonizava há dois dias, mas antes de suspirar, conseguiu nos informar que o ataque se deu quando ele estava prestes a embarcar no navio rumo ao Rio de Janeiro e de lá para Lisboa.

— Ma...mas então ele está mo...morto?! — Perguntou Argônio espantado.

— Sim, Senhor! Travou luta corporal com os atacantes e já na Santa Casa não resistiu aos ferimentos.

— Terá sido um assalto? Ele levava va...valores? — Perguntou Argônio.

— Ele conseguiu nos dizer que tudo o que tinha estava na mala, que os meliantes levaram.

— Que vergonha para nossa ca...capital... assalto e morte de um estrangeiro! Temos um incidente diplomático! Esse o motivo por que me procurais, por certo! — Disse Argônio.

— Não é bem isso, Senhor Sá Ferreira. O próprio Bispo se encarregou de fazer a notícia chegar às autoridades eclesiásticas de Portugal. Eu vos procuro porque o frade clamou de forma insistente pelo nome de... Dom Gaspar. Precisamos falar com vosso pai, mas não o encontramos.

— Me...meu pai?! Já estivésseis na residência de...dele?

— Sim, um empregado nos atendeu. Disse não saber de Dom Gaspar, que viaja muito. A esposa também não está em Cuiabá.

— De minha madrasta eu sei, ela está na minha fazenda em Paranayba. Mas de meu pa...pai, confesso não ter certeza de seu pa...paradeiro. Ele tinha uma viagem para as bandas do rio Ivinhema, talvez já se tenha ido. Mas... então mataram o frade pa...para lhe roubarem a mala?

— O ataque decorreu da resistência do frade, conforme ele mesmo nos relatou. Além de roupas, na mala ele transportava um mapa. Era a perda do tal mapa que o afligia. — Explicou o policial.

— *Tchá por Deus*, um ma...mapa? Mas que mapa era esse? — Argônio perguntou.

— Soubemos pelo bispo que era um antigo croqui do sul do estado. — Respondeu o chefe de Polícia.
— Ma...mas pegaram os camaradas?
— Estamos no encalço, senhor. Atuaram em dupla, conforme o frade ainda conseguiu nos dizer.
— E o frade não disse a razão de mencionar o me...meu pa...pai? Eles se conheciam, capitão? — Insistiu Argônio.
— Ele não teve tempo de dizer. É isso que buscamos saber. Se vosso pai teve alguma relação com a vítima, pode nos ajudar a esclarecer os fatos.
— Estão po...pode não ter sido um roubo comum? Su... suspeitas de crime premeditado? — Perguntou.
— Temos de pensar em todas as hipóteses. O próprio bispo Dom Carlos Luís d'Amour intercede... pede diligências e apuração rápida dos fatos e identificação dos meliantes. Qualquer informação pode ser preciosa.

Argônio se prontificou a informar ao chefe de Polícia qualquer notícia que conseguisse obter sobre o paradeiro de Gaspar e seguiu o caminho de casa. Aquela noite ele passou em claro. A história do frade à beira da morte repetindo o nome de seu pai o incomodava. Já na manhã seguinte, tão logo Dita chegou à vila, ele indagou:

— Dita, tu sabes se o Mathias está com muito serviço na ferraria? Vou precisar dos préstimos dele. Quero que vá à Paranayba buscar a mãe Dionísia... e tomara possa sair hoje mesmo!

— Ê aaah! Então não te lembras!? O Mathias partiu ao sul do estado... com o teu pai.

Argônio pareceu levar um choque, não pela notícia em si, mas por sua própria desatenção. Os acontecimentos dos últimos tempos, as tensões na repartição tinham mantido seus olhos voltados para si mesmo. É claro que ele tinha ouvido falar da iminente viagem do pai com Mathias, mas não se detivera no tema. Só agora levava a prosa a sério.

— Então Mathias viajou com o meu pai! O que eles foram fazer no sul, Dita. Tu sabes?

— Eles falaram em apossamento de terras, aquelas com que teu pai anda sempre pelejando... — Dita fez uma pausa antes de continuar. — ...mas receio tenha mais coisa que Mathias não me contou.

— Por que dizes isso, Dita? De que desconfias?

— Eu conheço o Mathias... ele andava esquisito. E teve um certo vai-e-vem com Dom Gaspar e muito cochicho... fazia uns dias que os dois andavam de segredo.

— Tu sabes quando eles voltam?

— Que nada! Isso que mais eu quis saber, mas nem Dom Gaspar soube dizer...

Argônio levantou-se apressado da mesa de café e foi direto à chefatura policial. Contou tudo o que tinha apurado: a recente viagem do pai na empreitada de fazer posse nas terras do sul do estado e a falta de previsão para seu retorno. Quando já se aprumava para sair do recinto, entrou um padre procurando pela chefia da investigação. Argônio ficou sabendo ser o padre Kurtz, que convivera com a vítima antes do evento fatal. Por sugestão de Argônio, o chefe de Polícia, perguntou a Kurtz:

— Sabeis se a vítima, digo, se o vosso amigo frade Jorge Ribeiro de Almeida conhecia alguém de nome Gaspar de Sá Ferreira?

Padre Kurtz nem precisou pensar para responder.

– Eu não creio que ele tenha conhecido em pessoa, mas ele tinha o nome e o endereço desse senhor Sá Ferreira... para procurar, caso precisasse de ajuda. Não pus muita atenção nos motivos, mas parece ter sido indicação de um parente dele... do frade.

– Então pensais que ele não chegou a procurar... quero dizer, que ele não chegou a conhecer essa pessoa? – O chefe de polícia não reprimiu a pergunta de Argônio.

– Não, não, não! Não creio, senhor. Se tivesse se encontrado com alguém fora dos limites da casa episcopal, ele havia de dizer a mim, ou ao bispo.

– Então não imaginais a razão pela qual ele repetiu esse nome no hospital? – Insistiu o policial.

– A única razão que me ocorre é que tenha tentado lhe pedir ajuda... talvez para que resgatasse o mapa de que se ocupava.

– E o que sabeis desse mapa?

Chegastes a ver esse documento? – O chefe de Polícia perguntou.

– Claro que vi. Foi pela catalogação desse mapa que o frade veio a Cuiabá. Eu o ajudei nisso. O desenho indicava a localização de uma das missões espanholas do Itatim, na Serra de Amambai.

– Ele deixou transparecer algum receio... ou alguém que pudesse ter interesse na peça?

– Não, de maneira nenhuma, senhor oficial! Era uma peça de mais de dois séculos! Ia fazer bonito em museu. Não era razoável supor que despertasse outro interesse hoje em dia...

Além de minimizar a necessidade de ouvir o próprio Gaspar, Kurtz deu detalhes sobre a passagem de Jorge Ribeiro por Cuiabá e especificou melhor o conteúdo da mala roubada. Tudo o que ele disse foi sendo anotado pelo escrivão. Argônio despediu-se e saiu do recinto.

Ao invés de se dirigir à repartição, Argônio caminhou a esmo pelas ruas, sem prestar atenção aonde ia, sem sentir o chão sob os pés. As informações que ouvira do padre Kurtz o tinham transtornado.

Sua mente processava e associava informações que a memória lhe trazia. O padre Kurtz dissera que o mapa roubado retratava o Itatim e ele então se lembrou da prosa inverossímil que ouvira do pai e do coronel Caldas alguns anos antes. Era a história insólita de que a receita da plantação artificial de erva-mate fora enterrada há séculos nas imediações de uma missão jesuítica... no Itatim! Ele também se lembrou do coronel Caldas dizendo quão valiosa seria a tal receita para os moageiros de Buenos Aires e, mais, veio à sua mente a referência que seu pai fizera à existência de um mapa do local do enterro. Na época tudo aquilo lhe parecera lenda e ele não levara à sério, mas diante dos acontecimentos recentes, aquelas prosas ganhavam um sentido medonho.

Seu cérebro foi sendo bombardeado pela dúvida e pela desconfiança, especialmente pela memória recente daquela carta que seu pai deixara cair no chão de sua sala e que ele lera por engano. A confusão mental pelo atropelo dos pensamentos não lhe permitia lembrar exatamente o que a carta dizia, mas ele tinha certeza de que pedia a prestação de assistência a um primo do remetente, de passagem por Cuiabá, envolvido na catalogação de um mapa. Não pusera atenção nos nomes – nem do remetente, mas o que lembrava do conteúdo daquela missiva já lhe bastava.

Pensou em procurar o coronel Caldas para dividir suas dúvidas. Mas como podia saber se o próprio Caldas não estava envolvido naquele imbróglio? Vieram à sua memória as atitudes, incompreensíveis na época, que Caldas tivera com os moageiros argentinos. Não terá tudo aquilo sido apenas uma fachada, em tentativa de acesso oficial à região do Amambai para procurar o tal tesouro? Argônio não sabia. Chegou atrasado e abatido na repartição. A única coisa de que tinha certeza é de que precisava de tempo para decidir o que fazer.

Num dos dias que se seguiram, o corpo do frade Jorge Ribeiro foi enterrado no cemitério Cai-Cai. Além dos policiais, do Pe. Miguel Kurtz e de Dom Carlos Luis D'Amour – que presidiu o sepultamento – somente Argônio de Sá Ferreira acompanhou à cerimônia fúnebre.

Pressionada pelo bispo, a Polícia teve de dar rápida solução ao caso. A suspeita recaiu sobre um afamado desordeiro chamado Cosme e mais um comparsa. Ao ser preso, o cúmplice confessou tudo o que sabia. Disse ter sido cooptado por Cosme pouco antes do roubo, apenas para lhe dar retaguarda e que o frade tinha reagido ao assalto com extraordinário vigor, só largando a bagagem depois de caceteado na cabeça. Cosme tinha fugido com a mala para o lado da prainha e ele tinha se escondido numa moita próxima ao porto.

O corpo de Cosme foi encontrado um tempo depois num engenho abandonado e, junto ao cadáver, foi achada a mala do frade, com as peças de roupas e alguns objetos pessoais. O outro meliante foi denunciado por roubo seguido de morte e condenado a uns pares de anos de prisão. Com tal deslinde, foi arrefecida a pressão do Bispado e a Chefatura policial folgou-se em se aprofundar nas investigações, nada mais sendo apurado. O roubo seguido da morte do frade Jorge Ribeiro de Almeida acabou entrando na estatística de latrocínios da capital do estado.

Argônio resolveu guardar para si as suas suspeitas.

CAPÍTULO 14

Estado Livre do Mato Grosso ou República Transatlântica

Otílio Mattoso largou a pena no tinteiro, fechou o livro de escrituração e o empurrou com cuidado até o canto esquerdo da escrivaninha. Parecia aliviado por ver terminada alguma tarefa difícil. Suspirou. Com os dedos entrelaçados estirou os braços num demorado alongamento e, por fim, descansou as costas no encosto da cadeira. Fechou os olhos por alguns instantes e quando os abriu, ancorou um dos cotovelos no braço da cadeira, olhou para os lados procurando medir a distância que os separava de outros funcionários. Então dobrou a parte superior do corpo em direção a Domênico Pereira Couto e, com a mão direita em concha, montou uma barreira no canto da própria boca, tentando direcionar o cochicho aos ouvidos do colega. *O governo de Coelho está por um fio. Tenho certeza de que a turma do Murtinho o obrigou a assinar aquele decreto em favor do ervateiro do sul.*

Não era só Mattoso a perceber tais coisas. Já era evidente que Antônio Maria Coelho estava acuado. Joaquim Murtinho tinha publicado um manifesto, depreciando o governo de Coelho e conclamando o ingresso dos cidadãos no Partido Republicano. Em represália, Coelho tentava desarticular os principais membros do partido adversário, tendo mandado prender antagonistas por suposta militância monarquista, dentre eles o próprio Manuel Murtinho, que ele já tinha exonerado do cargo de juiz. A pressão da oposição – comandada pelos Murtinho – não era pequena. Contrariando sua própria vontade de liberar as terras devolutas do sul para promover a colonização, Coelho fora compelido a expedir um decreto que conferia a Thomaz Larangeira o direito de extração *exclusiva* de erva-mate em área bem maior do que a autorizada pelo Império alguns anos antes. Além de renovar a licença original, o tal decreto aumentava em muito a área de exploração e outorgava a Larangeira ou à *companhia que ele viesse a criar*, o monopólio na extração de erva-mate.

Naquele hostil cenário político foram marcadas, para janeiro do ano seguinte, as eleições que deviam eleger deputados estaduais para escrever a constituição de Mato Grosso e para indicar o novo Presidente do estado. Coelho prometia uma forte mobilização de tropas para *supervisionar* essas eleições. Ao falarem disso, os colegas de repartição tocaram num drama recorrente a ambos.

– O Coelho não resiste muito tempo no governo. E está difícil prever quem será o próximo Presidente.

– Tomara seja alguém que nos mantenha nos cargos. Oxalá não precisemos entrar na fila da misericórdia! – Disse Mattoso.

O assunto era sensível a Domênico, que devia muito ao colega. Apadrinhado de republicano histórico de Cuiabá, Mattoso não conseguira manter apenas a própria vaga na Tesouraria da administração, tinha assegurado também a manutenção do amigo, quando Antônio Maria Coelho ascendeu à Presidência. Domênico nem sempre se lembrava disso e agia com a empáfia dos velhos tempos em que se escudava no prestígio do sogro, já falecido. Mattoso não se importava com isso e continuavam amigos. Na visão de ambos, a respeitabilidade local de Coelho não bastaria para reter o poder que emanava da força política dos Murtinho que, por razões incompreensíveis – a princípio – tinham encampado a causa comercial de Larangeira. Já se desenhava que a companhia ervateira era o pomo da discórdia política e que, mascarados sob a aparente divergência entre plataformas ideológicas dos dois partidos, pululavam apenas interesses econômicos congregados em torno da extração e exportação de erva-mate.

Realizadas as eleições, os nacionalistas sagraram-se vitoriosos, mas a validade do pleito foi contestada, em razão da suspeita de fraude praticada em favor dos nacionalistas por um certo João da Silva Barbosa, coronel da Cavalaria Ligeira de Nioaque. Sem reconhecer a legitimidade do resultado, os republicanos formalizaram ao Ministério da Justiça da República, um pedido de anulação do pleito, o que não obstou os deputados nacionalistas eleitos de tomarem posse, aprovarem o texto de uma constituição e elegerem alguém para presidir o estado. O impasse apontava a iminência de conflitos gravíssimos, com enfrentamento armado.

Foi num desses dias tensos que Gaspar de Sá Ferreira, há tempos longe de Cuiabá, entrou pelo portão dos fundos da vila de Argônio, encontrando Dita do quintal.

– Dom Gaspar, que surpresa! Creio que vosso filho ainda esteja dormindo. – Dita foi falando tão logo o viu à porta da cozinha.

– Pois vá lá e acorde o Argônio. Dize que espero por ele aqui fora. – Disse Gaspar.

Ao invés de se mexer para cumprir a ordem, Dita aproveitou para tratar do assunto que lhe atormentava: *Desculpe se vos incomodo, mas preciso saber de meu marido, Dom Gaspar. Estou há tempos sem notícias dele.* Enrique Mathias continuava a serviço de Gaspar e há mais de dois anos não aparecia em Cuiabá. *Mas tu já sabes! Ele está assegurando a posse de terra lá no sul do estado. Em pagamento há de receber boa recompensa. Ele pode voltar rico, Dona Benedita!* Ela insistiu: *Rico como, Dom Gaspar? E por que ele não me escreve? ...e... e para onde posso lhe remeter minhas cartas?* Mostrando impaciência, ele respondeu: *Ele está no meio do mato. Dê a mim a tua carta... semana que vem hei de voltar ao Sul.* Ela não se mostrou rendida: *Por favor, Dom Gaspar, dize a ele que os meninos não estão dando conta da ferraria. Precisamos dele aqui. Está bem, mas agora preciso falar com Argônio!*

Dez minutos depois, Argônio apareceu e, antes de cumprimentar o pai, já foi dizendo:

– Até que enfim! Por que ficastes tanto tempo alongado no sul? Tenho um assunto deveras sério para vos falar.

– Depois! Antes quero tratar de algo muito importante e urgente.

Sem dar ouvidos ao filho, Gaspar passou a confabular longamente sobre o tema de seu interesse. Ele viera requisitar a interferência do filho em prol de uma posição mais firme de Antônio Maria Coelho em favor de seu próprio partido, o Nacionalista. *Se entendi direito, queres que eu sugira ao Presidente que empreenda esforços para abafar a suspeita de fraude nas eleições? É isso mesmo, senhor meu pai?* Argônio resumiu ao perguntar. *Sim... e que ele use reforços bélicos para tapar a boca dos republicanos que andam a semear mentiras. Ma... mas... tendes certeza de que são mentiras? Pe...pelo que dizem, a eleição tende a ser anulada, meu pai! Anulada por quê? Só porque nós ganhamos com ampla vantagem?* Argônio mudou de argumento: *De qualquer modo, eu não entendo! Não sois amigo do Coelho? Por que não dizeis isso pessoalmente? Bem que tentei, mas não me deixaram falar com ele. Tenteis de novo. Eu não vou me prestar a isso! E quereis saber? Coelho não manda mais nada! Dizem que até já foi exonerado pelo Deodoro. É a falta de telégrafo que o mantém na Presidência do estado... mas a qualquer hora pode chegar um pa...paquete com a exoneração dele.* Gaspar ironizou: *Então acreditas nessa intriga dos Murtinho!* Mas Argônio reagiu: *Ainda que não seja verdade, não cabe a mim intervir em tal assunto, senhor meu pai. Bem... já que te negas a fazer o que peço, eu me vou.* – Gaspar fez menção de ir embora e Argônio tentou retê-lo.

– Esperai, por favor! Preciso tratar de outro assunto...
– Em outra hora, agora tenho de ir.

Gaspar foi saindo sem dar ouvidos ao filho. Como sempre, nada parecia importante senão seu próprio interesse. É certo que há muito Argônio se desiludira com o pai e seus arroubos de riqueza fácil, mas era difícil admitir que, além de fanfarrão e pretencioso, Gaspar chegara ao ponto de encomendar um assalto e provocar a morte de alguém. Saiu atrás do pai e perguntou:

– Vós mandastes roubar um mapa daquele frade português?

Gaspar cessou a marcha e ficou estático por alguns instantes. Depois olhou para os dois lados a conferir se alguém ouvia a conversa. Virou-se a Argônio e lhe respondeu com novas perguntas:

— De onde tiraste essa insensatez? Que frade?

— Eu sei que é antigo vosso interesse pela receita de plantação de erva-mate. Eu também li... por acaso... aquela carta que recebestes de um parente do frade que portava o mapa da tal região do Itatim. O frade foi roubado e morto e o fato é que o ma...mapa desapareceu.

— Que história é essa? Tu deves estar fora de teu juízo! Mais um efeito da vida errante que tens levado...

— Apenas me responda se fostes vós o mandante da ação que matou o frade!

— Não sei do que falas e espero que, em tuas bebedeiras, não soltes asneiras diante de teus companheiros do bar. Agora preciso ir.

Gaspar saiu apressado pelo portão dos fundos, deixando Argônio estacado no meio do quintal. *Esse desatino é confissão de culpa*, pensou.

Todos pareciam desatinados naqueles tempos. Os jornais publicavam as versões favoráveis aos grupos a que se vinculavam e o povo ficava sem saber a verdade. Dizia-se que, mesmo vitorioso no cômputo geral dos votos, os nacionalistas não se conformavam com a derrota nas urnas em dois importantes distritos da freguesia de Nioaque: São João Batista de Campo Grande e Vacaria. Para se vingar, Barbosa mandara o chefete do destacamento militar local, perseguir os republicanos de Campo Grande e o mandalete dos nacionalistas acabou expulso do distrito, pela população local.

Em fevereiro de 1891 chegaram a Cuiabá duas péssimas notícias para os nacionalistas. Antônio Maria Coelho tinha sido exonerado por Deodoro da Fonseca no final do ano anterior e o Ministro da Justiça, Campos Sales, tinha declarado nulas as eleições de 3 de janeiro por eles vencidas.

Nova escolha de deputados precisava ser organizada e depois de duas tentativas, um novo pleito foi realizado em 28 de maio, mas veementemente rechaçado pelos nacionalistas, que se negaram a participar. Rejeitando a anulação da votação anterior, eles sustentavam a validade dos mandatos dos seus eleitos. Então só os republicanos se candidataram na nova eleição e, por óbvio, foram vitoriosos. Foi aí que ganhou força um plano radical dos nacionalistas: a separação do sul de Mato Grosso, para a criação de um novo e independente estado.

Aumentava cada vez mais a tensão nas ruas, nas praças e outros lugares públicos. Até as conversas de fim de tarde no bar do Mozart ficaram perigosas e as pessoas começaram a se sentir vigiadas, sempre atentas para que nenhuma frase fosse interpretada como tendenciosa para um ou outro lado dos opositores. Por precaução, Mozart começou a fechar mais cedo as portas do bar. Os amigos passaram, então, a se encontrar na casa de Argônio nos domingos à tarde, tendo por motivo aparente grandes embates de *truco*, o jogo de cartas trazido à América pelos jesuítas, mas popularizado no Brasil em diversas versões. Na casa de Argônio, a versão preferida era o *truco paulista*, com duas duplas e usando baralho no estilo francês, em que se exclui os 8, 9, 10 e os coringas. Além de Mattoso, Domênico e Mozart, o advogado Matheus Alencar também se juntou ao grupo, além de participantes ocasionais, chamados para completar as parcerias na jogatina.

Numa dessas tardes, Domênico chegou atrasado e parecia estar em transe. As duplas nem cessaram suas jogadas, mas Alencar e Mattoso puxaram o amigo a um canto e quiseram saber o que lhe atormentava. *Articularam uma negociação para transferir o monopólio da exploração de ervais de Thomaz Larangeira para o Banco dos Murtinho.* Era esse o despautério que ele acabara de saber. *Calma, Domênico, não se pode dizer que o Banco seja dos Murtinho... eles têm participação pequena!* Contestou Mattoso, que tinha visto na Tesouraria os documentos do *Banco Rio e Mato Grosso*, mas o amigo mantinha o foco inicial: *Preciso saber se é possível a transferência dos direitos do Larangeira para um Banco. Tu sabes de algo, Alencar?*

Matheus Alencar parecia distraído abastecendo seu cachimbo. Usando a forma abaulada do pito de madeira, deu uma colherada na lata de fumo e, com um pequeno socador, ajeitou e compactou o insumo no fornilho, depois completou com mais fumo. Segurou a peça com a mão esquerda, sacou um isqueiro e, usando o polegar direito num movimento rápido, acionou contra a pedra a roldana do acendedor de metal, fazendo o polegar escorregar sobre uma válvula que aspergiu o fluido, gerando a chama, para acender o pito, que sugou com visível prazer. O demorado ritual lhe dava tempo de pensar no que dizer. *O que queres saber, Domênico?* Perguntou. *É verdade que Larangeira recebeu a concessão para explorar ervais em seu próprio nome? Sim, é verdade! Então essa notícia da transferência da concessão de Larangeira para um Banco não é verdadeira? Também é verdade... existem soluções jurídicas para tudo, meu amigo... e tu sabes disso!* – Respondeu o advogado com ar de suspense.

— Pare de charadas, Alencar. Digas logo que solução foi essa. — Esbravejou Domênico, que acompanhava há tempos as artimanhas que envolviam os integrantes da família Murtinho; o governo de Mato Grosso e a empresa ervateira do Sul, mas as notícias recentes o inquietavam de forma extraordinária.

Matheus Alencar esperou que o amigo se acalmasse e finalmente explicou que uma série de atos tinham sido praticados numa ordem bem coordenada: em Cuiabá, o decreto que Maria Coelho fora obrigado a assinar tinha renovado a licença; aumentado a área de exploração e conferido monopólio a Larangeira ou à *companhia que ele viesse a criar*. Lá no Rio de Janeiro, tinham fundado o Banco Rio e Mato Grosso e autorizado Larangeira a criar uma sociedade anônima e, por fim, fora instituída a empresa nova que ganhou o nome de *Cia. Matte Larangeira*.

— Ao formar a nova companhia, Larangeira transferiu a ela o seu direito ao monopólio na exploração dos ervais e a os contratos de concessão com o estado.

— ...e aí?

— Para encerrar a operação, o Banco Rio e Mato Grosso adquiriu 14.960 das 15 mil ações da Cia. Mate Larangeira e assim o empreendimento de Thomaz Larangeira passou a ser propriedade majoritária do Banco Rio e Mato Grosso.

— E que fim levou o Thomaz Larangeira? — Perguntou Domênico.

— Continua com parte miúda do negócio e não manda mais nada... agora quem manda é o Banco! — Desta vez quem respondeu foi Mattoso.

– Então tu também já sabias disso?! – Indignou-se Domênico, antes de continuar. Mas, afinal, quem são os donos do tal Banco?

Alencar nomeou dois cidadãos do Rio de Janeiro, mais Francisco Murtinho, outro dos irmãos Murtinho.

– Mas e os administradores do Banco... quem são? – Perguntou Domênico.

– Não sei quem são os outros, mas o Diretor Presidente é o Joaquim Murtinho.

Domênico se mostrava perplexo e Mattoso completou:

– Ou seja... o Joaquim Murtinho é quem preside o Banco e por consequência, é quem manda na Cia. Matte Larangeira, que agora tem o monopólio na exploração e exportação de nossa erva-mate.

Domênico já não escutava. Levantou-se e, sem se despedir, saiu caminhando a esmo pela cidade. Nenhuma palavra podia expressar sua revolta. Desolado, ele se dava conta de que a jovem República nada tinha *de res-publica* ou, de coisa pública. Tudo continuava igual aos tempos da monarquia e o Mato Grosso já tinha sua própria casta de soberanos.

Imunes à indignação de Domênico, os acontecimentos políticos seguiam. Autoridades e seletos convidados se acotovelaram nas galerias superiores da Assembleia Legislativa em Cuiabá e esticaram seus pescoços em busca do melhor ângulo para assistir à cerimônia de posse dos deputados eleitos na votação de maio – todos republicanos. Tão logo empossados, escolheram e empossaram Manuel José Murtinho como Presidente do estado.

Enquanto os empossados, seus correligionários e familiares comemoravam aquela que consideravam a primeira composição legítima do poder político de Mato Grosso em tempos republicanos, na parte externa do prédio, um grupo de manifestantes mantinha um coro com os gritos de ordem: *Abaixo o embuste! A eleição desses deputados é uma fraude! Já temos uma Constituição e não queremos outra! Impostores! Já temos o legítimo Presidente do estado. Não aceitamos Manuel Murtinho! Pústulas!* Eram os nacionalistas manifestando seu inconformismo. Muito embora o Ministro da Justiça tivesse anulado a eleição de janeiro que os favorecera, eles se recusavam a reconhecer qualquer validade aos atos da nova turma de deputados, escolhidos na eleição de maio. Para os nacionalistas, os recém-eleitos não tinham legitimidade alguma, nem para escolher novo Presidente, tampouco para escrever a Constituição estadual.

A tensão foi aumentando. Sem conhecer a sorte de seus empregos, muitos funcionários da administração do estado eram forçados ao silêncio. Outros arriscavam conjecturas sobre eventuais desdobramentos da situação, embora só pudessem falar do assunto bem longe da repartição. Era o caso dos amigos que confabulavam na varanda da vila de Argônio, num fim de tarde de domingo. Distraídos em conversas, mal escutaram o anúncio repetitivo do jornaleiro mirim, que seguia gritando pela Rua de Cima. *Extra! Extra! Notícia urgente do Rio de Janeiro! Extra! Extra! Extra! Extra! Notícia quente da capital federal!*

Mesmo tendo corrido à rua, Mattoso não conseguiu alcançar o jornaleiro, que já virava a esquina a mais de cem metros. Voltou com os dois braços dobrados nas costas, as mãos apoiadas sobre os rins.

– Que maçada, não pude alcançar o gazeteiro... o que terá ocorrido desta vez?

De repente Mozart irrompeu esbaforido na trilha por entre as árvores do jardim frontal da vila. Trazia a edição extra do jornal.

– Vós soubestes? Chegou a notícia há pouco! Deodoro renunciou e assumiu o Floriano Peixoto.

Domênico soltou uma espécie de bufada, como um touro brabo antes de apontar os chifres e partir ao ataque. *A renúncia de Deodoro já era esperada, mas... outro militar no governo, enquanto o povo clama por eleições?!* – Esbravejou.

Ao assumir o governo do Brasil, um dos primeiros atos de Floriano Peixoto foi a deposição de Presidentes de dezenove estados, que tinham contestado sua ascensão ao poder e clamado por eleições legítimas. Manuel Murtinho fora poupado.

– Não alcançado pela caneta do Marechal Floriano, o Manuel Murtinho há de ser derrubado pela oposição local. – Vaticinou Domênico.

– Eu também acho que os nacionalistas não vão sossegar enquanto não apearem o Murtinho do governo. – Disse alguém.

Incapaz de conter os revoltosos nacionalistas, a situação de Manuel Murtinho no governo de Mato Grosso era instável. Ninguém mais duvidava da força da facção de João da Silva Barbosa e seus sectários, que continuavam sustentando um governo nacionalista paralelo em Corumbá, patrocinados por comerciantes locais e guardados pelas tropas de Nioaque e Miranda. Numa das muitas reuniões conspiratórias, um aguerrido nacionalista ovacionou o projeto ambi-

cioso de separação: *Devemos resistir e lutar... podemos declarar nossa independência e criar um estado novo... o Estado Livre de Mato Grosso, com esse ou com outro nome.* A sugestão de Barbosa tinha sido a mais bombástica: *Este é um momento histórico... podemos até criar uma nação independente! Bravo! Queremos um país independente!* Gritavam outros.
— República Transatlântica! Isso mesmo! República Transatlântica... nossa república independente assim poderá ser chamada! — Bradou Barbosa, com o entusiasmo de um visionário ensandecido.

A ideia dos nacionalistas de rachar o território do estado ganhava tanto adeptos quanto opositores. Dos primeiros ouviu-se incontidos brados de euforia: *Viva! Declaremos já a nossa independência de Cuiabá... e da República do Brasil! Queremos ser soberanos no trato de nosso futuro! Viva a República Transatlântica!* Dos mais comedidos ouviu-se interpelações de ordem prática: *Mas como havemos de conseguir o reconhecimento internacional? O Paraguai demorou muito a ter reconhecida sua independência... e soberania.* Outros se preocupavam: *Com que recursos podemos montar a estrutura de administração e de segurança da nova nação?*

As questões que pululavam da resumida plateia eram relevantes, mas o coronel Barbosa parecia já ter pensado em tudo. *Vamos oficiar nossa independência às Repúblicas vizinhas pedindo, inclusive, que deixem passar as nossas forças pelos rios da Bacia do Prata. Buenos Aires pode nos socorrer.* Alguém ousou retrucar: *Nossas forças!? Quais? Com que recursos, coronel?* Barbosa teria respondido: *Acharemos homens de bem que hão de contribuir para as primeiras obrigações do novo país, até organizarmos uma nova e eficiente estrutura arrecadatória.*

De repente um entusiasta de pouca patente, completamente desprovido de bom senso, esbravejou: *Sugiro hipotecar o território da nova nação aos bancos ingleses... que podem nos franquear os recursos de que precisamos.* A ideia estapafúrdia teve efeito de uma chuva de água fria.

Nos dias que se seguiram as reações tinham sido de toda ordem. Alguns se agarravam à ideia de desmembramento do sul para e criação do *Estado Livre do Mato Grosso*, outros sustentavam a formação de um novo país, a ser chamado de *República Transatlântica*.

O fato é que persistia o governo paralelo em Corumbá, dando margem a toda sorte de suposições. Em Cuiabá chegou-se a suspeitar que a insurreição nacionalista era estratégia orquestrada pela Argentina, de olho nos ervais do sul de Mato Grosso. Dizia-se que, com o patrocínio da Inglaterra e armas compradas da Alemanha, a Argentina se preparava para ocupar o sul de Mato Grosso a fim de se apoderar da fartura de ervais, suficiente a abastecer sua indústria moageira. Eram muitas as hipóteses. Unânime era apenas o espírito de confronto.

Sob dois comandos opostos – um em Cuiabá, outro em Corumbá – o estado foi submetido a incontáveis estripulias. Fazendeiros do sul não tardaram a se envolver na pendenga, orientados pelos interesses de grupos aos quais se aglutinaram, promovendo ou patrocinando disputas armadas. Facções de jagunços pululuaram entre os adeptos dos dois lados. Bandos de civis e de militares sob ordens de chefes políticos promoviam confrontos em Nioaque, Miranda e em alguns Distritos, como aquele em que dois tenentes, armados e empunhando uma bandeira vermelha, ocuparam a cidade de

Poconé ou aquele outro, em que grupos armados ameaçavam atacar Campo Grande, em tardia reação monarquista.

De Corumbá o coronel Barbosa mantinha ingerência sobre Nioaque e emitia ordens a todo o estado fazendo se alastrar a insurreição a São Luiz de Cáceres, Poconé, Sant'Ana do Paranayba, Santo Antônio do Rio Abaixo, assim como vilas como São João Batista de Campo Grande, Bela Vista e Vacaria. Na capital do estado, Manuel Murtinho reagia com equivalente hostilidade exonerando seus opositores de cargos públicos em todo o estado e pedindo reforços federais.

A situação permaneceu assim até que, sem encontrar resistência do Arsenal de Guerra, um contingente de revoltosos aportou em Cuiabá, cercou o palácio, forçou Murtinho a deixar o governo e instalou uma Junta Governativa, logo desfeita em favor de apenas um de seus membros, que assumiu sozinho o governo do estado. Mato Grosso estava, enfim, sob comando dos obstinados nacionalistas.

CAPÍTULO 15

O contra-ataque

— Belinha, tu achas que um pobre diabo feito o meu Mathias... pode ficar rico de repente?
— Ele disse isso na carta?!
— Disse que vai voltar rico. Toma, leia tu mesma! — Benedita Camargo entregou o envelope que lhe chegara pouco antes de partir em viagem a Paranayba.
Desde que o marido se fora ao Sul, era a primeira carta que recebia dele. Com escrita precária, misturando castelhano e português, Mathias dizia não ter data para retornar a Cuiabá, mas que voltaria rico. Contava que lhe coubera comandar os peões já que, envolvido com as guerrilhas políticas, Dom Gaspar pouco permanecia no Sul.
— Isso tem jeito de bravata, para aplacar tua contrariedade pela ausência prolongada dele. — Concluiu Belinha depois de ler a carta.
— Não sei, não! Temo pelas coisas que ele pode andar fazendo... inda mais sob as ordens de Dom Gaspar!
Dita tinha chegado a temer que Mathias nem mais estivesse vivo, mas a chegada da carta transformara seu temor em desconfiança, com aquela conversa de riqueza. Belinha,

que nunca confiara em Mathias, sentia lástima pelo desencanto e a dor da amiga, que choramingava: *de fato, toda essa conversa pode ser mentira! Talvez ele tenha voltado para a mulher no Paraguai, como tu previste, Belinha!*
— Isso não! Se tivesse debandado do serviço, Dom Gaspar já tinha nos contado. Tenha calma, não aumenta o problema, Dita.

Belinha não tinha mais o que dizer, aliás, ela já não fazia prognósticos nem de sua própria vida. Vivia um momento de dúvidas e talvez por isso tivesse chamado Dita a passar uns tempos com ela em Paranayba. Numa das cartas, falou disso também a Pablo Velasques.

Nunca acreditei na adoração mútua e inquestionável entre marido e mulher. Nunca achei possível que a institucionalização de vínculo ou que a palavra solene empenhada perante testemunhas, fossem garantia de afeto ou de reciprocidade. Mas acreditei que a convivência e o respeito pudessem gerar o sentimento de proximidade ou de parceria. Agora vejo que em meu próprio casamento eu não consigo tal fortuna.

A isso Velasques respondeu *incontinenti*.

Talvez devesses agregar aos requisitos de bom andamento da vida em comum, a admiração recíproca, a gana de estarem juntos, a vontade de ouvir a voz e de tocar a pele, o poder de se enlevar com as ideias e se sintonizar com as proposições do outro.

Os envelopes que iam e vinham a Buenos Aires tinham ganhado frequência quase semanal e os assuntos tratados passaram a ter foco nas confidências entre os dois, especialmente durante a longa doença da esposa de Pablo, acometida de um insistente abcesso — ou infecção — que sangrava e lhe minava as forças. Pelas cartas, Belinha tinha acompanhado cada novo tratamento, cada centelha de esperança, as recaídas e, por fim, a morte da esposa dele, com todas as dores que acometera a família.

Ultimamente o colóquio entre eles escancarava sentimentos recíprocos, especialmente os de Pablo.

Meu prazer é ler teus escritos e sugar de cada letra tua a acuidade doce de teu ser. Indago, Belinha, de que me adianta ter tanto se não posso ter a ti por perto, que acalenta meu coração e me alimenta a alma!

Belinha lia e relia, às vezes decorava as cartas e seu enlevo por Pablo preenchia seus momentos de solitude, especialmente depois que Pedro e Francisco tinham ido morar em São Paulo para continuar os estudos. A custo, ela ainda conseguia manter sua própria racionalidade, agarrando-se à ilusão de ter algum controle sobre seus sentimentos. Belinha se equilibrava entre seu usual recato e a vontade louca de se entregar aos desígnios da vigorosa emoção que sentia pelo argentino. Talvez por se perceber plena da afeição de Velasques, ela foi tomada pelo susto — e inquietação — quando Argônio apareceu de repente na fazenda.

— Os nacionalistas tomaram o poder, Belinha. Murtinho

se retirou ao Rio de Janeiro. Fiz um pedido urgente de licença e cá estou. – Dissera ele ao chegar.
– Fizeste bem. Venha, conte tudo, senhor meu marido.
Ele foi contando, aos poucos. Começaram trocando suas impressões sobre a beligerância reinante no estado, especialmente em Cuiabá. Depois, ele esmiuçou a estratagema que trasladara o rentável negócio com erva-mate de Thomas Larangeira para a tal Cia. Matte Larangeira, de propriedade de um Banco. *Só agora eu vejo que por trás da briga política está a preservação do monopólio de exploração dos ervais, que agora é dos Murtinho e de seus sócios no Banco*, concluiu.
– Então o tal Banco é dos Murtinho? – Perguntou Belinha. *Quem preside é Joaquim Murtinho. Quanto aos donos, os acionistas... no papel constam vários nomes, inclusive os Murtinho com participação pequena. A verdadeira propriedade do negócio continua um mistério.* Ele contou haver suposições, bem inusitadas. *Dizem que, na verdade, a propriedade real das ações do Banco é dos ingleses, dos Rothschild.* Belinha se espantou. *Isso faz pouco sentido! Será que existe um acerto oculto entre o Murtinho e os Rothschild?* Argônio não sabia, ninguém sabia. Podia não passar de boato. *E essa briga política, Argônio? No que vai dar? Vai dar em confusão e matança. Os Murtinho não hão de se sujeitar ao mando dos nacionalistas. Eles precisam ter o comando do estado, para manter os privilégios da Cia. Mate Larangeira*, ele respondeu.
– E ainda tem aquele delírio dos nacionalistas de criar um estado novo... ou até outro país, lá no sul...
– Duvido! Com todo o poder que ostenta na capital da República, o Joaquim Murtinho não há de permitir! Ainda mais agora que o interesse econômico dele está justamente

no sul. Não demora a retomar o comando do estado e pôr fim nesses arroubos divisionistas.

Argônio contou que, como boa parte das tropas locais estava aliada aos nacionalistas, os republicanos aguardavam reforços militares do Rio de Janeiro, mas que uma resistência local também se formava, para o enfrentamento dos nacionalistas, sob a chefia do Generoso Ponce. Mencionou a adesão de alguns fazendeiros com liderança e prestígio no Sul, como João Ferreira Mascarenhas, de Nioaque, conhecido por Jango, que arregimentava homens de posses ao patrocínio de campanha bélica em favor dos republicanos.

Passados os primeiros dias da chegada de Argônio, os assuntos foram ficando escassos, as refeições silenciosas, escancarando a indigência de interesses que tinham em comum. Há muitos anos Belinha e Argônio não conviviam além das rápidas temporadas dela em Cuiabá, sempre em períodos de festas natalinas, férias escolares dos filhos, com uma série de distrações que disfarçavam as diferenças que os afastavam. Mas ali na fazenda, no bucolismo da vida campestre, sem a agitação dos meninos nem as demandas familiares, eles se viam forçados a confinamento conjunto, e isso não era confortável, a nenhum dos dois. Sem nada a fazer, Argônio até procurou participar das lidas no cotidiano, mas depois de presenciar a negociação sagaz da mulher na venda de uma boiada, ele constatou que não tinha, mesmo, nenhuma vocação para fazendeiro. Por sua vez, Belinha passou a se escudar nos afazeres no campo e nas plantações, tentando disfarçar o incômodo da convivência.

Mesmo tendo encontrado Belinha várias vezes em Cuiabá, Argônio nunca lhe contara sobre a sua desconfiança no episódio da morte do frade português. Mas ali, pela falta de assunto ou pela ânsia antiga de ouvir a opinião de alguém, Argônio finalmente conseguiu falar do tema que o angustiava há anos. Sentados à sombra de uma mangueira num domingo à tarde, ele falou do ataque mortal ao frade, da carta dirigida a Gaspar que ele lera por acaso e do drama pessoal que o consumia por não ter relatado tudo à Polícia.

– Então tu sentes culpa por não ter revelado à Polícia as tuas... suspeitas?

– Eu podia ter direcionado a investigação à verdade!

Belinha avaliou o drama vivido pelo marido e a importância do discernimento dela naquele momento. Escolhendo bem as palavras, traçou duas ordens de considerações. A primeira sobre a inexistência de obrigação de Argônio de acusar o pai. *A morte não foi causada por tua omissão, já estava consumada quando te ocorreu a suspeita. Então pare de culpar a ti mesmo.* Ela também mencionou a dificuldade que ele teria se tivesse denunciado sem prova alguma, com meras conjecturas e contra o próprio pai. *E as consequências que tu havias de enfrentar? Pensa nisso!*

Às vezes ele levantava o rosto e olhava para a mulher, encabulado. *Eu me envergonho, Belinha. Por isso nunca contei a ninguém. Ao me calar eu aprovei aquele malfeito. Não tive ética.* Ela reposicionou o banco para ficar bem à frente dele e perguntou: *Mas o que é a ética senão a finalidade positiva que orienta a nossa conduta? Qual ideal superior, qual premissa positiva havia de justificar a denúncia de um filho contra o próprio pai... e sem provas?* Ele ergueu os olhos para responder: *A justiça, Belinha! Talvez ele pagasse pelo crime que cometeu.*

Mas não, só os dois bandoleiros levaram a culpa e, um deles foi morto. Aliás, quem matou o tal Cosme? Isso nunca foi apurado!

Belinha entendeu que o assunto tinha virado um mostro dentro de Argônio, numa mistura de dúvida, desconfiança e culpa. Ela não sabia o que fazer para tirar o marido daquele tormento.

Calaram-se por um longo tempo. Finalmente, ele pronunciou palavras que saíram pesadas: *Se eu estiver certo em minhas suspeitas... e eu sei que estou, Belinha! Eu sei que estou! ...então nada me resta de meu pai. É como se ele estivesse morto para mim. Então experimentas o luto.* Ela sugeriu. *O Luto?* Ele perguntou.

— Sim, tu sofres com a ruptura do último elo de confiança... como se fosse a morte de teu pai.

— Eu não tinha me dado conta disso.

— Precisas te livrar dessa dor... e evitar que isso afete a estima por ti próprio, Argônio. Sugiro que procures um padre!

— Um padre?!

— Sim, para conversar... ou te confessar. Cumprir uma penitência pode te ajudar...

Novamente sucumbiram ao silêncio que, muito depois, de novo ele mesmo quebrou:

— Esse rompimento com meu pai pode ser uma espécie de cura para mim. Muito doloroso, mas curativo! Eu me desapego dos moldes que ele impôs à minha vida e me sinto livre. Tu entendes?

Ela entendia. Laçou ao marido um olhar de cumplicidade. Lembrou-se da libertação que sentira quando, pelo falecimento de Risoleta, ela se vira anistiada do julgamento e da crítica permanentes da mãe. Mas ao contrário de Argônio, ela nunca tinha conseguido confidenciar a ninguém sobre a remição que a morte da mãe lhe propiciara.

Os dias foram passando, Belinha ocupada com o cotidiano da fazenda, Argônio procurando afazeres, fosse para ajudar a mulher, fosse para preencher o vazio pela falta de novos assuntos. Terminado o tempo de licença de Argônio, ele voltou a Cuiabá, levando Dita.

Belinha pode então retomar sua rotina na fazenda, voltar às suas crônicas e às cartas de Pablo. A presença inusitada do marido tinha lhe constrangido e, durante todos aqueles dias, ela nada tinha escrito e sequer aberto as cartas recebidas. Com Argônio por perto, de um lado ela tinha se sentido nua, flagrada numa intimidade de que ele não fazia parte e ela se culpava por isso. Por outro, sentiu-se invadida no ambiente em que se acostumara, por anos a fio, a se abandonar nos afazeres e no deleite da correspondência com Pablo Velasques.

Em Cuiabá, Argônio retomou o trabalho em ambiente extraordinariamente hostil, em que qualquer frase ou expressão podia ser tomada como afronta ao comando dos nacionalistas a detonar desastrosas consequências. Receosos, os três funcionários públicos deixaram de conversar na repartição, guardando as prosas para os encontros domingueiros na vila de Argônio que, muito além de jogatina, escancararam ares de tertúlias políticas. O grupo ganhou robustez com a adesão do húngaro Pietr Risch, do agrimensor Didi Candoca, de um padre e do juiz de paz. O velho Risch era o melhor informado de todos. Na tenra juventude, conhecera de perto a hostilidade da Prússia – que, aliás, o fizera emigrar à América – e aprendera técnicas de defesa. Depois de receber sua carta de naturalização, Risch tinha se firmado no ramo de transportes, carregando produtos estrangeiros desde o porto de Corumbá até os comércios das vilas ou às sedes de engenhos e de fazendas. As viagens e múltiplos contatos propiciavam permanente atualização sobre os acontecimentos políticos. Mantinha informantes nas intendências, freguesias e repartições, sabia quem estava de um lado, quem estava do outro e, principalmente, em quem podia confiar.

A casa de Argônio era lugar confiável. Seguindo as ordens de Dita, aos domingos duas empregadas chegavam cedo para preparar os quitutes e servir os convidados. De um lado da varanda, elas montavam o balcão coberto de petiscos variados à base de bacalhau, sardinha, conservas sortidas, queijos, azeitonas, pão com banha, salame, nozes, passas de uva e de figo, tudo em variedade e quantidade suficientes para forrar o estômago e apurar o paladar à degustação dos alcóolicos, que podia durar até a madrugada. De vinho *bordouse* os convidados se serviam à vontade, direto da pipa. Também podiam beber cervejas, conhaques e licores sortidos, desde o amaro italiano até o doce, de jenipapo. Pontualmente às 15h, estava pronta a arrumação da varanda, onde os homens podiam se sentar em volta da mesa de jogo ou nas espreguiçadeiras de madeira que formavam uma roda. Assunto nunca lhes faltava.

Àquela altura, nenhum deles duvidava da força que se formava para contra-atacar os nacionalistas. No Sul, a organização da investida continuava sob liderança de Jango Mascarenhas e uma comissão de coronéis tinha se encarregado de conseguir voluntários, alimentos, cavalos e armas, numa campanha que fora um sucesso. Uma lista tinha circulado para angariação de fundos e, sob a expectativa de ressarcimento tão logo se conseguisse retomar o *governo estadual legítimo*, a coleta de adiantamentos rapidamente alcançou a quantia de cinco contos de réis. *Eu soube que em poucos dias, carretas de armas e de munição foram reunidas e dezenas de voluntários se apresentaram a Jango, suficientes para formar três Regimentos de Cavalaria.* – Informou Risch.

Enquanto os amigos em Cuiabá avaliavam as escaramuças dos dois lados dos opositores políticos ou se entretinham na mesa de *truco paulista*, os *contrarrevolucionários* se articulavam. Contornando o bloqueio das transmissões telegráficas, um emissário dos republicanos fora ao Paraguai, para enviar mensagem a Floriano Peixoto, renovando o pleito de reforços e inventariando a contribuição local para a restauração da ordem.

A preparação do contra-ataque se consumou numa manhã de domingo, no porto da cidade. Quem olhasse o rio Cuiabá podia até se encantar com a placidez. As águas corriam tão suaves que pareciam paradas em lago de mansidão. Mas a calmaria fluvial contrastava com o burburinho no cais. Era sempre assim. Quando um tiro de canhão ou um toque de corneta anunciava a iminente chegada de barco, a vida pacata de Cuiabá entrava em ebulição, especialmente aos domingos. O povo se aglomerava no porto, alguns recepcionavam parentes ou conhecidos, mas a maioria buscava diversão, incentivada pela música alegre da banda que, rapidamente, se punha em formação. O porto ganhava ares de festa! Aquela gente toda gostava de acompanhar a movimentação frenética dos marinheiros, a lida dos carregadores com as bagagens, a recepção e a remessa dos malotes do correio, tudo orquestrado pela gritaria apressada dos bilheteiros e dos controladores no vai e vem entre o desembarque de uns e o embarque de outros.

Naquela manhã, a alegria do povo e a calmaria fluvial destoavam do clima de guerra que se estabelecera na cidade e do nervosismo dos senhores de aparência distinta, ladeados por uma dúzia de seguranças, lá mesmo no porto de Cuiabá. Eles não esperavam o paquete de linha regular, mas as embarcações militares, cujas silhuetas logo surgiram no horizonte. Então os homens fardados se reposicionaram em evidente desassossego, deixando à mostra os coldres presos às cintas, alguns segurando os cabos de suas armas.

Diferente de muitos dos desavisados cidadãos presentes, os funcionários do porto trabalhavam aflitos, mas em esforço para simular normalidade. Era só aparência. Às mentes mais atentas era perceptível uma espécie de nuvem de medo e tensão pairando sobre o ambiente.

Terminado o desembarque e escoamento de passageiros civis, navios militares atracaram atrás da embarcação comercial e centenas de homens fardados foram saltando dos conveses e se organizando em procissão na beira do cais. Com a ajuda dos guardas desinquietos que os esperavam, rapidamente descarregaram grandes caixas de madeira, que foram levadas até as carroças estacionadas na barranca, fortemente protegidas por um contingente de soldados armados. Ainda que a maioria incauta não se interessasse por aquela movimentação incomum, muitos dos presentes sabiam exatamente do que se tratava. Era o carregamento de armas e as hordas de combatentes tão esperados pelos republicanos que, reunidos mais tarde ao contingente local, somariam quase 3.000 homens armados. Assim formada e sob comando de

Generoso Ponce, a chamada *Legião Patriótica Floriano Peixoto* prometia dar um basta nos desmandos dos nacionalistas, que continuavam forçando assento no comando do estado. Em Cuiabá o contra-ataque foi iniciado já no mesmo dia, em ação coordenada com os regimentos formados no sul. Tanto em Nioaque como nos Distritos de Bela Vista e de Campo Grande, a ofensiva dos grupos de voluntários – e de jagunços contratados – começou a indicar vantagem aos republicanos. Não tardou a se confirmar a vitória da contrarrevolução.

No comando da *Legião Floriano Peixoto*, Generoso Ponce rechaçou os nacionalistas do Palácio e retomou o governo. Em 6 de maio os contingentes da *Legião* recuperaram o destacamento de Bela Vista e no dia 21 sitiaram Nioaque, arrasando os últimos amotinados.

Diante do triunfo das *forças patrióticas* da *Legião*, os nacionalistas recuaram e o Coronel Barbosa se viu abandonado, escondido numa saleria da região de Corumbá. Mais tarde circularam boatos conflitantes. Uns diziam que Barbosa teria sido escoltado ao Rio de Janeiro para responder ao Conselho de Guerra, outros que ele tomara emprestada um barco particular, no qual escapara na chuvosa noite de 16 de maio, com destino a Assunção.

Só então Manuel José Murtinho pode voltar em segurança da capital da República. Reassumindo a Presidência do estado, ele oficializou o fim da intervenção oposicionista, anulou todas as decisões tomadas, sepultando a insurreição dos nacionalistas e a campanha separatista pela criação do *Estado Livre de Mato Grosso* ou pelo desmembramento de área do Brasil para criação da *República Transatlântica*.

CAPÍTULO 16

Milícias patrióticas

Tão logo o carteiro se despediu e seguiu galopando em direção à porteira da fazenda, Belinha se fechou no quarto. Como sempre, nessas horas ela precisava de privacidade. Antes de abrir o envelope, gostava de segurá-lo junto ao peito, fechar os olhos para amplificar o quanto pudesse as sensações que tomavam conta dela. Só então ela lia, bem devagar, enquanto perdia o fôlego, sentia calafrios, sua pele se eriçava e ela chegava a exalar perfumes e umidades corporais. Em total rebeldia aos comandos mentais cada vez mais tênues, seu corpo ganhava vida própria. *Sossegue!* Ela dizia a si mesma.

Pelo que me lembro de tua figura e pelo que leio em teus escritos, é tão intensa a tua luz que ofuscas o ambiente ao teu redor. Sonho com tua companhia para adorar tua beleza e tu havias de ler nos meus olhos o enlevo que sinto por ti. Despeço-me declarando meu mais sincero encantamento.

Ela lia tais afagos e também sonhava com Pablo Velasques. Em geral seus sonhos eram banais, simplórios, quase piegas. Ele beijava seus lábios e a acarinhava de forma terna, suave, como ela gostava. Mas teve um sonho em que ela assumiu o monopólio do afago. Começou pelas linhas do rosto, afrouxou-lhe o colarinho e encostou-se nele para sorver o cheiro de sua pele. Percorreu os braços, o tórax... suas mãos se deliciaram com as texturas de cada parte enquanto, de forma discreta, suas narinas buscavam as nuances do cheiro dele. Por volta da cintura ele exalava um aroma denso de orvalho e ela se deleitou. Então um surto de sofreguidão tomou conta dela, intenso demais que a acordou quando desabotoava sua vestimenta.

Se em pensamentos e sonhos ela se sentia livre para fazer o que bem quisesse, nas cartas ela mantinha a compostura. Sobre a figura iluminada que ele lhe atribuía, ela se limitou a dizer:

> Tu mostras um atributo surpreendente: a capacidade de perceber o que realmente agrada a uma mulher. A parte de tua missiva que me destina elogios muito me embevece. Confesso meu regozijo ao ler tuas cartas, sempre tão generosas e por encontrar em ti tamanha e rara afinidade. Renovo todos os dias a alegria por nossa correspondência e leio tantas vezes as tuas cartas que memorizo cada palavra que me escreves. Sinto por ti crescentes admiração e apreço.

Na mesma carta ela contou a Velasques ter algum receio pela própria segurança. Embora não confessassem, muitos fazendeiros da vizinhança tinham patrocinado ambos os lados da contenda política. Ao serem procurados por emissários de Barbosa, tinham oferecido armas, munições e até cavalos, mas também tinham entregado somas em dinheiro para o patrocínio da *contrarrevolução*. Ajudar os dois lados antagonistas fora o jeito de salvarem a própria pele. Belinha não fizera isso. *Eu não contribuí para qualquer dos bandos porque não apoio essa guerrilha e o problema é esse: vivo num lugar em que a própria neutralidade é incriminada,* ela escreveu. Ela tinha motivos reais para temer. Um vizinho apartidário já estava preso, outro fora jurado de morte. Tudo o que ela fizera para se proteger fora visitar o padre, o intendente e o juiz de paz, avisando que ela não tomara partido na pendenga política e lembrando o quanto a produção de sua fazenda movimentava a região e rendia em impostos.

Em Cuiabá estava ainda mais ferrenha a perseguição aos nacionalistas e seus simpatizantes. Manuel Murtinho tinha determinado uma varredura nos quadros da administração estadual, para demissão *incontinenti* de quaisquer potenciais adversários. Essa fora a deixa para o aparecimento de sabujos da contrarrevolução, prontos a ganhar benefícios por apontar, mesmo sem provas, eventuais partidários dos nacionalistas. A tensão atingiu até a reunião dominical dos amigos. Domênico desaparecera. *Na última vez em que o vi, ele estava prestes a viajar para o casamento do filho lá em São Vicente. Mas ia para poucos dias e lá se vão dois meses.* Disse Argônio. *De São Paulo ele voltou logo. Eu cheguei a ver quando ele passava no outro lado da rua em frente à taberna, mas isso foi há mais de mês.* – Informou Mozart. *Eu nem me lembro se a esposa dele apareceu na novena de São Benedito, no mês passado.* – Informou o padre.

Ninguém sabia o que acontecera a Domênico, que não aparecera mais na repartição, nem em lugar algum. Então decidiram investigar o paradeiro dele e dividiram entre si as tarefas. Iriam voltar à sua casa, perguntar a parentes e conhecidos. Temiam por Domênico e por eles próprios. Uma onda de perseguições estava sendo perpetrada, com demissão sumária de funcionários em diversas repartições, na capital e nas sedes de freguesias e distritos. Para servirem de exemplos aos *traidores da República*, Manuel Murtinho tinha ordenado prisões e dizia-se que, para salvarem a pele, muitos dos presos denunciavam correligionários, contando o que sabiam e o que inventavam.

– Estou exausto de tudo isso. – Confessou Argônio.

– E esse desarranjo ainda vai longe, só vai acabar quando se esgotarem os ervais nativos do sul. – Disse Matheus Alencar.

– Então... pensas que a intransigência entre nacionalistas e republicanos pode ser fruto... – Ia dizendo o padre, mas Alencar completou a frase:

– ...fruto da necessidade de controle da política de Mato Grosso pelos Murtinho, para manterem os extraordinários privilégios à Cia. Matte Larangeira.

No curso da conversa acabaram por concluir que o sucesso econômico da Cia. Matte Larangeira com a promessa de grande renda fiscal ao Estado seria usado com finalidades políticas. De um lado seria apontada como troféu da administração de Mato Grosso e, de outro, como mecanismo de legitimação política dos Murtinho e seus apaniguados.

Nos dias que se seguiram procuraram muito, mas não acharam Domênico. Nem os familiares sabiam dele. Nem podiam, mesmo! Ele estava incomunicável, preso numa das muitas salas do Arsenal de Guerra. Fora mantido sentado, com pés e mãos atados a um banco de ferro. Sua última e insistente lembrança era do puxão forte que tinha levado ao caminhar pela rua, a vinte metros de casa. Meia dúzia de sopapos tinham feito com que desmaiasse e ele só recobrou os sentidos ao ser arrastado por um longo varandão até ser jogado ali, naquela cela úmida. Depois de várias semanas comendo restos e recebendo raras doses de água, ele perdera as forças e a dignidade. Além dos sons típicos dos movimentos do porto a certa distância, ele só ouvia as surras, os gritos e gemidos vindos das celas vizinhas. Estava lambuzado de excrementos e perdera a memória recente. Mas queriam que ele contasse os nomes e descrevesse as ações de todos os nacionalistas que conhecia. Ele não se lembrava de nenhum e apanhava por isso. Numa das muitas baterias de torturas, ele confessou que sim, que era verdade que dois anos antes, ele tinha criticado a pressão imposta a Antônio Maria Coelho para que entregasse as terras do sul ao monopólio da companhia ervateira. *Então tu és mesmo um nacionalista!* Esbravejava um dos torturadores e Domênico, entre um lançaço e outro, sussurrou que não, que ele apenas tinha gostado do antigo projeto de Coelho de colonizar o sul.

Então os homens queriam saber quem mais partilhava daquela opinião e, por ficar calado, Domênico apanhou por diversos dias seguidos, em sessões que o faziam perder os sentidos. Quando já desprovido de energia e de equilíbrio mental, alguém lhe fez a proposta infame. Ele teria direito a banho, cama, comida e, quem sabe até à soltura – sob juramento de lealdade ao governo – se nomeasse seus interlocutores. Foi então que, diante de sujeitos armados, Domênico reproduziu as críticas ao poderio da empresa ervateira que, nos últimos anos, ouvira de seus colegas da repartição. Ele também mencionou as antigas ligações de Argônio com moageiros argentinos e acabou por escancarar a vinculação de Gaspar de Sá Ferreira com a insurreição nacionalista.

Ao escurecer, quando saiam juntos da repartição, Mattoso e Argônio foram presos e levados ao Arsenal de Guerra. De nada adiantou jurarem que nunca tinham agido em prol dos revoltosos. Depois de duas semanas de *pau-de-arara, palmatória* pelo corpo todo e outros tratos cruéis, Mattoso foi libertado por influência de seu padrinho republicano. Mas a situação de Argônio era mais difícil. Ele devia ficar no cárcere até que seu pai se apresentasse às autoridades em Cuiabá.

Belinha chegou aflita de Paranayba e com intervenção jurídica, patrocinada por Matheus Alencar, conseguiu falar com o marido e lhe prometer que de tudo fariam para tirá-lo de lá. Ela procurou os préstimos do padrinho Caldas que, embora imobilizado na cama com doença grave, conseguiu intermediar uma audiência dela com Manuel Murtinho. Mas o Presidente do estado limitou-se a dizer que trataria do assunto com a chefia da *Força Pública* que, no caso, era uma espécie de milícia do estado. Por sua vez, Mozart apegou-se a clientes do bar que – ele sabia – tinham vinculação à rotina do Arsenal e assim conseguiu que minimizassem a tortura de Argônio e lhe entregassem comida limpa e farta a cada dois dias, no entreveiro da troca da guarda. Desesperada com a injustiça contra seu *filho*, Dionísia não titubeou: ajuntou todos os envelopes que tinham os endereços diversos do marido e os cedeu a Risch, que partiu ao sul para encontrar e trazer Gaspar. *Eu confio que, estando aqui, o Gaspar há de esclarecer as coisas e tirar o meu filho da cadeia.* Ela dizia, entre uma e outra reza diante do altar da Virgem Santíssima.

As notícias dos esforços de Belinha e dos amigos acabavam chegando aos ouvidos de Argônio na prisão, que fora desanimando a cada iniciativa frustrada. Ao se dar conta de que sua liberdade dependia da captura ou da apresentação voluntária de Gaspar, ele perdeu a esperança. Não acreditava nem na eficiência das forças de segurança para encontrar e capturar Gaspar, alongado em algum canto do sul e, menos ainda, na disposição de seu pai para se entregar. Estava enganado.

Dois meses depois, Risch voltou a Cuiabá trazendo Gaspar de Sá Ferreira. Ao se entregar, Gaspar liberou o filho das garras da repressão política. O apaniguado dos nacionalistas confessou detalhadamente sua participação na conjuração oposicionista, contando inclusive ser o responsável por esconder Barbosa e por conseguir o barco que possibilitara a fuga do coronel para o Paraguai. Com fama de gabola, ninguém acreditou muito na sua fanfarronice, mas quando se imaginava que Dom Gaspar ficaria preso, deu-se uma reviravolta pouco explicada. Contou-se à boca pequena que Gaspar conseguiu mitigar sua própria punição entregando uma lista de 50 nomes de nacionalistas enrustidos e se comprometendo a servir à repressão lá no sul do estado. Outra corrente de fuxicos afirmava que Gaspar teria usado a seu favor uma série de informações comprometedoras contra os repressores. Confirmou-se assim que Dona Dionísia estava certa: selando algum acordo velado, seu marido conseguiu liberar Argônio e também sair livre da prisão.

Depois de receber cuidados hospitalares, Argônio voltou para casa, mas estava calado e reflexivo. O que perdera de altivez ganhara em ressentimento.

– Aqueles cretinos acreditam que eu tenha parte nas sandices do meu pai!

– Não adianta ficar remoendo esse assunto, Argônio. – Dizia Belinha.

– Tu sabes que eles me chamaram de volta ao gabinete? Eu não sei como, mas meu pai recuperou o meu cargo!

– A que custo, Argônio!? Não sabes o que teu pai deu em troca e... como ias poder trabalhar com aquela gente? Não te humilhes! Não precisamos disso!

– Mas quero ter a chance de provar que...

– ... nada precisas provar... eles tampouco te respeitarão se aceitares teu emprego de volta.

– Belinha, não sei fazer outra coisa senão meu trabalho na Administração! Eu não sirvo para fazendeiro!

– Cabe a ti decidir, mas peço que considere o que pensam os teus amigos... e eu. Penso que seja hora de desistir do emprego público, descobrir outros interesses, outras atividades...

Aos poucos Argônio foi se resignando com a nova situação. O episódio tivera efeitos dos quais só mais tarde ele conseguiu se ocupar. Um deles era o ressentimento pela denúncia mentirosa que o levara à prisão. Argônio se indagava se agora o entreguista, ao menos, sentia algum arrependimento. Talvez o maior desencanto de Argônio fosse a constatação de que o arrojo e a coragem de Domênico – que ele tanto apreciara na infância – tinham se transformado em covardia e deslealdade.

Se era grande a decepção com Domênico, ele se impressionara com a atitude do pai. Gaspar tivera pronta disposição para livrá-lo da prisão. *De fato, ele estava lá perto da fronteira, podia ter entrado no Paraguai, onde não seria encontrado.* Disse Belinha. *E Risch conta que ele nem titubeou em vir imediatamente se entregar... para me liberar,* reconhecia Argônio. Ainda que o pai confiasse em sua própria estratégia diante da polícia repressora, ele não hesitara em correr riscos ao se entregar para libertar o filho. A atitude de Gaspar surpreendera Argônio e as decepções que acumulara vida afora tinham ficado menores diante de sua mais recente atitude. Lastimava por não ter tido chance de lhe dizer isso ou, de alguma forma, lhe agradecer. Argônio ainda estava no hospital quando Gaspar se livrou da própria condenação e partiu às pressas de volta ao sul. Naqueles dias conturbados, só quem conseguiu trocar meia dúzia de palavras com Dom Gaspar fora Dita, depois de fazer sentinela para intercepta-lo na saída do Arsenal e perguntar de Enrique Mathias. *O desgraçado sumiu, sem dar cabo da empreitada, Dita. Ah! se eu pego aquele sacripanta!* Gaspar respondeu, deixando Dita em pânico. Belinha teve de acudir a amiga em seu desespero. Tão logo viu o marido recuperado, Belinha sugeriu a intervenção de Risch para, com sua rede de conhecidos, obter alguma notícia de Enrique Mathias. Dita então se acalmou.

 Argônio tinha outras preocupações. Ao saber da desavença com o paraguaio, ele temia pelo pai, a ponto de Belinha o flagrar cogitando ir ao sul, ao encalço de Gaspar, demovê-lo da sandice que estivesse fazendo, fosse ela qual fosse. Mas a viagem ao sul devia esperar. Argônio andava derrotado, desnorteado, sem rumo e a mulher, então, concebeu um estratagema para que ele se sentisse útil.

Há tempos ela pensava em experimentar a sugestão de Francisco. *Ao invés de vender só boi em pé, senhora minha mãe, podemos reservar uma parte da criação para comércio e exportação de carnes.* Belinha repetiu ao marido, sugerindo que ele se encarregasse de negociar, com alguma saleria, a preparação de charque. Argônio gostou da ideia. *Será preciso organizar o fluxo da entrega dos bois à charqueada, fiscalizar a produção das carnes e, depois, o transporte ao porto de Corumbá.* Belinha conjecturou ...*se mantivermos controle na qualidade e higidez da embalagem, nosso charque pode ter mercado fora do país, como diz o Francisco.*

Naquela temporada em Cuiabá para acudir o marido, à noite Belinha ficava horas na varanda da vila. Ela gostava de sentir o cheiro do jasmim ou da *dama da noite,* mas era o balanço suave das folhagens e a brisa fresca que lhe detinham ali, trazendo memórias das alegres conversas com as amigas de Cuiabá, assim como das risadas e rumores das brincadeiras das crianças no jardim. Eram memórias de uma outra vida, quando a expectativa do futuro e o vigor da juventude não lhe permitiam entristecer. Mas a jovem Belinha intrépida e cheia de expedientes tinha dado lugar a uma senhora cautelosa. Ela perdera as certezas que lhe davam a falsa impressão de controlar a vida e aos poucos aprendera a reconhecer o imponderável e a respeitar as surpresas que a maturidade lhe apresentava. Pensando nisso, ou lendo, ela permanecia na varanda por muitas horas, como se o frescor da noite e o aroma das flores lhe aplacassem a melancolia. A calmaria da vila contrastava com o clima tenso de Cuiabá.

Finalizado o planejamento da produção e exportação de charque coordenadas por Argônio – com a ajuda de Mattoso na burocracia aduaneira – Belinha pode voltar à sua rotina em Paranayba e às cartas de Pablo Velasques, que aguardavam sua leitura e resposta. Um verdadeiro deleite.

Estou aflito para saber como estás nesse ambiente hostil. Sonho em estar junto a ti, trilhar contigo uma única estrada. A tua lembrança é meu travesseiro, a minha melhor música e a minha mais preciosa leitura. Sois uma senhora incomum, segura de si, sabedora de seu poder, sem meias palavras, arrebatadora. Aquela antiga admiração inicial que se transformou em interesse intenso agora se revela em amor maior que meu peito e em desejo que me faz cativo da vontade de te abraçar.

Noutra carta ele dizia:

Sou teu cúmplice e quero entregar a ti muito amor, confiança e ardor.

Em respostas às várias cartas dele, ela não mais conseguiu se conter:

Tuas missivas afagam minha alma feminina. Receber cartas lindas de um homem admirável como tu é uma dádiva. Tuas declarações forjam em mim uma mulher que só tu enxergaste e que já te pertence. Só a inteligência sensível de um homem completo como tu consegue alcançar o ponto mais profundo do meu ser e provocar todos os meus sentidos. Enquanto minha mente clama pela sua, meus poros exalam por ti.

Foi nessa época que os sonhos com Pablo passaram a ser mais frequentes e picantes. Mas nada, nada que a enlouquecesse de tanta volúpia, como na vez em que ela sonhou que ele estava num dos galpões, na fazenda em Paranayba. No sonho não havia empregados, ninguém por perto, ele a segurou. Ali mesmo, na baia, ele a despiu, vagarosamente, intercalando cada movimento com carícias sutis, delicadas, surpreendentes, beijos sensuais em partes inusitadas. Ele beijou seus cabelos, ombros e cotovelos. Demorou-se nos pulsos, nas pontas dos dedos. Ela gemia de prazer, bem baixinho. Depois, com a boca, ele acarinhou seus joelhos, a panturrilha e os tornozelos. Ele intercalava cada nova onda de carícias com olhares suplicantes pela boca dela, como se não pudesse alcançá-la, como se apenas os hálitos pudessem se misturar, em crescente ardor recíproco e flama ascendente de ambos os corpos. No meio da noite, ela acordou sentindo o corpo dele em si.

Depois de tantos anos, eles se tratavam sem formalidades e como a situação tinha ficado gritante, as cartas não conseguiam mais disfarçar. Numa delas ele escreveu:

Leio com sofreguidão o que escreves, degustando a suave carícia da tua presença em cada uma de tuas palavras. Falas e escreves com o corpo, expressas uma torrente de excitação física e mental nas entrelinhas de uma única frase. Além do querer antigo por tua inteligência e formosura, agora já não cabe em mim também o desejo pela potência da mulher madura, no ápice de plenitude, em que te transformaste. Se pude resistir um dia, agora estás altamente perigosa para mim.

Ela respondeu confessando que apesar do recato que o processo civilizatório impunha a uma mulher na sua condição, ela não podia negar que sonhava em ter a pele vasculhada, o corpo invadido, tomado, arrebatado, sonhava amar ardentemente para logo depois, em repentino recolhimento, aconchegar-se no colo dele e dormir o mais tranquilo dos sonos. Ele retornou dizendo que mais de década antes, no primeiro – e único – encontro, ele já percebera que ela era assim. Disse ter lido tudo nos seus olhos, nas linhas e movimentos das suas mãos semicobertas por um par de luvas *mitaines*.

CAPÍTULO 17

O ataque

Ao entrar no bar do Mozart, Domênico foi falando com naturalidade tão incauta quanto presunçosa:
— Boa tarde, Senhores.

Alencar respondeu ao cumprimento, mas Otílio Mattoso limitou-se a fazer um gesto de despedida, apanhou o chapéu pendurado no cabide entre as portas e saiu, sem nada dizer. Domênico não se constrangeu e tampouco se importou em interromper a conversa do grupo, atravessando pergunta sobre tema de seu interesse.

— Soubestes que a Matte Larangeira comprou a Fazenda Três Barras para construir um porto? Escutei um boato que querem chamar o lugar de porto Murtinho!

— Aqui de nada se sabe, senhor. Principalmente para que as opiniões de hoje não sejam usadas amanhã contra quem as preferiu. — Respondeu Mozart.

De cara fechada, o taberneiro mandou que seu ajudante atendesse ao freguês e, desapareceu pela porta dos fundos da taberna. Depois da notícia de que Domênico fora o delator dos amigos, Mozart não disfarçava seu desprezo pelo *entreguista* que, indiferente ao constrangimento, nem

CHÃO VERMELHO 221

se importava. Desde sempre suas frases raivosas e conclusões vulcânicas não costumavam despertar a confiança de interlocutores, mas depois da traição aos colegas sua situação tinha piorado. Mesmo que a presença dele fosse inevitável em algumas ocasiões, suas palavras eram ditas ao vento, já que ninguém mais lhe dava crédito. Ainda assim, Matheus Alencar lhe respondeu com urbanidade, antes de se despedir.

– Eu soube, Domênico. Mas eu já estava de saída. Peço tua licença. Boa noite a todos.

Sozinho com outros homens que mal conhecia, Domênico ainda tentou levar adiante a conversa, mas não encontrou eco. Saiu do bar, sem se despedir de ninguém. A tese de Alencar era de que, depois da prisão, Domênico enlouquecia a olhos vistos. Além do advogado, nenhum dos outros amigos – ou ex-amigos – se importavam com isso.

Além de ressentidos, Argônio e Mattoso andavam ocupadíssimos com o novo negócio de carne, ainda em fase de implantação, que exigia intenso trabalho. Mas justo naquela manhã, Argônio tivera de largar os afazeres e sair à pressas para atender um chamado urgente de Dona Dionísia.

Ainda na sala de estar, Argônio ouviu a conversa da madrasta com a velha empregada da casa. *O meu Argônio? Ele chegou? Sim, está na sala, sim senhora! Então traga meu filho até mim, Donana!*

Logo depois ele entrou no quarto de Dionísia.

– Como tem passado, mamãe? Fiquei agoniado com vosso recado... vim tão logo pude.

– Eu vou passando como o Senhor permite, meu filho. Com muita dor no ventre.

Dionísia resistia há anos às sequelas do cólera, agravadas com o avanço da idade. Com a ausência quase constante de Gaspar, há anos Belinha tinha assumido o atendimento à tia. Nos primeiros tempos ela organizara os cuidados pessoalmente, mas depois da mudança a Paranayba, Dita assumira o encargo de fiscalizar tudo, para que nada faltasse à Dionísia, inclusive o serviço de boas empregadas, como a fiel Donana. *E os meninos? Continuam em São Paulo?* – Perguntou. *Sim, Pedrito está estabelecido como advogado. Francisco não se ajeita com os estudos... o sonho dele é tomar conta da fazenda.* Respondeu Argônio. *Então deixa, meu filho, ia ser bom para o menino... e para a Belinha também. Sim, já decidimos assim... mas mamãe, vosso bilhete me falava de urgência. De que se trata? É sobre meu pai?*

– Sim, meu filho. Vá até a penteadeira... ali. – Dionísia apontou a direção e acompanhou com os olhos os movimentos de Argônio. – Abre a primeira gaveta do lado direito.

O enteado obedeceu e ela continuou.

– Vês o livro de rezas? Dentro dele... procure uma carta.

Entre as folhas do livro ele encontrou um envelope enxovalhado e reconheceu a letra do pai. Voltou-se em direção à Dionísia para lhe entregar a carta, mas ela deu outra ordem.

– Podes abrir e ler!

Um pouco reticente, Argônio obedeceu. O teor da carta era confuso e ele teve de reler. Com o papel na mão e cara franzida, ele olhou para a madrasta e quis confirmar.

– O papai foi roubado... pelo Mathias. É isso, mesmo?

– Sim, meu filho! Eu nunca gostei daquele sujeito. O permanente desdém no olhar dele nunca me enganou! Nem a mim nem à Belinha. Mas nós nos calamos... também em respeito à Dita. Agora está aí... – Dionísia fez um gesto cadenciado de cabeça e braços, como quem aponta um desastre.

Argônio nem escutou. A surpresa pelo teor da carta o absorvia.

– Mas papai sequer diz o que foi roubado... vós sabeis o que Mathias roubou?

– Deve ter sido o tal tesouro...

– O *tal tesouro*? Mãe, podeis me contar tudo, por obséquio?

Com a fala entrecortada por disfarçados gemidos, Dona Dionísia passou a contar o verdadeiro motivo das constantes viagens de Gaspar ao sul do estado. Relatou que o marido comandava um grupo de peões no encalço de um tesouro. *Um tesouro que os jesuítas enterraram ao pé de uma redução antiga.*

– Então, nesses anos todos, meu pai não se ocupava da posse de terra...

– A terra em si não importa, o que interessa para ele é a busca do tal tesouro! – Enquanto explicava, Dionísia apertou as duas mãos sobre o ventre, como a estancar a dor que sentia.

– Precisais de ajuda, mãe? Quereis que eu chame a Donana?

– Não precisa, filho. Essa dor mais aguda passa logo. Pensei que teu pai tivesse contado a ti, filho.

– Ele não só me esconde, como nega tudo quando desconfio de algum ardil que ele tenha feito. – Argônio caminhava pelo quarto, como se os passos pudessem ajudá-lo a avançar na assimilação daquele despautério. – Então o montante que eu emprestei... e foram alguns contos de réis... tinham essa destinação? A busca do tal tesouro!

— Pois eu pensava que tu sabias. O fato é que ele contratou sucessivas turmas de peões que, no começo, ele mesmo comandava. Veja que desatino... com aquela idade! Mas quando ele se envolveu na revolução nacionalista, deixou o Mathias no comando.
— E o Mathias achou o tal tesouro e sumiu, foi isso?
— Tudo indica que sim. Teu pai é um homem velho... não pode ir atrás do Mathias!
— ... que foi visto pela última vez na região da laguna de Punta Porá. — Argônio leu um trecho da carta.
— Pois é! Como ele pretende procurar o sujeito sozinho no Paraguai? — Dionísia soluçava.
— Calma, mamãe! Vou trazer ele de volta. — Argônio se aproximou da cama e segurou suas mãos.
— E essas providências que ele pede, tu leste? Quanto ao dinheiro, eu até posso remeter um resto de economias que ainda temos, mas essa outra demanda... eu nem sei quem é essa gente por quem ele clama. Por isso te chamei, meu filho.
— Gente graúda... ligada à Matte Larangeira e aos Murtinho. Nunca que iam ajudar um Sá Ferreira.
— Tu conheces teu pai e a teimosia dele. Se resolveu ir atrás do Mathias no Paraguai... temo que o faça, de fato!

Argônio parecia entorpecido. Despediu-se de Dionísia, prometendo arranjar maneira de localizar o pai e trazê-lo de volta a Cuiabá. Saiu à rua meio desbussolado, sem sentir o chão sob os pés, seguiu em direção à casa de Risch.

Tão logo Argônio contou da emergência que envolvia Gaspar, Risch o acalmou:

— Pois eu consegui o que tua esposa me pediu... eu ia mesmo te entregar no domingo.

Ele falava da pista do paraguaio Enrique Mathias que Belinha lhe pedira algum tempo antes para acalmar o desespero de Dita. Agora a localização do paraguaio se tornava providencial, porque atrás dele devia estar o desatinado Gaspar.

– E onde está o sujeito?

– Aí estão as coordenadas. – Disse Risch alcançando um envelope a Argônio que, com o papel na mão, procurou melhor iluminação para ler as letras miúdas.

– Essa tal *Nueva Germania*... tu conheces? – Argônio perguntou.

– Sim, já estive lá! Até esbarrei com o tal Föster... Bernhard Föster, que me disseram ser o líder deles.

Nova Germânia era uma colônia localizada no Departamento San Pedro, no Paraguai, criada por famílias alemãs, lideradas por um professor secundarista de Berlin, de nome Bernhard Föster.

– Então... vais avisar Dom Gaspar?

– Não! Eu só quero resgatar o meu pai, trazer ele de volta. Preciso que me arranjes dois camaradas que conheçam a região da fronteira... e o Paraguai.

– De fato... não podes ir sozinho. Mas o teu pai... tu sabes onde ele está?

– Ele anda se batendo por lá. Pelo que escreveu na última carta, esteve pela região de Bahia Negra... também em Caraguatay e foi até o Arroio Itororó. Tenho o endereço em Concepción para onde minha madrasta tem remetido as cartas.

– Melhor que aches o teu pai e não te envolvas com esse Mathias.

Depois de ouvir que em uma semana os guias estariam disponíveis para a viagem, Argônio agradeceu as diligências do amigo e se foi ao escritório da Fazenda Garcia & Cia., a nova sociedade que ele e Belinha tinham concebido com os filhos e com Otílio Mattoso. Precisava deixar tudo encaminhado para o tempo em que estivesse ausente de Cuiabá.

Quando comunicou sua iminente viagem, a reunião dos amigos no domingo seguinte ganhou ares de despedida, embora com muita pilhéria. *Agora que virou industrial, eu desconfio que o Argônio está indo ao sul para conferir se pode fazer frente ao império da Matte Larangeira.* Disse um deles, entre risos. *Mas há de ser empreitada difícil, meu amigo. A Cia. dos Murtinho mantém exclusividade sobre área que abrange todo o território dos kaiowás, desde o limite com o Paraguai, ultrapassa o Iguatemi e vai até os rios Dourados e Ivinhema.* Risch inventariou o extraordinário tamanho do monopólio extrativo da ervateira. *Pois o mínimo que eu espero do Argônio é que ele volte com um acordo assinado... de fornecimento de charque aos armazéns da Cia.!* Mattoso continuou o chiste, despertando risadas.

Já era noite quando palmas insistentes no portão dos fundos da vila fizeram a empregada Josefa interromper a conversa dos homens para, discretamente, chamar o patrão:

— Com licença! Tem um *homi* lá no portão *dos fundo* que quer *fala cum vosmecê*.

— Quem é ele? O que disse?

— É um amigo de vosmecê, que faz tempo eu não vejo mais aqui. Ele *num falô* o que qué, não, Senhô. Mandou foi *chamá vosmecê*.

Argônio levantou-se e foi ver quem era. Enrustido na folhagem rente à murada, Argônio encontrou uma figura exótica que demorou para reconhecer. Era Domênico Pereira

Couto vestindo um desgrenhado uniforme militar com o quepe enterrado na cabeça.

— Mas o que é isso? Pereira Couto... o que fazes aqui?

— Perdão pelo mau jeito... tenho pouco tempo. Ponhas toda atenção ao que tenho a dizer, não posso repetir, nem explicar. Eles estão vindo... prender uns e matar outros.

— Eles quem? Do que estás falando? — Perguntou Argônio.

— Ora quem?! A milícia... do governo! Estão vindo para pegar a ti, ao Mattoso e ao velho húngaro. Vós precisais fugir e tem de ser já. Se não fugirdes, hão de morrer. Te apressa... têm de sair agora! — Ao terminar de falar aos supetões, Domênico abaixou-se e saiu apressado na escuridão da noite.

Atônito diante daquela advertência tão inusitada quanto abrupta, Argônio trancou o portão e correu em direção à casa, mas não teve tempo de se reunir aos confrades.

— Todos presos, em nome da lei!

Era uma voz desconhecida em sua casa e Argônio entendeu que os milicianos já tinham chegado e abordado os amigos, lá na varanda frontal. Escutou o tumulto que se seguiu à voz de prisão. Ouviu a fala de Mattoso pedindo para ver a ordem escrita do Juiz e a cantilena suplicante do padre tentando contemporizar a situação.

— Conspiradores contra a República! Estais presos! — Insistiu a voz que ele desconhecida.

Argônio deu um salto em direção ao corredor, tentando alcançar o armário de armas. Não teve tempo. Ouviu burburinho e gemidos que indicavam luta corporal. Seguiram-se tiros e gritos.

— Estais malucos? Atirais em quem está desarmado? Parem em nome de Deus! — Era a voz do padre que se sobressaía aos gritos dos homens e ao choro das empregadas.

Argônio não teve tempo de alcançar as armas. Ouviu passadas largas e o tilintar cadenciado de esporas e botas avançando sobre o assoalho de sua sala de estar. Os passos vinham em sua direção.

— Onde está o dono da casa, negra? — Ouviu a pergunta em outra voz desconhecida.

— *Num sei, não senhô!* Ele saiu inda agora. — A voz de Josefa misturava desespero e choro.

Argônio recuou até a saída da cozinha, olhou em volta e não viu jeito algum de se escudar por ali. Mas seu olhar alcançou, no quintal, uma montanha de folhas e de galhos que o jardineiro juntara em poda recente das árvores. Correu naquela direção, contornou o monte de entulho, atirou-se no chão, com as mãos e braços foi abrindo um vão na folhagem murcha e, enfiou-se sob o monturo. Virou-se de lado e encolheu as pernas, sem ter certeza se estava todo encoberto. Escutou um tropel na rua dos fundos, depois um grito e um tiro, seguidos do baque que indicava um corpo caindo ao chão. Temeu que Domênico tivesse sido alvejado. Ficou em silêncio e ouviu quando dois dos invasores vasculharam os quatro cantos do pátio, foram ao portão dos fundos, à cocheira e até à pocilga. Depois passaram às pressas pelo monte de entulho, quando Argônio pode ouvir claramente:

— *O fio di uma peste se escafedeu! O que nóis vai dizê pro capitão?*

— Que algum traidor avisou o miserável de nossa diligência...

Argônio ainda pode ouvir estrondos e pancadas, depois um tropel do galope de cavalos se afastando e, por fim, os gritos desesperados de Josefa:
— Meu São Benedito! *Atiraro nos home!* E... pra onde foi o patrão?
— Minha Nossa *Sinhora*! — Exclamou desesperada a outra empregada ao ver os corpos no chão. — E os *outro homi... eles foru preso?*
— Vi que *levaro eles... não sei pronde*. E estes dois *tão é morto!*
Foi nessa hora que Argônio apareceu na varanda e ao ver o patrão, Josefa gritou:
— Patrão, *tá* vivo?! Vale minha Nossa Senhora! Seu Argônio... *mataro* esses dois e *levaro os outro...* na marra. Eu vi!
Argônio deu de cara com Risch e Mattoso sangrando, inertes no assoalho. Atirou-se ao chão para conferir a pulsação e respiração dos dois. Risch lhe pareceu morto, mas viu que Mattoso ainda respirava.
— Josefa, vá buscar um lençol... um pano grande. Corra!
Com a ajuda das duas mulheres, Argônio fez um apoio para elevar o tórax de Mattoso e juntos, com tiras do lençol, improvisaram um torniquete que estancou o sangue que jorrava da omoplata do ferido. Quando Mattoso retomou a consciência e perguntou do amigo, Argônio não confirmou a morte de Risch, limitou-se a pedir que o amigo ficasse quieto até a chegada de ajuda. Passou à Josefa a indicação da casa do médico e deu ordens para que fosse, à galope, chamá-lo. *Ele precisa vir com urgência, diga que é caso de vida ou morte!*
Argônio também escreveu um bilhete que entregou a Josefa enquanto lhe dava mais uma ordem. *Da vivenda do médico*

vá à casa do Matheus Alencar... e entregue a ele este bilhete. Antes que Josefa saísse em carreira, ele a instruiu: *Não fale meu nome ao fisiologista, Josefa. Dize que a ordem de ir buscar socorro partiu do Dr. Matheus Alencar.* Alinhando as duas mulheres diante de si, ele explicou: *os homens que fizeram isso estão caçando a mim... querem matar a mim. Então tendes tenência: para todos os efeitos eu não estou aqui!*

O médico chegou meia hora depois e correu à varanda para atender aos feridos. Constatou a morte de Risch. Logo depois foi a vez de Matheus Alencar apear na entrada principal da casa. Na varanda conversou com o médico, assumiu a autoria da ordem para buscá-lo e, tão logo tomou pé do estado dos baleados, foi até o escritório, onde Argônio se ocupava em separar documentos.

– O que está acontecendo, Argônio? – Perguntou em tom muito baixo de voz.

– Preciso fugir. A milícia está no meu encalço. Atiraram neles, prenderam o Didi e o padre. Vi que o Risch está morto, mas o Mattoso...

– Mattoso perdeu muito sangue. É preciso extrair a bala.

– Não deixa que o levem à Santa Casa... é muito arriscado. – Argônio foi dizendo enquanto caminhava até a porta. De lá chamou Josefa e lhe cochichou: *Arruma uns trajes na mala pequena, pouca coisa. É para uma viagem.* Dada a ordem, voltou-se a Alencar, que só então o tranquilizou. *O médico vai extrair a bala aqui mesmo e, quando der, o Mozart há de levar o Mattoso a esconderijo seguro.*

– O Mozart? Mas ele está doente, de cama...

– Sim, e graças a isso ele não jaz baleado lá na varanda! Ao vir para cá, passei na casa dele e deixei que lesse teu bilhete. Ele está em prontidão para ajudar. E tu, o que tu vais fazer?

Argônio reproduziu a conversa de Domênico com a denúncia de que, além do pobre Risch, ele e Mattoso também estavam na mira da turba miliciana. Contou ter ouvido um tiro lá nos fundos da vila, que bem podia ter sido contra Domenico e confessou-se acuado; obrigado a sair de Cuiabá. Precisava de providências do amigo. *Então não vais a Sant'Ana da Paranayba? Não posso. Será o primeiro lugar a me procurarem, se não me matarem pelo caminho. Acho mais seguro ir rumo à Bolívia. Preciso que contes de minha partida a Belinha e peças a ela que envie recursos para o endereço que em breve vou informar.* Depois de vários pedidos e instruções ao amigo, Argônio se despediu e saiu às pressas pelo portão dos fundos, escudado pela escuridão da noite.

Argônio desapareceu de Cuiabá. Alencar deu parte do ocorrido à chefatura de Polícia, mas sem acusar ninguém. Também foi atribuição dele fazer circular o boato falso de que o atentado devia ser fruto de uma vingança pessoal de um cliente de Risch. Foi o que lhe pareceu conveniente na tentativa de minimizar as tensões em prol da vida dos sobreviventes.

Passados os enterros, Alencar e Mozart fizeram um balanço da situação. Risch e Domênico tinham sido executados na noite do atentado, o juiz de paz fora libertado na mesma noite e o padre fora jogado na frente do bispo na tarde do dia seguinte e logo encontrado, reclamando de fome. Um amigo fazendeiro – presença eventual nas tertúlias domingueiras – fora convidado a entregar boa soma em dinheiro aos milicianos em barganha por sua própria soltura. Parecia claro que os alvos do ataque mortal eram, mesmo, Risch, Argônio e Mattoso, como avisara Domênico que, por tentar salvá-los, fora assassinado. O primeiro estava morto, Argônio saíra de Cuiabá e Mattoso, que fora operado às pressas, tinha sido levado a esconderijo seguro, já na madrugada depois do ataque. Por terem faltado à tertúlia justo naquele domingo fatídico, a Alencar e Mozart restava dúvidas sobre suas sortes. Melhor que se mantivessem em vigilância. A perseguição e as ameaças da *milícia patriótica* eram generalizadas. Um fuxico anônimo sobre um comentário qualquer contra o governo já era suficiente para detonar investidas, atentados e assassinatos. Os efeitos das desavenças extrapolavam em muito o limiar da política para atingir gravemente a segurança pública.

CAPÍTULO 18

No Paraguai

A fuga não foi fácil. De Cuiabá Argônio foi a Cáceres e entrou na Bolívia, onde fez parada longa. Esperou quase dois meses pelo guia indicado por um conhecido de Mateus Alencar. Com a ajuda do guia, *capitán Aguirre*, e com o dinheiro que Belinha lhe remetera, montou a comitiva. Comprou mulas, arreios, mantimentos, contratou dois outros ajudantes para a viagem, que sabia ser longa e difícil. Além de escapulir do alcance da milícia governista, Argônio iria, enfim, resgatar o pai, enfiado em algum canto do Paraguai.

Numa travessia difícil pela região do Chaco a comitiva seguiu a Chiquitos e depois a Villa del Salvador, já no Paraguai, à margem do grande rio. Sua ideia inicial era tomar o caminho de Concepción, de onde o pai escrevera a carta que ele tinha lido. Desistiu para seguir o instinto de Aguirre e foram na direção do antigo comando militar de San Pedro del Ycuamandiyú, onde podiam conseguir alguma informação. Conseguiram. Com outros três camaradas, Gaspar tinha passado por ali alguns meses antes perguntando por um certo Enrique Mathias. *El partió rumbo a Nueva Germania*, ouviram de alguém. Tudo se encaixava, era o mesmo lugar apontado pelo informante de Risch como o paradeiro de Mathias. Lá se foram Argônio e a comitiva, indagando pelo *viejo brasileño* a quem quer que encontrassem pelo caminho. Ao passarem por um *peublito*, uma mulher se aproximou deles e em mistura de guarani com espanhol, disse saber de um homem doente acampado há meses na beira do arroio Araguay-mini. Eles a seguiram até um capão de mato, onde uma curandeira nativa fazia uso de rezas e infusões e cuidava para que o velho não morresse de fome. Era mesmo Dom Gaspar de Sá Ferreira que jazia semi-inconsciente numa barraca improvisada entre as macegas.

– Conseguis me ouvir, senhor meu pai?

Gaspar não ouvia e mal podia ser reconhecido. Parecia um espectro de carne e osso. Os olhos semiabertos flutuavam em algum lugar muito distante dali. A ferida na cabeça denunciava uma machucadura grande, com restos de sangue ressecado. Varejeiras sobrevoavam o ferido, mas quem levava a melhor eram as formigas e outros insetos carniceiros que, como chacais em ávidas procissões, tentavam escalar o corpo esquálido em direção às feridas, querendo arrancar pedaços da pele machucada. Ele não se movia, nem mesmo a se defender dos bichos, deixando a tarefa para a velha curandeira que o acudia.

– Como vos feristes, papai?

O velho enfermo movimentou levemente os olhos. Moveu os lábios, mas voz não saiu. O cozinheiro da comitiva preparou um cozido de charque com mandioca e a refeição, empurrada goela abaixo, deu certo ânimo ao enfermo. Com o passar dos dias Argônio não pode entender o que causara a melhora do pai: se fora a reza e a dança circular da kaiowá, que continuou a aparecer todas as tardes, ou se fora o banho completo e o curativo frequente das feridas mais a ração diária de comida quente. O fato é que Gaspar reagiu e tão logo pode falar, contou sua saga atrás de Mathias. Quando, finalmente, achara o sacripanta, o confronto resultara naquilo. Os camaradas que o acompanhavam tinham sido cooptados por Mathias e ele se fingira de morto para sobreviver. Fora deixado para trás, à beira da mata e teria morrido não fosse a caridade da mulher nativa.

Restaurado algum vigor em seu pai, Argônio o carregou a Concepción e com os cuidados de um fisiologista, Dom Gaspar continuou melhorando. Por precaução, Argônio registrou-se em estalagem no porto paraguaio apenas com a metade de seu nome: José Ferreira. Logo tratou de escrever a Dionísia contando do resgate de Gaspar e prometendo que, tão logo estivesse restabelecido, ele seria embarcado rumo a Cuiabá. A Matheus Alencar ele escreveu sobre uma porção de assuntos práticos, mas somente à Belinha redigiu uma longa e detalhada carta. Contou dos descalabros que soubera de Mathias e pediu que ela prevenisse Dita a não esperar mais pelo marido: ele perpetrara mazelas irreparáveis – como o ataque a Gaspar – que implicavam na impossibilidade de voltar à convivência familiar. Deu sua permissão a Francisco para decidir o que bem quisesse, incluindo largar os estudos e se estabelecer na fazenda, caso desejasse. *Não quero impor minha vontade à vida de meu filho, Belinha.* Ele escreveu. Por fim, pediu desculpas pela grande encrenca em que se metera e confessou não ter planos de voltar tão cedo a Cuiabá. *Aprender a viver por aqui me incomoda menos que a vigilância espúria dos governistas.*

Argônio não disse à mulher, mas o fato é que não era apenas a repressão política que ele precisava deixar para trás. Era muito mais e incluía a parte frouxa de si. Desde a prisão e a demissão, ele começara a se enxergar sem complacência e a reconhecer que o medo tinha orientado suas escolhas. Pelo medo de desagradar o pai ele nunca procurara descobrir o que realmente queria para si; pelo medo de errar na administração da fazenda ele preferira se apegar ao emprego público; pelo medo de expor fraquezas ele nunca se apaixonara por mulher alguma. Por passar a vida aceitando a proteção do pai e o suporte incondicional de Belinha, ele nada tinha construído por si mesmo. Queria deixar para trás aquele nada que lhe pertencia e, como nada tinha a perder, não mais precisava ter medo.

Gaspar restabeleceu-se o suficiente para embarcar a Cuiabá, acompanhado de Aguirre. Pouco antes da partida, contou ao filho de sua busca pelo tesouro enterrado. Claro que não mencionou a parte escusa que envolvia o mapa e deixou para tratar do assunto na última hora para minimizar o risco de ter de falar sobre o roubo e morte do frade. Ocupou-se em descrever o tesouro que lhe fora roubado. *O ouro não me importa, também nunca importou a Caldas, muito menos a Velasques,* explicou. *Estais a falar de Velasques... o moageiro argentino?* O espanto de Argônio era pelo envolvimento de Velasques, não de Caldas, de quem ele já desconfiava.

— Sim, na época, o Caldas negociou com Velasques a entrega do método jesuíta de cultivar erva-mate. Um negócio milionário.

— Mas pelo que sei, o Ernani Velasques morreu há anos...

– Sim... e morreu esperando por isso. Com sua morte, o Caldas desistiu de investir nas buscas e eu tive de seguir por minha conta.

– Por *minha* conta, estas querendo dizer, senhor meu pai!

– Sim, mas eu vou te devolver os contos de réis que me emprestastes. Ainda tenho esperança de resgatar o papel com o método e oferecer à guilda dos moageiros de Buenos Aires por uma montanha de libras esterlinas.

Mesmo devastado pela longa enfermidade, Gaspar não abandonara seus delírios combativos. Argônio nem perdeu tempo em contestar, interessou-se em saber mais do entrevero do pai com Mathias. Gaspar afirmou ter certeza de que Mathias achara o tesouro, não só pelo sumiço do paraguaio, mas pelo rastro de riqueza que ele tinha deixado. Boatos não faltavam. Mathias montara um séquito de bandoleiros luxentos e comprara os melhores cavalos que pudera encontrar, que vestira com selas vistosas do tipo espanhol, com pito e virola de prata. Teria cerrado as portas de uma *bailanta* nas imediações da laguna de Punta Porá e sustentado orgia privativa por quase um ano. Após sua partida, as meretrizes repetiam as bravatas dele e exibiam pedaços de ouro de tamanhos diversos. Uma das damas sumiu por uns tempos e voltou de Assunção com a dentadura inteira dourada. *Mathias sabia do método da plantação de erva e do valor que representava? Não, eu nunca disse a ele! Essa é minha esperança... que inebriado com a riqueza em ouro e diamantes, ele nem tenha valorizado o pergaminho cheio de letras.* Gaspar disse, mas o filho contestou: *Por isso mesmo ele pode ter se desfeito da peça... jogado fora ou... ou entregue a alguém.* Gaspar admitiu que pensava em descobrir isso tudo quando o encontrasse... *mas nosso*

encontro foi um malogro total. Ele tinha uma corja grande de jagunços que me pegou em tocaia. Com pouca defesa eu logo vi minha desvantagem e abandonado por minha própria sentinela. Mas disso tu já sabes, ele concluiu.
– E a posse das terras que dizias manter, senhor meu pai? Deixastes sob cuidados de alguém?
– Posse verdadeira nunca existiu. Existe a escritura de compra de uma sesmaria bem na área do enterro e era isso que me importava... o enterro.
– Então todos os empréstimos que me pediu...
– ...serviram para cobrir as despesas com as escavações.
– O velho se pôs a gemer em intervalos menores e Argônio desconfiou ser mais um ardil para se safar de eventuais reprimendas. *Mas onde ficam essas terras de sesmaria?* – Gaspar deu as coordenadas de localização, mas advertiu: *Não percas tempo com isso... mais valioso há de ser o resgate da fórmula dos jesuítas.* Sem nenhum bom senso e sem avaliar o risco, Gaspar clamava para que Argônio continuasse a caçada a Enrique Mathias. Fosse por sua usual insensatez, fosse pela fragilidade em que se encontrava, ele não considerava a hipótese de o pergaminho antigo – ainda que fosse encontrado – já ter perdido a utilidade para os argentinos. Argônio prometeu que havia de ponderar os riscos e a utilidade de atender a seu pedido.
Depois de embarcar o pai e de obter – do agrimensor mencionado por Gaspar – a escritura da tal sesmaria, Argônio nada mais tinha a fazer em Concepción, aliás, nada mais tinha a fazer em lugar algum e gostou disso. Livre como nunca se sentira antes, resolveu correr os riscos e seguir o rastro de Enrique Mathias. Nem se ocupou em ponderar sobre

sua decisão, talvez porque estivesse exausto de suas próprias ponderações, cansado de ser comedido. Depois do ataque, do assassinato do amigo Risch, da agressão bélica a Mattoso e de sua fuga em que abandonara tudo o que pensava ter, ele não queria mais ser ponderado. Munido de boa dose de ousadia, resolveu dar vazão à vontade de saber o que o paraguaio larápio tinha feito do tesouro; que uso ele dera à preciosa receita da plantação de mate. Ímpeto... ele tivera um ímpeto! Sentia gana por alguma coisa, isso era novo para ele e não podia desperdiçar.

A Milka e Jose – os dois ajudantes que trouxera desde a Bolívia – agregou uma escolta armada e tomou o caminho de San Pedro del Ycuamandiyú. Foram dias de marcha até chegar à tal colônia alemã, mencionada na pista obtida pelo velho Risch. Era uma localidade a oeste de San Pedro com mais de 20 mil hectares de superfície, entre os afluentes do rio Jeyui. Duas torres de pedra protegiam a entrada da povoação, ornada por uma placa dizendo *"Bienvenidos a Nueva Germania"*. Argônio fez sua comitiva parar. Ao invés de entrar na aldeia e propiciar a fuga de Mathias – caso estivesse ali – entendeu melhor espreitar a região. Saiu da trilha batida e guiou o grupo por um atalho em direção à mata densa, que penetrou o suficiente para que a borda de arvoredo ocultasse o acampamento. No alto de um *angelim vermelho,* montaram guarita a facilitar vigília.

O canto de pássaros, o guinchar de macacos mais o zumbido das cigarras e o cricrilar dos grilos se juntavam numa algazarra única ou se combinavam em revezamento, de modo a escassear o silêncio. Mas foi uma hora de pouca balbúrdia que propiciou a confirmação que estavam no lugar certo. Fazia calor abafado que arriava os bichos e tudo se fazia parado. Na mata inerte moviam-se as nuvens de biriguis e só se escutava os piados de alguma coruja insone ou o estralar de tenros gravetos quebrados à passagem assustada de algum rastejante miúdo. Foi então que Argônio pode ouvir a conversa em guarani, cheia de risadas e reconheceu a voz de Enrique Mathias.

Seguiram-se as semanas de preparação da emboscada. O plano era descobrir a morada de Mathias, depois atrai-lo para as bandas do rio. A Milka coube a função de espia, passando-se por lavrador. Conseguiu arrimo na roça de Federico Neumann, um dos recrutados por Bernhard Förster, de quem Milka só ouviu falar quando lhe contaram que ele já tinha morrido. *O Herr Förster foi o que se matou!* Quem falou dele foi um dos outros serventes nativos da roça de Neumann. *Mas quem era ele?* – Milka tinha perguntado. *O chefe de tudo aqui. Morreu de doença? Não, tomou uma mistura de morfina e estricnina.*

Juntando os pedaços dos relatos colhidos por Milka e outros que ele mesmo ouvira, Argônio entendeu a história de Nueva Germania. Na Alemanha, o tal de Bernhard Förster tinha fundado a *Deutscher Volksverein* – Associação do Povo Alemão – e se destacado na facção antissemita da extrema direita. Isso o fizera perder o emprego de professor secundarista em Berlim e sair em viagem à América onde, depois de muito pesquisar, escolheu um trecho do Paraguai como lugar ideal para estabelecer um assentamento. O governo paraguaio lhe tinha cedido mais de 20 mil hectares, sob o compromisso de formar – em dois anos – uma colônia com 140 famílias.

De volta à Alemanha, Förster casou-se com Elisabeth Nietzsche e o casal passara a propagar seu projeto, angariar doações e conquistar adeptos à colônia:

"Cansado de viver no velho país? Então venha para Nueva Germania, onde temos escravos paraguaios, comida e frutas frescas, clima fantástico e propriedade agradável."

Com tal chamamento estampado em folhetos distribuídos Alemanha afora, os Föester reuniram um grupo pioneiro de famílias desejosas de uma pátria que assegurasse a sobrevivência da *raça pura*. Assim tinha sido fundada a colônia Nueva Germania alguns anos antes, orientada por palestras sobre a *purificação e renascimento da raça humana* ou a *salvação da cultura da humanidade*. Nos seus momentos de maior euforia, o megalomaníaco casal Förster defendia projeto ambicioso de – a partir da colônia Nueva Germania – reivindicar toda a América do Sul para a *raça pura*.

Tais planos começaram a ser derrotados por doenças tropicais e já em 1888 boa parte dos colonos tinha desistido. A ignorância sobre as condições do solo local, as dificuldades de adaptação das culturas agrícolas que conheciam redundaram em fracasso total. Com pouco mais de 40 famílias, Nueva Germania não atendia à exigência contratada pelo governo do Paraguai. Enquanto as dívidas se acumulavam, Bernhard Förster foi desanimando, desenvolveu propensão ao alcoolismo e acabou por se suicidar.

Apesar da ideologia racista, o instinto de sobrevivência tinha se imposto e os alemães remanescentes não tardaram a relativizar suas convicções para conviver e aprender com a população nativa. *Agora os alemães cultivam mandioca, milho...* Dissera um dos paraguaios da roça de Neumann. *Eu entendo, são as plantas que dão bem por aqui!* – Concordara Milka.

– Eu soube que o tal Neumann está fazendo vingar um canteiro com erveiras... as que dão erva-mate.

– Erva-mate?! Tu viste essa plantação? – Argônio saltou da rede e seus olhos quase pularam das órbitas.

– Ver... ver mesmo, bem de perto.... isso eu não vi. Só de longe.

Era verdade. Observando os costumes locais, os estrangeiros tinham posto atenção na erva-mate, produto muito valorizado no mercado platino. O próprio Federico Neumann se ocupava de experimentos para fazer germinar as sementes da *Ilex paraguariensis*. Como outros colonos de Nueva Germania, Neumann vislumbrava que o cultivo e comércio da erva podiam ser a sustentação econômica da colônia.

A mente de Argônio rodou feito pião. Teria Mathias lhes vendido a peça por um pouco mais que nada? *Então o desgraçado enganou, furtou e tentou matar um homem velho... por nada? Só pelo prazer de enganar!?* – Pensou Argônio cheio de raiva. Foi naquele instante que resolveu fazer o que fosse preciso para descobrir o que acontecera com a fórmula do plantio e, também, para vingar o pai. A captura de Mathias tornou-se emergência.

Na roça, Milka continuou atento a tudo, mas nada ouvia sobre Mathias. Só foi ouvir esse nome na ferraria, onde entrou para forjar um machado.

– E quanto vai me custar? – Perguntou ao atendente.

– Espera um *ratito*... vou perguntar ao patrão. – Virando-se para o homem que se ocupava da bigorna nos fundos do barracão, perguntou: *Seu Mathias... um machado... de tamanho grande, quanto vai custar?*

Era o próprio! A posteriori e discreta vistoria de Argônio constatou ser mesmo Enrique Mathias, que tinha se apresentado há algum tempo em Nueva Germania como ferreiro. Para os locais fora providencial a aparição de Mathias, com boa carga de matéria-prima, meia dúzia de cadinhos, martelos e malhos, a instrumentação completa para malho e forja. Da bigorna de Mathias saiam enxadas, foices, machados, ferragens e utensílios domésticos, suficientes para suprir as necessidades dos colonos de Nueva Germania. Trabalhando de sol a sol, o ferreiro mal tinha tempo para comer e dormir na choça improvisada atrás da ferraria.

Depois de dias de espreita, Argônio e seus homens aproveitaram a discrição de uma noite escura e chuvosa para o ataque. Os capangas capturaram e carregaram Mathias para o acampamento, enquanto Argônio esquadrinhou cada centímetro da ferraria e da choça. Esperou amanhecer e procurou de novo e mais uma vez. Não encontrou o papel com a receita centenária.

Mathias tampouco ajudou. Negou terminantemente que soubesse do que estavam falando. Depois foi amarrado a um tronco com a promessa de que seria liberado se contasse a verdade sobre o documento. Mesmo sob açoites, manteve a cara de provocação e o sorriso sarcástico. Em alguns dias começou a mostrar esgotamento, mas continuava esbanjando zombaria. Gracejando da inocência de Argônio, relatou a longa sequência de falcatruas de que fizera parte. Contou com detalhes a maquinação sórdida de anos antes, para roubar o mapa do frade português. *Eu contratei o bandoleiro para executar o serviço e sabe a mando de quem? De tu padre! De tu padre, cabrón!* OÍSTE: DE TU PADRE, TONTO! Mathias gritava e gargalhava, esbanjando escárnio. *Y siempre creíste que tu padre era honesto. Qué imbécil siempre fuiste. Tu padre es más ladrón que yo.*

— E quem matou o Cosme, o executor do ataque ao frade? — Perguntou Argônio.

— Claro que fui eu. O desgraçado queria mais dinheiro para me entregar a mala roubada do padre.

Entre risadas provocativas, intercaladas pelos sopapos que recebia, Mathias confirmou o que Argônio já sabia, que o roubo do mapa e a apropriação do tesouro fora combinação entre Gaspar e o coronel Jeronimo Caldas e que depois das primeiras escavações, Gaspar assumira o comando da operação. Contou como tinha sido fácil ludibriar o *velho parvo* que se limitava a ficar descansando nos acampamentos, enquanto ele esquadrinhava a região, mapeando na cabeça os lugares em que faltava escavar. *Até que o imbecil foi se meter em entrevero de política... teu pai era velho parvo. Eu matei ele, tu sabes?* Não matou, não. Ele está bem vivo em Cuiabá. Mathias não pareceu acreditar.

— E além do ouro e dos diamantes... o que mais achaste enterrado?

— Queres saber da bula da plantação da *hierba mate?* — Ele esticou o pescoço, liberando uma gargalhada em direção ao céu. — Era a maior gana do velho maldito!

— Onde está essa tal... bula? Que fizeste com aquele papel, seu desgraçado? — Perguntavam os homens de Argônio.

— Isso eu não digo nem hoje nem... nunca! — O riso debochado de Mathias tinha o poder de bofetadas na cara de Argônio. — Podem até me matar!

Não falou mesmo! Desacato, surras, tortura, fome e sede. A tudo Mathias foi submetido e a tudo resistiu. Mesmo exausto, doente e machucado ele se recusava a falar e ainda encontrava forças para tripudiar.

Enquanto no meio do mato seus homens continuaram tentando arrancar a verdade do prisioneiro, Argônio foi buscar respostas na povoação. Apresentou-se na venda local como um professor brasileiro a caminho de Assunção e conseguiu hospedagem num galpão de forragem. Demorou semanas até se avistar com Federico Neumann, fazer contato com ele e conseguir achar jeito de indagar sobre a erva-mate.

— Eu me *interressa por esse planta*. Aprendi com os índios de aqui que beber o mate permite jejum *porrolongado*, preserva energia física e mental... *o pessoa* fica capaz de suportar fadigas *grrrandes*. — Explicou Neumann com forte sotaque.

— No meu país também se aprecia muito o tererê e, em algumas partes... também o mate com água quente! Lá temos muitos ervais silvestres, sabeis que a erva-mate não se deixa domesticar...

— Era o que pensava eu no *prrincípio*, mas depois ouvi dos nativos de aqui que se pode cultivar *o planta*.

— Humm! É possível o cultivo, então? — Era como se Argônio estivesse pisando em ovos.

— *Enton*... eu comecei *essas experrimentos* e depois de muitas tentativas *eu xá pode ver o gerrrminaçon dos sementes*, mas... o professor... como se chama?... Herr Ferreira... *trrabalha com o hierba mate?*

— Não, mas conheço a pujança da extração de erva-mate no sul de Mato Grosso.
— Sim, sim, tem até aquele *emprresa grrande*... *o* Matte Larrangeira. Aqui temos o *Industrrrial Parrraguaya*.

Como no Brasil, uma grande empresa ervateira também tinha sido criada no Paraguai. Ao tempo em que sancionou a lei para liberar a venda das terras e ervais públicos, o governo paraguaio permitiu a criação da Industrial Paraguaya S.A. que adquiriu quase três milhões de hectares de terras com quase a metade coberta de ervais.

— *Ficarron parra os* pessoas comuns somente os ervais mal localizados ou desgastados...

— Ah sim, entendo seu interesse em formar ervais novos.
— Argônio tentava levar o assunto no rumo que lhe interessava. Nem ele mesmo percebeu, mas apesar da situação difícil já não lhe faltava o fôlego, as palavras já não estavam amarradas e saiam inteiras de sua garganta.

— *Facile nom és. No sementes* há um *embrion* dormente e é preciso descobrir o *xeito* e o tempo cerrrto de ativar esse *embrion*, de *maneirra* que... como se diz? ... que acorde *madurro* e *forrte* para vencer *o* resistência... *do casca*. Esse parte eu *xá* entendi como *fasser*...

— Seguistes uma fórmula botânica?
— *Non Herr* Ferreira. Tive de *experrimentar* uma centena de *fesses*... pela técnica de *errro* e acerto... Numa delas... *puph!* Estava lá o *brroto!*

— Mas... os nativos não se lembram do processo dos jesuítas?

— *Non! Solamente afirmom* que *es possible*, mas *nenhuma deles* sabe como *fasser*. Eu então me ocupei de observar o hábito digestivo de *os passarrrinhos* que espalham *o semente*. Deu cerrrto!

Estabelecida certa camaradagem entre ambos, o colono convidou Argônio para conhecer sua plantação. Lá estavam, numa estufa rudimentar, algumas centenas de mudas de erveira, de tamanhos diversos, a comprovar as tentativas continuadas do imigrante. Nas redondezas, a céu aberto, escudadas pelo mato nativo, filas enormes de erveiras já transplantadas, em diversos estágios de crescimento.

– *Agorra* estou estudando o melhor *xeito* de transplantar *os* mudas pequenos e daí a um passo está o cultivo em grrrrande escala. – Disse ainda Neumann.

De duas uma, ou era muito dissimulado ou, de fato, o colono alemão chegara ao resultado da germinação das sementes por esforço próprio. Mas isso já não importava diante da plantação que via diante de si. O fato é que o segredo do cultivo da erva-mate, valioso para os argentinos, já não existia. Terminara o mistério e, com ele, a última – e talvez maior – desventura de Gaspar de Sá Ferreira.

Ao se reunir com seus capatázios naquele fim de tarde, Argônio notou a cara anuviada de seu prisioneiro. Mathias perdera a petulância e o riso maledicente. Um dos pistoleiros contratados em Concepción tinha atravessado um tiro de mosquete num dos braços do infeliz e algum dos outros homens lhe decepara o dedo mindinho da mão direita. Desfalecido, com partes do corpo e das vestes encobertas de sangue, a situação de Mathias era deplorável. Seus olhos escuros já abriam pouco, como em súplica. Não era aos algozes que suplicava, mas a algum espectro que parecia enxergar entre as copas das árvores. Logo depois desfalecia, deixando cair a cabeça, enquanto murmurava palavras confusas. Argônio pensou ter ouvido dele um clamor pela esposa que abandonara em Cuiabá. *Dita... ayuda!* Mas logo duvidou de seus próprios ouvidos.

    Sem saber se por piedade do próprio Mathias ou por respeito a Dita, Argônio resolveu pôr fim ao sofrimento do sacripanta. Com a respiração entrecortada, suas mãos firmes se crisparam sobre o rifle. Apontou e pressionou a coronha. Foi um tiro de misericórdia, na testa. Um dos homens carregou o defunto até o rio. Ao cair, o corpo de Mathias afundou como uma pedra, mas emergiu e se equilibrou sobre a água. Depois seguiu, docilmente, como um tronco podre levado pela correnteza.

CAPÍTULO 19
Encantos e encontros

Uma notícia bombástica acabara de chegar a Cuiabá. O senador Joaquim Duarte Murtinho assumira o Ministério da Indústria, Viação e Obras Públicas, naquele segundo ano de governo de Prudente de Morais – o primeiro Presidente civil do Brasil. *Viva! Nosso Estado agora há de ter o tratamento que merece!* Disse alguém. *A segunda dose hoje é por minha conta!* Brindava um outro freguês assíduo no bar do Mozart.

Mas apesar da euforia as comemorações tiveram de ser breves. Como vinha fazendo há tempos, Mozart fechou o bar mais cedo. Ainda que já amenizada a força bruta da repressão política, os amigos mantinham muita cautela, desde o ataque mortal sofrido que, por sinal, tinha restado impune. Depois de uma indigente investigação, o caso das mortes de Risch e Domênico foi arquivado sem solução.

– E o Argônio, tem dado notícias? – Perguntou Mozart quando ficaram sozinhos.

– Sim, continua no Paraguai e não volta a Cuiabá tão cedo... se é que volta! Ontem recebi mais uma carta dele... sobre os arranjos a providenciar com a firma comercial de

carnes. Está passando tudo aos nomes dos filhos, um deles, o mais novo... – Alencar dizia.
– ... o Francisco...
– Sim, o Francisco, deve permanecer na administração da produção de charques até que Mattoso possa voltar à gerência geral. – Concluiu Alencar.
A recuperação de Mattoso tinha sido demorada e difícil. Na mesma noite do atentado, Alencar e Mozart aceitaram a oferta de Dita e esconderam o amigo ferido num cômodo discreto na ferraria, em espera de hora melhor para carregá-lo a local seguro em Várzea Grande. Mas a extração do projétil pelo fisiologista fora feita em condições precárias na varanda da casa de Argônio e acabou resultando num abscesso persistente. A infecção lhe enfraquecera demais e o teria matado não fossem os cuidados de Dita. Ela passara semanas a fio lavando o quisto com chá de calêndula, ministrando compressas para drenar o local, outras mais para diminuir a febre. Numa segunda fase do tratamento passou a aplicar cataplasmas, ora de ervas refrescantes, ora de seiva de babosa até a cicatrização da ferida.
– Tu sabes se o Mattoso já voltou a Cuiabá? – Alencar perguntou.
Mozart não sabia. Não sabia de Mattoso desde sua partida de Cuiabá. Quando recuperado da infecção, ele tinha se apurado em sair da ferraria para se refugiar na fazenda do tal amigo em Várzea Grande. Não que não fosse grato pelos cuidados de Dita e seus filhos, ao contrário, ele não se lembrava de ter sido tão bem assistido antes, por quem quer que fosse. Os meninos velavam por ele durante a noite, Dita e Gerusa se revezavam ao longo do dia. *Não sei se vou*

poder pagar o que fazem por mim, ele chegou a dizer. Mesmo assim, viu urgência em se afastar e nem fora o temor de ser encontrado pela milícia política. Ele tivera receio de que, ao ser descoberto ali, alguém pudesse maldar a longa estadia de um viúvo na propriedade de uma senhora de marido desaparecido. Na emergência para salvar Mattoso, ninguém se preocupara com isso, mas com o passar do tempo, o constrangimento fora ficando evidente. Ao se despedirem, Dita limitou-se a repetir recomendações: *Só não deixeis de forçar essa mão direita, Seu Mattoso. Sim... todas os dias Dona Dita. Logo estarei apto a escrever de novo.* É que um dos tiros atingira alguma enervação importante, tirando a destreza do braço direito de Mattoso a dificultar o exercício de seu ofício de guarda-livros. Foi então que Dita tivera a ideia de mandar vir da fazenda muitas tiras finas de couro curtido para que ele praticasse o trançado. Assim ele partira a Várzea Grande e ao produzir interminável metragem de corda para laços de boi, os exercícios foram lhe devolvendo os movimentos na mão. Quando bem recuperado e já ciente do arrefecimento da perseguição política, ele voltara a Cuiabá, mas era fato recente e os amigos ainda não sabiam disso.

— Estais *cêpo* de curado! Que bom, Seu Mattoso. Aceitais um refresco? Acabei de fazer. — Foi a reação alegre de Gerusa ao ver Mattoso saindo pelos fundos da ferraria e caminhando em direção à casa.

— Estou em Cuiabá desde ontem e vim agradecer o que fizéreis por mim. Quiçá eu estava morto se não fosse a iniciativa de Dona Dita e os cuidados de vós todos.

No jardim frontal da casa, depois do primeiro gole do refresco, Gerusa explicou que sua mãe estava na fazenda...

com tia Belinha, mas não deve demorar e notou uma boa dose de desapontamento no semblante de Mattoso.

Mattoso relatou sua estada na fazenda em Várzea Grande, detalhando a recuperação lenta dos movimentos do braço e da mão. Autorizada pela amizade que tinham construído durante a convalescência dele em sua casa, Gerusa – com a ajuda dos irmãos, que se reuniram a eles ao fim do dia – reproduziu a versão que lhes chegara sobre a morte de Enrique Mathias no Paraguai. *O tio Argônio seguiu a pista dele desde Concepción, mas quando chegou à vila...* ela dizia ... *Acreditais que ele tinha montado uma ferraria lá, Seu Mattoso?* Interrompeu o irmão. *Pois é, ao chegar lá, o tio Argônio soube que ele já tinha morrido. Assassinado. Assassinado?* Repetiu Mattoso com espanto. *Ele não conseguiu confirmar o motivo, parece ter sido um acerto de contas... desavença por dívida. Meus pêsames! E Dona Dita... como ela está?* Mattoso se preocupou. *Mamãe já sofria muito... pelas maluquices de papai e, nos últimos anos, com o sumiço dele. Eu penso que ela está conformada agora.* Respondeu um dos rapazes e Gerusa concluiu o assunto dizendo que *depois dessa temporada com a tia Belinha na fazenda, mamãe há de voltar melhor.*

Previsão certeira. O período que Dita e Belinha passavam juntas era curativo, para ambas, ainda mais ali na fazenda onde tinham vivido a meninice. Mas além de lembrarem das peraltices da juventude, as duas aproveitavam a rara privacidade para trocar confidências, conselhos e conversar sobre assuntos que não podiam falar com mais ninguém.

– Tu pensas que o Argônio escreveu toda a verdade sobre o Mathias? – Dita perguntou.

— Não creio, mas suponho que ele contou tudo o que importa, Dita.

Mesmo antes de saber do assassinato do marido *por um desafeto num acerto de contas* — na versão que lhe chegara na carta de Argônio — ela entendera que jamais teria voltado a ver o marido, mesmo se ele permanecesse vivo. Ele tinha feito morada permanente no Paraguai.

— Ter a certeza de que ele já tinha nos deixado para sempre é menos doloroso do que viver na indefinição... naquela agonia, sem notícia alguma.

A amiga assentiu e perguntou *tu pensas que teus filhos vão sentir falta dele?* Dita respondeu sem pestanejar *não creio, eles se acostumaram a viver sem o Mathias... que nunca foi um bom pai. E tu... como te sentes, Dita?* Desta vez a resposta demorou para sair. *Nada! Sinto uma estranha indiferença. No começo eu gostava tanto dele, tu sabes disso!* Belinha concordou. Dita continuou: *mas depois de tanto desengano, creio que deixei de gostar.* Belinha perguntou: *E ele, chegou a gostar de ti? Nos primeiros tempos ele até me dedicou algum sentimento, mas acabou logo.* Belinha fez outra pergunta: *Ele nunca foi um bom marido?* Dita disse que não, lembrando a insegurança que sentia com o desassossego dele, com os devaneios atrás de novos empregos, desde o armazém no porto de Corumbá até o desastrado garimpo no rio das Garças.

— Ele não se aquietou nem mesmo quando tu montastes a ferraria...

— Não. Olhando de agora, vejo que ele deve ter impertretado meu feito como uma forma de o segurar em Cuiabá. Na verdade, ele nunca se importou com o meu desvelo por ele. Era só indiferença, mesmo quando comprei nossa casa... ou quando montei a ferraria.

— Talvez porque se sentisse diminuído por tua tenacidade, por tua capacidade de conseguir as coisas.

— Creio que nunca tenha olhado de verdade para mim, nunca me enxergou, Belinha. Nossa vida não teve afeto... nem troca de cuidados. — Depois de uns minutos, Dita continuou, chorosa:

— Eu nunca senti do Mathias qualquer zelo... nem pelos filhos. Tu podes não entender o que vou dizer, mas eu recebi mais gentilezas e afeição de um estranho.

— Estás falando de...

— Sim, do *Seu* Mattoso. E eu gostei de dispensar cuidados a um homem receptivo. O Mattoso se mostrava grato, feliz com minha atenção e eu me senti importante para alguém... tu entendes?

Belinha entendia e sorriu discretamente. Passou a elogiar Mattoso, falar das coisas boas que sabia dele, como sua competência para o trabalho e a lealdade aos amigos. Arrematou dizendo que ele tinha se casado muito cedo, mas a esposa logo ficara doente e ele cuidara dela até a morte. Falou do sofrimento dele ao perdê-la e do desinteresse por novo casamento.

— Quem sabe... agora... — Sugeriu Belinha com risinho sagaz, que Dita fingiu nem ter notado.

Num outro dia, quando já se aproximava a partida de Dita a Cuiabá, as duas voltavam do cemitério da fazenda — tinham ido visitar as tumbas de Pedro e Risoleta Garcia — e ao verem a sombra de uma grande árvore próxima ao rio Quitéria apearam dos cavalos e se sentaram sobre a hera rasteira que conseguia se impor numa clareira do capim colonião.

– Tu não sentes solidão aqui na fazenda, Belinha?

– Talvez tenha sentido algum dia, mas nem me lembro.

Ficaram caladas por um tempo, absortas na calmaria da tarde em que até os bichos da mata pareciam exaustos pelo calor.

– E agora... o que vais fazer com essa fuga de Argônio ao sul?

– Não muda muito para mim, Dita. Do jeito que vivemos – eu aqui e ele em Cuiabá – não posso dizer que sentirei sua falta. Mas eu me preocupo com ele... não sei como há de sobreviver longe de tudo o que conhece.

Belinha confessou que, pelas cartas que recebera de Argônio, ela o sentira diferente. *Ele está determinado, mais seguro de si e diz não ter planos de voltar, mesmo agora que diminuiu a perseguição. O Paraguai operou alguma mudança nele, Dita.*

– Mas o que pode ter causado isso nele, Belinha?

– Não sei, mas agora quero falar de mim, Dita. Eu também mudei. A troca de cartas e de confidências com Pablo Velasques preencheu uma fenda profunda que, aos poucos, eu fui reconhecendo em mim.

Belinha nunca confessara a ninguém a dimensão que tomara a correspondência com Velasques e, ali, na calmaria da sombra naquela tarde quente, teve vontade de dizer tudo. Começou contando a negação dos primeiros tempos, falou do espanto e da curiosidade pelas emoções novas que lhe acometiam, lembrou-se do susto por se flagrar encantada pelo argentino e confessou a culpa que se seguiu. Resumiu, enfim, o turbilhão de emoções que fora experimentando ao longo dos anos.

– Não temes que esse enlevo tenha reduzido teu discernimento... teu senso crítico em relação a Velasques?

– São mais de quinze anos de confidências, Dita! Ultrapassamos a fase de fantasias. Sem falar que, na maioria do tempo, nada esperávamos um do outro, então nossas cartas foram sempre orientadas pela franqueza, por confissões sinceras em busca de redenção. Sabemos cada pecado um do outro.

– E agora, já esperam alguma coisa um do outro?

– Ele há muito mais tempo. Eu demorei para perder os receios e me permitir a experiência do amor. Só agora admito estar cheia de esperança de poder viver com ele.

As duas falaram longamente do assunto. Belinha confessou que a viuvez de Velasques fizera nascer nela a vontade de se mudar para Buenos Aires, como ele queria. *Nesse ponto, a permanência de Argônio no Paraguai te favorece... é como se estivesses liberta do casamento. De certa forma, sim. Mas o que aumenta minha esperança é a iminente chegada de Francisco. Se ele tomar conta dos negócios posso me dedicar completamente à literatura.* Dita deu uma risada maliciosa ao dizer: *Em Buenos Aires, bem perto de Velasques.* E Belinha concordou: *Tenho sonhado com isso, Dita.*

Ao voltarem para a sede da fazenda naquela tarde, Belinha se sentia leve. Verbalizar sua história com o argentino tinha lhe feito bem, assim como a compreensão e conivência de Dita. Só tinha lhe faltado coragem para falar da luxúria a que Velasques lhe inspirava, talvez porque ela mesma se constrangesse com seus devaneios e sonhos sensuais. Ela não sabia se aquele resquício de recato era um tênue e derradeiro marco de autocensura, ou se era puro zelo pela intimidade que pretendia dividir apenas com o seu amado.

O tempo juntas na fazenda e as conversas entre as duas *irmãs* foram restauradores para ambas. Sozinha, de volta à rotina da fazenda, certo dia Belinha recebeu uma carta diferente de Buenos Aires.

Eu podia começar por "Prezada senhora Sá Ferreira" como te chamava no início de nosso colóquio, também pensei em mencionar "Senhora Isabel", mas só tenho vontade de escrever "Querida Belinha."

Já não posso mais suportar, preciso te encontrar. Sonho tomar-te em meus braços. Sonho em te oferecer amor, a ser entregue sem pressa, com arte e intimidade. Quero tocar com calma cada atributo que me apresentastes no esmero de tua escrita e na aura mágica da sedução que comunicas com a sutileza de mestra. Se fazes amor no manuseio da palavra escrita eu me permito imaginar o que serás capaz de fazer com o tratado artístico de teu corpo. Se a absorção de teus néctares intelectuais já desperta um novo amanhecer em mim, me vejo zonzo ao imaginar o que sentirei quando puder colher o aroma que jorra de tua pele.

Tenho comprada uma passagem de barco de Buenos Aires a Cuiabá e organizei tudo para chegar em tua fazenda na manhã do primeiro dia do outono. Para todos os efeitos, irei colher tua assinatura em novo contrato com uma nova Revista. Muito vantajoso, por sinal. Caso não queiras minha visita, remeta um telegrama tão logo leia esta carta. Pois, caso não retornes, tomarei teu silêncio como aceitação.

Pablo Velasques

Ela leu e se manteve em silêncio.

O resto do verão pareceu durar uma eternidade. Do terraço da casa, que elegeu como seu posto de espera, sob a luz do luar ela ensaiava o que dizer a Velasques no encontro iminente. *Seja bem-vindo à minha fazenda!* Não, isso não, melhor se dissesse *que bom que chegaste, eu te esperei muito.* Mas a lua parecia indiferente ao que ela devia dizer. Ela o imaginava alinhado e garboso como o conhecera, apesar de um pouco envelhecido, mas e ele? Teria ele ciência de que a moça jovem que o tinha atraído se convertera numa senhora? Teria ele imaginado o quanto mudara sua aparência com o passar dos anos? Teria se preparado para vê-la envelhecida? Todas essas dúvidas foram se acumulando naqueles dias e noites sem fim.

Na data anunciada, Pablo Velasques chegou. Depois de ouvir que Dona Isabel Garcia tinha saído a cavalo para vistoriar uma plantação e de ouvir, de um capataz, as coordenadas da rota provável que ela tinha seguido, ele deixou a mala na sede da fazenda e saiu a galope na direção indicada. Mais de hora depois ele enxergou a montaria à entrada da uma *ranchada* abandonada, onde ela tinha parado. Quando o viu, as pernas dela ficaram bambas, mas conseguiu caminhar a seu encontro. Ele apeou, andou lentamente até ela e ficaram se mirando por um tempo indefinido, sem nada dizer. Por fim cumprimentaram-se, quase como estranhos.

Estavam tímidos, nervosos, pouco à vontade. Desaparecera a intimidade exercitada nas cartas.

— Tu não me esperavas? Penso ter avisado a data de minha vinda. — Ele disse.

— Avisou sim, eu preferi te esperar longe de todos. — Ela respondeu retraída e resolveu explicar. — Eu temia minha reação quando de tua chegada.

Ele entendeu, sorriu e deu alguns passos até alcançar e segurar as mãos dela, que beijou, enquanto lhe mirava os olhos. Assim inauguram o toque de suas peles.

Apesar da incerteza que a consumira nos últimos tempos — por não ser mais a figura de mãos bonitas de quinze anos antes — ela não se sentia insegura, talvez porque não houvesse espaço para mais nada no turbilhão de emoções que lhe acometiam. Nenhum receio, vergonha ou censura seria capaz de cessar a profusão de encantos e de desejos que quebravam todos os grilhões da sua ditadura racional. Depois de tanta intimidade, confidências e fantasias partilhados na correspondência com Velasques, ela não pretendia reprimir a torrente de emoções que o encontro lhe propiciava. Em seus ensaios no terraço da casa sob inspiração do luar, ela não conseguira escolher frases ou ações para aquele momento, por entender que diante das circunstâncias, só lhe cabia deixar fluir as emoções, abandonar-se a quaisquer desígnios sensórios, ainda que se visse tomada pela luxúria, que ela só conhecia em sonhos.

Abrigaram-se à sombra de uma árvore frondosa, de onde se podia ouvir o barulho da água corrente. Ele a abraçou e, depois de um tempo, de mãos dadas, tomaram uma trilha e seguiram em direção ao riacho. As imensas árvores, muito agrupadas, dificultavam a entrada de sol, justificando a escassa vegetação rasteira. Sob as copas altas, arbustos de médio porte preenchiam os intervalos entre os grandes troncos e estava linda a coloração das folhagens de outono, mas eles nada viam. Lado a lado, mudos, caminhavam com os corações aos saltos. Às vezes se olhavam, com sorrisos nervosos.

Ao chegarem à margem do córrego, ele tirou um lenço branco do bolso e o estendeu sobre o capim rasteiro que cobria a barranca. Suavemente puxou-a pela mão para que se sentasse no sofá improvisado. Ela obedeceu. Sentou-se com as pernas dobradas para o lado direito, sustentando o peso do tronco no braço esquerdo esticado. Ele tirou o chapéu, pendurou-o num galho seco de bocaiuva e foi se acocorar ao lado dela. Por instantes ficaram observando o fluxo da pequena correnteza pouco abaixo deles, sorvendo o frescor da sombra e o barulho da água corrente que competia com os rumores dos animais na mata. A seu lado Belinha se sentia entorpecida pela emoção e temia que os saltos de seu coração pudessem fazer ruído maior que a pujança da natureza ao redor. Ela estava zonza pela intrepidez crescente da qual se sentia capaz com aquele homem, com quem havia sonhado por tantos anos.

Ele se voltou para ela, tomou sua mão direita e a beijou. Ela estremeceu e nem tentou disfarçar. Então ele se ajoelhou na frente dela, tomou seu rosto entre as mãos e a beijou na testa, nas bochechas, nas pálpebras fechadas, no queixo e, com seus dedos longos penteou seus cabelos. Abraçou-a, puxou-a gentilmente e a aconchegou em seu peito. Mantiveram-se assim por um tempo, abraçados e com corações disparados. Ele passou a lhe acariciar os ombros, as costas e voltou aos cabelos, beijando-os, assim como a face. A certa altura, com grande delicadeza, ele levantou o seu queixo e encostou os lábios nos dela. O roçar demorado e suave de bocas foi provocando impulsos de sofreguidão, no início contidos, mas foram crescendo mais e mais, até que as bocas se viram fundidas em gulodice excitante. As mãos desgovernadas foram procurando os ombros, os braços e as costas – um do outro – e permaneceram por algum tempo em carícias recíprocas, até que ele lhe tocou os seios, potencializando a volúpia, que ela mal controlava. Ela gemia, sentindo seu corpo implorar por mais, agarrando-se nele e, de olhos fechados, ergueu o rosto em direção ao céu, em demonstração de entrega, de submissão total.

Ele a beijou no pescoço e nos ombros. Os lábios grossos foram descendo em direção aos seios, onde já estavam as mãos. Primeiro ele acariciou com a face e a boca semiaberta os mamilos que, mesmo sob o colete, se denunciavam entumecidos e salientes. Depois, as duas mãos longas se puseram a abrir os botões da roupa dela, bem devagar, como para eternizar cada emoção daquele turbilhão de desejos e de entregas. Mil arrepios de êxtase percorreriam seus corpos, enquanto ele cadenciava a lida delicada nos botões com murmúrios sensuais. Seus sentidos ficaram turvados e Belinha se sentiu a esmo de quaisquer que fossem os desígnios de seu tão desejado amante. Depois de lhe despir da blusa e de arrancar, com certa dose de fúria, o corpete, ele voltou à delicadeza extrema para observar os seios nus e beijá-los longamente, intercalando beijos e carícias com sussurros de desejo. Ela se entregou a uma excitação jamais experimentada. Ele prosseguia sem pressa e, enquanto colava sua boca na dela, desabotoava a parte de baixo de sua vestimenta. Depois ele a levantou com sofreguidão para que o corpo dela pousasse sobre o seu e ele a liberasse da saia, do saiote e de outras peças de baixo, que ficaram jogadas na relva, a servirem de lençol. Ela estava, enfim, completamente nua, estendida sobre o corpo vibrante do homem que tanto desejava. Belinha experimentava, enfim, a volúpia da carne sobre a qual lera na juventude e a ela sucumbia, cheia de prazer.

Ainda deitada sobre ele, ela ergueu seu tronco apoiando uma das mãos na grama, enquanto usava habilmente a outra. Abriu-lhe o cinturão, soltou as presilhas da braguilha e enfiou a mão ávida até liberar o falo endurecido. Então desceu seu rosto até alcançá-lo, acariciou-o com a face, depois se pôs a beijá-lo, em movimentos que lhe permitiam senti-lo entre seus lábios molhados. Pablo permaneceu deitado de costas, estático, como se indefeso aos gestos atrevidos dela. Ele se limitou a relaxar os próprios braços na relva enquanto ela o acariciava sem quaisquer reservas. Assim permaneceram, gemendo de prazer. Quando ela se cansou, escalou o corpo dele até alcançar seu olhar. Fez então, com as ancas, um movimento certeiro e se sentou sobre o membro teso. Cravou-se nele com força, até colocá-lo inteiro dentro de si. Tão logo se sentiu preenchida dele, seu corpo se contorceu de prazer. Percebeu uma torrente de fluidos se desprendendo das paredes da sua vulva e lhe inundando as entranhas. Deixou-se tomar pelo gozo que lhe provocou espasmos rítmicos por alguns minutos. Ele permaneceu imóvel, talvez por ter entendido a desnecessidade de qualquer movimento seu ou, quem sabe, pelo receio de desencaixar o próprio falo da vulva inundada da liquidez do gozo dela. Ainda abandonada sobre ele, ouviu-o murmurando: *Qué rara la vibración y la fragancia de hembra que exhala de tu cuerpo. ¡Que precioso!*

Quando exauridos seus espasmos orgásticos, ela sentiu mover-se em suas entranhas o membro ainda rijo. Ele continuava lá, como se em prontidão para nova rodada de prazeres. Então uma outra onda de desejo percorreu o corpo dela, que respondeu com vibrações em cada polegada da sua pele. Ela ergueu seu tronco, ajeitando-se em pose de montaria e, em movimentos cadenciados, passou a cavalgar nele, como se montasse um garanhão puro-sangue, até que outro orgasmo lhe arrancasse mais sussurros de regozijo e novos espasmos de seu corpo.

O suor escorria por ambos os corpos e depois de sucessivos êxtases, finalmente, ela se cansou. Removeu-se, liberando uma quantidade enorme de líquidos que escorreram pelo membro dele. Ela então apeou e se deitou a seu lado, acarinhando com braço e perna esquerdos o corpo masculino desnudo.

De repente ele se moveu e num gesto preciso prendeu-a pela cintura e a revirou na grama, posicionando-a de bruços, imobilizada sob si. Assumiu ele as iniciativas da cópula. Foi a sua vez de apoiar o próprio peso nos braços, um de cada lado, e de se pôr em paralelo sobre o corpo dela. Foi então que se deu o mais perfeito momento de prazer, de ambos. Com uma das pernas, ele abriu as dela, ajeitou-se entre elas e, pelas costas, penetrou-lhe. O membro ereto indo e vindo enquanto a boca pronunciava delícias, fazendo confidências sobre seu próprio desejo, descrevendo o que sentia, lembrando o fetiche que nutrira pelas mãos dela, o quanto sonhara com a nudez e o gozo de ambos. Aos poucos ele foi se calando e acelerando os movimentos em avidez vigorosa, quase em fúria, como se quisesse pôr-se inteiro dentro dela. Assim se mantiveram por um tempo desmedido, até que ambos explodiram em orgasmo simultâneo. O ritmo da estimulação intensa e prolongada parecia fazer seus neurônios oscilarem na mesma frequência, em êxtase sincronizado que inundou seus cérebros. Os ecos de prazer recíproco retumbaram na mata, em urros eróticos que se misturaram à sinfonia da natureza que os envolvia.

Por fim, deitaram exaustos lado e lado e mais tarde acordaram abraçados. Vestiram-se em silêncio. Com olhares e sorrisos de cumplicidade, retornaram à trilha em direção às montarias. Era preciso voltar à sede da fazenda.

CAPÍTULO 20

Entre Rios

A conversa estava escassa. Os companheiros de cavalgada respeitavam o silêncio de Argônio, que se mantivera absorto em pensamentos desde a partida de Nueva Germania.

– Tu que o conheces mais, compreendes por que o patrão está assim? – Cochichou um deles, durante a troca de turno no acampamento noturno.

– Creio que ele nunca tenha matado antes. – Respondeu Milka ao sentinela paraguaio, nascido e crescido na fronteira, que não entendeu a explicação.

O capanga não podia mesmo entender que um homem nunca tivesse matado alguém. Isso não lhe parecia possível, *se o camarada nunca matou é porque nasceu morto*, pensava. A *morte matada* fazia a rotina do capanga, e a encomenda para *abater* alguém era seu modo de vida, como de muitos dali. A ausência de poder estatal em qualquer dos lados da linha fronteiriça – para impor ordem e segurança pública – estimulava saques, ataques a povoados e fazendas, encorajava a ação de vingadores, de matadores – por motivação própria ou por contratação – assim como à movimentação de grupos armados de um lado a outro, sempre respaldados pela incipiente repressão pública e pela impunidade certa na outra banda da linha seca da divisa. O refúgio fácil pela travessia da fronteira era providencial não para escapar de reprimenda estatal, mas da represália da outra parte envolvida.

– Tu não temes a vinda de algum justiceiro do Mathias atrás de nós? – Perguntou Milka.

– Que nada... era um pobre diabo! Nem vão dar falta dele. Se for essa a preocupação do patrão... ele que se aquiete.

– Não, a preocupação é minha. O problema do patrão deve ser outro. – Respondeu Milka, em tom baixo de voz.

Depois de tanto tempo de convivência, Milka aprendera a entender e respeitar as reações do patrão. Argônio estava fechado em si, refletindo sobre a própria vida. Ao resgatar e embarcar o pai em segurança a Cuiabá, ele não fora hesitante como sempre se julgara ser. Ao caçar Mathias, ele não sentira o velho medo que o paralisava. Quando mandou capturar e torturar um homem para lhe extrair a verdade, ele o fez consciente dos crimes que cometia e estava seguro de que aguentaria as consequências, fossem essas quais fossem. Já não sentia mais o jugo cáustico do pai, nem a complacência da amorosa madrasta, tampouco o suporte incondicional de Belinha. A sensação era a de que ele começava a viver por si próprio. Mesmo quando optou por calar para sempre o riso debochado de Mathias, ele não titubeou e apertou com firmeza o gatilho. É certo que se espantava por ter matado alguém e teve a tentação de atribuir piedade à sua conduta: afinal, largar Mathias para morrer à míngua no meio do mato teria sido ainda mais cruel. Mas o ímpeto de achar desculpas para si mesmo foi efêmero, logo reconheceu que não agira por piedade! Ele tinha cometido o ato extremo de matar por precaução e por vingança. Precaução por conhecer Mathias e saber que se o deixasse vivo, ele próprio nunca mais teria sossego, e tinha vingado a traição e o atentado contra o velho Gaspar. Fora a melhor maneira de exaurir a sequência de desacertos da obscura caça à receita do plantio do mate e de pôr um ponto final na última empreitada delirante do pai. O fato é que o tinha feito por escolha própria e isso lhe bastava. Sentia-se liberto de quaisquer jugos e, pela primeira vez, experimentava a sensação de comando da própria vida. Aos quarenta e sete anos tinha a garganta liberada para falar sem entraves e era capaz de ver e ler o mundo por seus próprios olhos e juízos. Ele estava livre e embora ainda não soubesse para onde ir, nem o que fazer, não retomaria seu jeito antigo de vida.

Ao alcançarem a margem oriental do rio Ypané, Argônio pagou e liberou os homens da comitiva, inclusive Milka e Jose que o acompanhavam desde a Bolívia. Tinha resolvido seguir sozinho em direção ao Brasil, quem sabe ir atrás da tal sesmaria de que lhe falara Gaspar. Ele não tinha mais nada e por isso podia fazer – e ser – o que bem quisesse.

Pelo caminho foi encontrando caravanas de carretas de viajantes. Eram famílias inteiras do Rio Grande do Sul, com parentelas e agregados que, depois de atravessar a Argentina, avançavam pelo Paraguai em busca das férteis terras devolutas do sul de Mato Grosso. Juntou-se provisoriamente a uma delas, mas retomou a rota sozinho, por mais agilidade. Cavalgou em direção leste até chegar à localidade fronteiriça nas margens da laguna de Punta Porá, onde construíam uma estação de polícia. Por lá encontrou um certo capitão, que lhe mostrou a direção de uma Colônia Militar além da divisa. Ele muito ouvira falar da tal instalação, na nascente do rio dos Dourados, inaugurada ainda nos tempos do Império para proteger aquela banda fronteiriça. Era a lendária Colônia Militar de Dourados que, comandada pelo tenente Antônio João Ribeiro fora, já no início da guerra, tomada pelos paraguaios. O local era na rota aos campos da vacaria, conforme lhe disse o capitão. Argônio se impressionou com a coloração que suas vestes foram ganhando naqueles caminhos. O vermelho do chão parecia sangue que impregnava até os poros e a pele, marcando de encarnado toda criatura que pisasse ali.

Argônio cavalgou por dias a fio e, sem achar o tal posto militar, foi seguindo em direção nordeste. No terceiro ou quarto dia de cavalgada começou a se sentir indisposto, com dores no abdômen e a muito custo conseguiu alcançar a confluência do rio Vacaria com o rio Brilhante. Tomou um caminho estreito, que marcava passagem recorrente de humanos, mas já não podia saber onde estava. Foi quando começou a ouvir algazarra de crianças, que se sobrepunha aos pios, gorjeios e guinchos da mata. Embora fossem vozes de gente, não podia entender palavra alguma. Pensou estar delirando e cada vez mais fraco, apeou e se deixou cair entre os arbustos. Acordou bem mais tarde, deitado sobre uma esteira de folhas de palmeira e, sem saber onde estava, pode distinguir o movimento de mulheres a sua volta. Passou dias ali, com diarreia, náuseas e vômito. Em momento raro de lucidez entendeu estar acometido de malária. Febril e prostrado em seu leito, ele não sabia se os movimentos suaves de uma moça em volta do leito eram reais ou frutos de seu delírio. Ela secava o suor de seu rosto febril e lhe fazia compressas com infusão de arruda. Argônio experimentava extremo conforto não só pela infusão de cheiro forte, mas pelas mãos delicadas que o tocavam. Muitas vezes ele sentia a presença dela, por horas a fio, sentada a seu lado, contemplando-o, velando seu sono. Outras vezes ele a via bailando numa coreografia de encantamento e o balanço da dança o convocava a mergulhar num intenso frenesi dos sentidos. Quando recuperava a consciência, fosse por acordar de sono ou de uma espécie de transe, ele não via a bailarina gentil e creditava as visões aos delírios febris que o acometiam.

Apesar da confusão mental, ele tinha certeza de que mulheres nativas tentavam salvá-lo. Teve sorte. Os insistentes chás de raspas de caule de quina, alternados com infusão de frutos de *jaguarandi-açu* que lhe empurravam goela abaixo fizeram bom efeito. Argônio não sabia quanto tempo passou naquele estado, mas o fato é que foi melhorando e pode entender onde estava.

Era uma aldeia dos kaiowás, índios falantes de guarani.

Da choça miúda em que estava, Argônio podia acompanhar os movimentos na habitação grande a pouca distância, que entendeu ser a casa coletiva dos kaiowás. Pode ver duas fileiras de moirões a sustentarem as travessas que apoiavam os caibros de onde pendiam as redes. Cada família se acomodava no entorno de um moirão, os homens dormiam na rede, mulheres e crianças no chão. Argônio observou o fluxo de gente nas redondezas e entendeu que havia ali outras casas coletivas ou familiares, mas que ficavam distantes umas das outras e se ligavam por caminhos ou trilhas, como aquela que ele mesmo tinha percorrido até se soltar da montaria. De seu posto de observação encantou-se com a abundância da agricultura de floresta e com a fartura de coleta e caça da aldeia.

Depois de recuperado, Argônio mudou-se para a povoação de Vacaria que, pela localização, já começava a ser chamada Entre Rios. Foi viver na casa do carpinteiro Chico Pires, homem honesto e caridoso que lhe inspirou confiança. A ele Argônio confessou sua verdadeira identidade e a real motivação de sua fuga de Cuiabá. Chico conhecera Gaspar e com muita franqueza contou que seu pai não era levado a sério por ali. *Sem querer ofender vossa pessoa... o tenente Gaspar se mostrava meio aloprado comandando uma turma de caçadores de enterros.*

– Caçadores de enterros! – A custo, Argônio conseguiu disfarçar seu constrangimento.

– Era chamado assim porque liderava uma horda que invadia as fazendas para cavar buracos.

Chico Pires contou que, por vezes, Gaspar se apresentava como dono das terras, mostrando uma escritura de cessão de direitos sobre uma sesmaria. Quando o truque não surtia efeito, ele confessava a caça de tesouro e oferecia meação de tudo o que achasse enterrado. Ao ver o papel com a localização da tal sesmaria aludida por Gaspar, Chico Pires contou que conhecia a região e que eram terras há anos ocupadas, com posse certa e pacífica da Cia. Matte Larangeira. Argônio se deu conta de que qualquer direito sobre a área tinha sido mais uma das fantasias de seu pai.

A convivência com o carpinteiro foi providencial a Argônio. Ao saber que o amigo tinha estudado no colégio Episcopal de Cuiabá e na Escola Politécnica do Rio de Janeiro, *tio* Chico Pires o contratou para ensinar contas e leitura a seus filhos. Contaram a favor de Argônio a inexistência de escolas, a escassez de preceptores e de professores na região da Vacaria e o fato de ser um solitário e bem-educado senhor.

Foi assim que, por sua distinguida escolaridade e pela propaganda de boca em boca, Argônio começou um novo ofício. Passou a ser chamado a lecionar tabuada, contas e as primeiras letras em algumas fazendas. Dependendo da contratação podia ministrar aulas avançadas de escrita e de leitura, assim como caligrafia, lógica, matemática, geometria, aritmética, álgebra, história do Brasil e geografia. Ele se apresentava como José Ferreira e, além de ter ido até Concepción *para resgatar um parente doente,* ele nada mais mencionou a ninguém sobre suas peripécias no Paraguai.

Argônio adotou o método de aulas individuais a seus alunos – membros das famílias dos fazendeiros e de seus agregados – e não teve dificuldade para se ajustar às técnicas disciplinares da *palmatória* e da *vara de marmeleiro.* Em razão das distâncias, Argônio chegava a residir temporariamente no local das aulas até que se concluísse o aprendizado, tempo que variava a depender do ajuste firmado. O fazendeiro às vezes decidia se as crianças já sabiam o suficiente ou, quando era o caso, o próprio professor atestava que o aluno estava apto a prestar os exames preparatórios para cursos secundários em colégios de Cuiabá, São Paulo ou do Rio de Janeiro.

Após cada temporada de magistério em alguma fazenda, Argônio voltava a Entre Rios, onde ergueu uma morada própria. O padrão da habitação passava longe do seu usual conforto em Cuiabá, mas ele tinha ali tudo o que precisava, especialmente depois que mandou fazer cama com estrado e colchão de palha, assim como mesas, cadeiras e uma boa escrivaninha para usar ao preparar as aulas. Para oferecer lições em sua própria casa, Argônio organizou um espaço apropriado entre paredes decoradas com mapas e outros desenhos para estudos ou ilustrações. O ambiente foi mobiliado com carteiras e escrivaninhas, armários para papeleiros, penas e tinteiros, além de estantes de livros e manuscritos, que foi amealhando com a ajuda dos amigos de Cuiabá e dos seus filhos. Pedrito – advogado respeitado em São Paulo – conseguiu exemplares de métodos e manuais de ensino que, mesmo em língua estrangeira, ajudavam Argônio no magistério privado.

Cartas de Francisco traziam notícias da família e da rotina na fazenda em Paranayba. *Rogo que aproveiteis a passagem do mascate para assinar as procurações que vos remeto. É para o registro de um novo potreiro que comprei. Pretendo fazer no local uma experiência com capim mimoso e capim marmelada, que parecem ser bons para o alastramento da criação.* O último parágrafo de uma das cartas tratava de Belinha. *Remeto exemplares de periódicos portenhos, com algumas crônicas de mamãe. Ela está faceira com a nova vida em Buenos Aires.*

Numa ocasião chegou um mensageiro de Cuiabá na casa do professor José Ferreira com um telegrama anunciando a morte de Dionísia. Descrevendo o afeto com que a madrasta sempre o acudira em suas dores, Argônio confessou a Chico Pires que sentia mais tristeza pela morte dela do que sentira pela do próprio pai, meses antes. *Ela foi uma mãe verdadeira, mesmo não sendo.* Com seu jeito afetuoso, Chico lembrou ao amigo que com tantas memórias boas da madrasta ela ia estar sempre perto dele. Argônio concordou.

Em geral, tomavam um mascate por mensageiro regular, que às vezes trazia encomendas singulares, como numa véspera de Natal em que trouxe a Entre Rios um baú. Ao ler a carta pregada na tampa, Argônio ficou encantado com a novidade. *Mattoso e tia Dita estiveram aqui na fazenda logo depois que se casaram. Por sinal, foram eles que escolheram em Cuiabá os presentes de Natal para vós, que estão na arca, oxalá sejam de vosso gosto.* Num outro trecho Francisco dizia que *Mattoso tem aumentado a exportação de carne salgada, com a crescente demanda do estrangeiro.*

Argônio relaxou o corpo na cadeira e deixou que a cabeça tombasse para trás sobre o topo do encosto. Permaneceu um longo tempo assim, permitindo que lágrimas escorressem pelos dois lados da face até serem tragadas pela secura da pele ou pela densidade do cabelo prateado nas têmporas. A memória lhe trouxe lembranças dos festejos natalinos em Cuiabá. Os meninos em férias do colégio em suas correrias pelo jardim, mãe Dionísia orgulhosa dos seus quitutes e Belinha alegre e apressada, coordenando a arrumação de tudo. Eram as lembranças boas de sua *outra vida,* a que provavelmente nunca voltaria.

Mais tarde, ao abrir a caixa, examinou a vestimenta e calçados escolhidos por Dita e sorriu pela diversidade das peças. No fundo da caixa encontrou um envelope lacrado e contou o dinheiro que o filho lhe enviara. Somava quase meio conto de réis. Sentou-se à frente da escrivaninha e se pôs a escrever uma carta.

Amado filho Francisco.
Quanta alegria tuas cartas me trazem! Gosto de saber de teu apreço pelas lides da fazenda e de teu arrojo, que muito me honra. Como já te disse outras vezes sou

grato a ti por ter assumido a administração de tudo e liberado tua mãe ao deleite de tantos anseios que ela represou enquanto cuidava de nossos interesses. Agradeço por fazer chegar a mim as crônicas dela, que parece estar no apogeu de suas capacidades. Temos motivos de sobra para sentir orgulho dela. Também recebi carta de Pedrito com um retrato das crianças, que estão crescidas e muito graciosas. Folgo em saber que todos vocês estão bem, com a graça de nosso Senhor.

As roupas e botas serviram todas, agradeça a Dita e Mattoso. Fiquei especialmente contente por saber do casamento deles. Que tenham juntos a harmonia que merecem.

Quanto a mim, melhor não poderia estar. O magistério me encanta cada vez mais e tenho intercalado as temporadas nas fazendas com o atendimento de alunos aqui mesmo na povoação. Minhas aulas são muito requisitadas, com a graça de Deus. Aproveito o ensejo para declarar mais uma vez que a fazenda e todas as riquezas que ela produz pertencem a você, a teu irmão e a Belinha. Então, rogo que cesses as remessas de numerário em meu favor porque a paga que recebo das aulas é suficiente para as minhas despesas.

Com muito afeto de teu pai.

O magistério já não era só o meio de subsistência de Argônio, era fonte de indescritível satisfação. Ensinar a outros o que ele sabia tinha o efeito extraordinário de lhe proporcionar alegria. Enfim, ele se via cheio de ganas, de vontades, fazendo planos por seu próprio querer. Continuava conhecido como José Ferreira, mas regularizou o terreno da casa em seu nome completo, sem sentir medo, nem do que pudesse ter sobrado da milícia política e, menos ainda, de qualquer zombaria.

Ao voltar de uma fazenda onde permanecera por mais uma temporada de lições, o professor José Ferreira cavalgava em cadência morosa sob o sol escaldante quando o caminho desembocou numa passagem estreita no meio da mata. A estrada era uma linha marcada pelos rastros frequentes de animais de montaria e sulcos das rodas de carros de bois, que faziam valas na vegetação rasteira. Em sua solitária viagem, o vento começou a lhe trazer aos ouvidos pedaços de conversas que foram ficando mais nítidos, com vozes cada vez mais próximas. De repente passou a ouvir também as pisadas lentas e pesadas dos bois, misturadas aos uivos cadenciados do atrito dos besuntados eixos de uma carreta. No pico da subida foi emergindo a pequena comitiva que vinha em direção oposta.

– Mas que beleza de encontro! – Exclamou alegre o tio Chico Pires, acompanhado de dois de seus filhos.

Pararam para conversar sob a sombra farta das embiras e das aroeiras, de onde se ouvia barulho de água. Liberaram os animais, que os dois moços conduziram ao riacho e depois ao pasto do capinzal. Argônio montou uma trempe – um tripé de ferro – acendeu o fogo e se pôs a preparar o almoço com os ingredientes que ainda lhe restavam na matula. *Tio Chico* pôs-se a contar de suas andanças pela região, ressentindo por ver muita queimada da mata, com destruição de ervais. *Os fazendeiros botam fogo em tudo para abrir mais área de pasto, estão acabando com a maior riqueza destas bandas,* ele comentou. O filho de Chico ponderou que, além de criar gado, os *fazendeiros acham mais útil usar as terras boas para plantar café, cana de açúcar e algodão.*

– Se não entendo? Parece desperdício usar solo fértil para plantar o que a natureza dá de graça! E tem tanto pé de erva nativa, que ninguém pensa que pode acabar. – Concordou Chico.

– Os argentinos fazem o oposto. Eles estão aprendendo a cultivar a erva-mate. Em alguns anos podem até dispensar a importação de nossa erva cancheada, Argônio opinou, mas seu vaticínio não foi levado a sério pelos amigos.

Comeram satisfeitos o arroz com carne seca, depois partilharam um pedaço de rapadura com café. Então os dois moços foram aparelhar a carreta, encilhar os cavalos para a continuação da viagem e, sozinho com Argônio, *tio* Chico atravessou uma pergunta cheia de argúcia:

– Tens visto a indiazinha que te enche de mimos lá na aldeia?

Chico exercitava a intimidade autorizada pela amizade entre ambos, mas Argônio se constrangeu. Afinal, aquele era assunto de que raramente falava. Instalado em Entre Rios, muitas vezes ele voltara à aldeia que o salvara, tinha aprendido a se comunicar em guarani e ganhara a confiança dos kaiowás. Com o tempo, passara ao convívio assíduo da aldeia, a ponto de participar de rodas alegres em comemorações de boas caçadas, em que as mulheres serviam aos caçadores generosas fatias de carne de anta ou de porco do mato. Assim ele reconhecera Kunha Poty Vera, a moça que cuidara dele durante a febre. Ele já tinha notado que bastava apontar na trilha que ela corria à roça para colher *mandyju* (mandioca) ou *avati* (milho), que assava ou cozia e dispunha à frente dele, numa vasilha de argila. Outras vezes ela lhe apresentava um bolo de milho assado na cinza enrolado em folha de *traquá* ou cipó-de-imbé. Ele tinha falado disso a Chico Pires, daí a pergunta do amigo. Recuperado do embaraço respondeu, cauteloso:

— Sempre que vou para aquelas bandas eu a vejo, *tio* Chico. Mas nunca que eu ia querer desrespeitar a gente da aldeia... que me salvou a vida.

— Desrespeitar por quê?

— Eu sou casado... no papel! — Disse Argônio.

Generoso, Chico Pires apiedou-se do amigo. Levantou-se e foi se agachar bem na frente de Argônio, como para captar toda sua atenção:

— Eu compreendo teu receio... Mas pelo que me contaste teu casamento já não existe há décadas, tu vives sem mulher faz tempo... ela até mora no estrangeiro! Pretendes continuar sozinho?

Argônio permaneceu em silêncio, digerindo a pergunta.

— Nem cogito tal coisa. Além de casado, sou um velho, *tio* Chico. — Disse, finalmente.

— Mas tu sabes se a moça concorda... ou se ela se importa com isso, professor?

Os amigos se despediram e Argônio seguiu a viagem de volta a Entre Rios pensando nas ponderações de Chico Pires.

Nota histórica

Desvendado o segredo da germinação das sementes e do cultivo de erva-mate, a Argentina pôs em prática uma política de proteção e fomento à plantação em alta escala, cumprindo um plano ambicioso de autossuficiência. Em 1914 uma estação experimental passou a coordenar a distribuição de sementes e a difusão de tecnologia na formação de ervais. Uma estrutura legislativa foi sendo construída para determinar ou identificar zonas ervateiras; regular concessões de exploração dos lotes fiscais de Misiones; limitar as áreas de plantio; proibir o uso de fogo na limpeza de campos e regular o cultivo da erva, integrando exploração, conservação, fiscalização e administração de ervais. A opção política argentina em tratar as florestas de erva-mate como *riqueza pública* redundou no término da exploração desordenada ou predatória e pôs o país na rota da autossuficiência. Na medida que a Argentina protegia e aumentava seus ervais, o Brasil trilhava caminho inverso. A derrubada progressiva das matas para plantação de pastos e o aproveitamento das terras férteis do sul do Mato Grosso para culturas como café, cana de açúcar e algodão foram delineando o crescente extermínio dos ervais nativos.

Enquanto ainda pujante o extrativismo de erva na região, eram criticados os privilégios estatais conferidos à Matte Larangeira, pelo fato de se permitir que uma empresa de capital – parcialmente ou, por vezes, totalmente – estrangeiro atuasse bem na fronteira com o Paraguai. Mesmo tendo perdido o monopólio de exploração em 1916, a Matte Larangeira – com diferentes denominações e distintos quadros de sócios, que foram se alternando ao longo dos tempos – usufruiu o quanto pode dos privilégios que lhe consagrava o governo de Mato Grosso e, por décadas, a companhia ainda manteve sua força política e econômica, resistindo ao crescente nacionalismo brasileiro e ao agravamento da rivalidade econômica entre Brasil e Argentina.

A partir de 1917 a Matte Larangeira viveu anos majestosos. Transferiu sua sede operacional de Porto Murtinho para Campanário e consolidou uma nova rota de exportação, pelo rio Paraná, fazendo uso da estrada que construiu de Porto Mendes a Guaíra, onde tinha instalado sua sede social. A empresa dotou ambas as sedes – em Guaíra no Paraná e em Campanário no atual Mato Grosso do Sul – de comodidades incomuns à época na região, como aeroporto, clube, hotel, posto de gasolina e instalações de água encanada, esgoto e luz elétrica, que encantava seus visitantes ilustres, estrangeiros em maioria.

A exportação de erva brasileira semielaborada (cancheada) para a Argentina foi diminuindo progressivamente e se estabilizou em nível mínimo, suficiente à composição de *blend* que mantivesse o gosto forte, já conhecido e preferido dos consumidores. Mas nos anos de 1930, quando as plantações locais já supriam completamente a demanda de sua indústria, a Argentina dispensou as importações de erva cancheada do então Mato Grosso.

Na medida em que se desenhava o fim iminente da dependência argentina de matéria-prima importada, a Matte Larangeira foi diversificando suas atividades para compensar as perdas na exportação de erva-mate. Embora tenha sido prejudicada com a criação da Colônia Agrícola de Dourados e com a instituição do Território Federal de Ponta Porã em 1943, o contrato de arrendamento dos ervais do sul de Mato Grosso com a Matte Larangeira só foi oficialmente rescindido em 1949.

Agradecimentos

Ao Doutor Paulo Roberto Cimó Queiroz, professor titular aposentado da Universidade Federal da Grande Dourados (UFGD) pela indicação de preciosa bibliografia.

À amiga Vera Grace Paranaguá Cunha, procuradora aposentada do estado do Paraná, pela paciente leitura e crítica à primeira versão do texto.

Aos filhos Arthur Martins Scheer, e Augusta Martins Scheer que contribuíram com apoio incondicional, estímulos e sugestões.

Ao fotógrafo José Milleo, pelo seu olhar generoso e pelas sugestões.

Aos colegas escritores Paulo Henrique de Oliveira Costa, Andrea Fernandes Cesário, Luiz Paulo Santana, Andreia Rodrigues e Ida Mara Freire que estiveram presentes na jornada de ingresso na escrita ficcional.

Ao editor Marcelo Nocelli, que creditou o original e possibilitou a publicação deste livro.

Personalidades reais mencionadas

Antônio João Ribeiro – (Poconé/MT, 24.11.1823 — Antônio João/ MS, 29.12.1864). Tenente que comandava a Colônia Militar de Dourados, quando essa foi invadida pelo major paraguaio Martín Urbieta no começo da guerra com o Paraguai. Em desigualdade de forças, ele e seu pequeno pelotão foram trucidados. A tradição atribui a ele a autoria de mensagem heroica com o seguinte teor: *"Sei que morro, mas meu sangue e o dos meus companheiros servirá de protesto solene contra a invasão do solo de minha Pátria."*

Antônio Maria Coelho – (Cuiabá/MT, 8.9.1827 – Corumbá/MS, 29.8.1894). Militar atuante na guerra com o Paraguai, comandou a retomada de Corumbá. Foi o primeiro Presidente do Estado de Mato Grosso após a Proclamação da República. Em 28.8.1889 ganhou o título de barão do Amambaí.

Augusto Conte – (Montpellier/França, 19.01.1798 – Paris/França, 5.9.857) – Filósofo que concebeu a doutrina do Positivismo.

Barão do Cerro Azul ou Ildefonso Pereira Correia – (Paranaguá/PR, 6.8.1849 – Morretes/PR, 20 de maio de 1894). Empresário, político e importante produtor e exportador do erva-mate do Brasil no século XIX, produto que apresentou em exposições na América do Norte e Europa.

Benjamim Constant – (Niterói/RJ, 18.10.1836 – Rio de Janeiro/RJ, 22.01.1891). Político, engenheiro, professor e militar. Adepto do positivismo, disseminou a doutrina entre os militares do Brasil. Foi um dos articuladores da República e compôs o Ministério do governo provisório após a Proclamação.

Bernhard Föster – (Saxônia/Alemanha, 31.03.1843 – San Bernardino/Paraguai, 03.06.1889). Professor secundarista em Berlim, emigrou para a América para criar a colônia Nueva Germania no Paraguai, declaradamente antissemita, que atraiu dezenas de famílias alemãs com o sonho de formar na América um mundo da *raça pura*. Foi casado com Elisabeth Förster-Nietzsche, irmã do filósofo Friedrich Wilhelm Nietzsche.

Carlos Luís d'Amour – (São Luís, Maranhão 03.06.1837 – 09.07.1921). Bispo de Cuiabá (1877 a 1910).

Campos Sales – (Campinas/SP, 15.02.1841 – Santos/SP, 28.06.1913). Advogado e político foi o quarto presidente da República do Brasil (1898 e 1902).

Charles Darwin (Shrewsbury/Inglaterra, 12.02.1809 – Dowe/Inglaterra, 19.04.1882). Naturalista, geólogo e biólogo que concebeu a teoria da evolução das espécies.

Chico Pires ou Francisco José Pires Martins – (São José dos Pinhais/PR, 1845 – Dourados/MS 1944). Ex-seminarista, carpinteiro e marceneiro. Já casado com a catarinense Maria Rosa da Silveira Nepomuceno e com 5 filhos imigrou ao Mato Grosso e se estabeleceu na região da Vacaria em 1883.

Claude Monet – (Paris/França, 14.11.1840 – Geverny/França, 05.12.1926). O mais celebre dos pintores que formaram o movimento na pintura francesa do século XIX chamado Impressionismo.

Deodoro da Fonseca – (Alagoas, 05.08.1827 – Rio de Janeiro, 23.08.1892). Militar e político, atuante do movimento que redundou na Proclamação da República, tendo sido o primeiro

Presidente do Brasil. Governou de 15.11.1889 até 23.11.1891, inaugurando a chamada *República da Espada* (1889 a 1894), que só terminou com a primeira eleição de um civil para a Presidência do Brasil.

Diego de Zevallos – Autor do *Tratado del Recto uso de la Yerba del Paraguay*, publicado em Lima, que contribuiu para a absolvição da erva-mate perante o Tribunal da Inquisição de Lima, Peru.

Dom Pedro II – (Rio de Janeiro, 02.12.1825 – Paris/França, 05.12.1891). Seu reinado durou de 23.07.1840 até 15.11.1889, foi o segundo e último Imperador do Brasil.

Domingo Antônio Ortiz – Militar paraguaio que representou a República do Paraguai na Comissão de Demarcação da fronteira com o Brasil (1872–1874).

Federico Neumann – Imigrante alemão que, na colônia antissemita de Nueva Germania, no Paraguai, no final do século XIX, conseguiu êxito do cultivo da *Ilex paraguaiensis*, mediante o desenvolvimento de técnicas para quebrar a dormência das sementes, produzir mudas e iniciar o cultivo da erva-mate em grande escala.

Floriano Peixoto – (Maceió/AL, 30.04.1839 – Barra Mansa/RJ, 29.06.1895). Militar e segundo Presidente do Brasil. Governou de novembro de 1891 a novembro de 1894.

Francisco Murtinho – Um dos irmãos de Joaquim Duarte Murtinho. Acionista da Cia. Matte Larangeira.

Generoso Paes Leme de Sousa Ponce – (Cuiabá/MT, 10.06.1852 – Rio de Janeiro/RJ, 7.11.1911). Comerciante, jornalista e político. Membro do Partido Liberal. Após a Proclamação da República fundou do Partido Republicano Nacional em Mato Grosso. Foi deputado provincial, deputado estadual, vice-presidente e presidente do estado de Mato Grosso e Senador da República.

Irineu Evangelista de Souza ou Barão de Mauá (1854) e Visconde de Mauá (1874) – (Arroio Grande/RS, 28.12.1813 – Petrópolis, 21.10.1889). Banqueiro, industrial, armador, fazendeiro, pioneiro de diversas atividades econômicas no Brasil, como construção de estradas de ferro, navegação a vapor, fornecimento de iluminação pública e distribuição de gás. Responsável pela instalação do cabo telegráfico submarino entre o Brasil e Portugal.

José Antônio Murtinho – (Bahia, 1814 – Cuiabá, 1888). Militar, tenente–coronel médico da Guarda Nacional, foi presidente da província de Mato Grosso (19.09.1868 a 26.05.1869). Com Dona Rosa Joaquina Pinheiro teve nove filhos, dentre eles Manuel José Murtinho, Joaquim Duarte Murtinho, Francisco Murtinho e José Antônio Murtinho Filho.

Joaquim Duarte Murtinho – (Cuiabá/MT, 7.12.1848 – Rio de Janeiro/RJ, 18.11.1911). Médico que ganhou fama ao popularizar a homeopatia no Brasil. Também foi adepto e divulgador do espiritismo. Exerceu três mandatos de Senador (1890 a 1896 e de 1903 a 1911). Foi Ministro da Viação, Indústria e Comércio (1897) no governo de Prudente de Morais e Ministro das Finanças do governo de Campos Sales (1898 a 1902). Foi acionista e Diretor-Presidente do Banco Rio e Mato Grosso e acionista da Cia. Matte Larangeira.

João da Silva Barbosa – Militar integrante da Cavalaria Ligeira de Nioaque. Em 1892 levantou a bandeira separatista do sul de Mato Grosso, para criação de um estado novo ou de um novo país.

Jango Mascarenhas – (Nioaque/MS, 26.10.1864 – Nioaque/MS, 1901). Fazendeiro atuante em defesa da validade da eleição e do governo de Manuel Murtinho, tendo liderado um dos grupos na "contra-revolução" de 1892. Mais tarde ele mesmo se tornou oposição a Murtinho e se converteu em divisionista do estado.

Manuel Berthod – Jesuíta que atuou na região do Itatim e que, após a destruição das missões pelos bandeirantes foi, junto com outros jesuítas, encarregado de reagrupar os nativos oriundos do Itatim. Congregou no Colégio Jesuíta de Assunção.

Manuel Pinto de Souza Dantas – (Inhambupe/BA, 21.01.1831 – Rio de Janeiro/RJ, 29.01.1894). Bacharel em Direito pela Faculdade do Direito do Recife, Conselheiro e Presidente do Conselho de Ministros do Império do Brasil (1884-1885), exerceu vários outros cargos de Ministro (entre 1868 e 1884).

Manuel José Murtinho – (Cuiabá/MT, 15.12.1847 – Rio de Janeiro/RJ, 22.04.1917). Bacharel em Direito pela Faculdade de Direito de São Paulo. Juiz em Mato Grosso, Presidente do estado de Mato Grosso (1891 e 1895) e Ministro do Supremo Tribunal Federal (1897-1817).

Manoel da Nóbrega – (Alijó/Portugal, 18.10.1517 – Rio de Janeiro/RJ, 18.10.1570). Padre jesuíta que chefiou a primeira missão jesuítica ao Brasil.

Raposo Tavares – (Beja/Portugal, 1598 – São Paulo/SP, 1659). Bandeirante que, à custa de incontáveis vidas de nativos e de membros da Ordem dos jesuítas, expandiu as fronteiras luso–brasileiras sobre os domínios espanhóis.

Rothschild – Família judia, originária da Alemanha, atuante em diversos segmentos econômicos, especialmente em atividades financeiras e bancárias que, entre final do século XVIII e o século XIX possuía a maior fortuna privada do mundo.

Rufino Eneias Gustavo Galvão – Militar brasileiro que lutou na guerra com o Paraguai e representou o Brasil na Comissão na Comissão de Demarcação da fronteira com o Paraguai (1872 a 1874).

Rui Barbosa – (Salvador/BA, 5.11.1849 – Petrópolis/RJ, 01.03.1923). Advogado, diplomata e político. Ministro das Finanças de Deodoro da Fonseca.

Simão Bolívar – (Caracas/Venezuela, 24.07.1783 – Santa Marta/ Colômbia, 17.12.1830). Militar e líder político, teve atuação importante nas guerras com o Império espanhol pela independência da América espanhola.

Thomaz Larangeira – (Laguna/SC, 19.06.1840 – Rio de Janeiro/RJ, 11.1911). Extrativista da erva nativa do sul da província de Mato Grosso que, em 1882 obteve a autorização do Império para regularizar a extração e exportação de erva semielaborada para Buenos Aires. Em 1891 transferiu seu direito (monopólio) de exploração para a Cia. Matte Larangeira que, apesar de levar o seu nome, foi constituída pelo Banco Rio e Mato Grosso, de propriedade difusa e administrado por membros da família Murtinho.

Esta obra foi composta em Adobe Garamond Pro
e impressa em papel pólen natural 80 g/m² para a
Editora Reformatório em maio de 2024.